Taschenbuch – Literatur - Klassiker

AF221372

Band 167
Ivan Sergeeviç Turgenev
Väter und Söhne

Ivan Sergeeviç Turgenev
Väter und Söhne

Band 167
1.Auflage
Taschenbuch – Literatur - Klassiker
Herausgeber Frank Weber, Marburg
Bibliografische Information der Deutschen Nationalbibliothek:
Die Deutsche Nationalbibliothek verzeichnet diese Publikation
in der Deutschen Nationalbibliografie; detaillierte
bibliografische Daten sind im Internet abrufbar
über http://dnb.dnb.de
© 2020 Ivan Sergeeviç Turgenev
ISBN: 9783752686500
Herstellung und Verlag: BoD – Books on Demand, Norderstedt

Ivan Sergeeviç Turgenev

Väter und Söhne

Inhalt

Erstes Kapitel.

»Nun, Peter, siehst du noch nichts?« So fragte – es war am 20. Mai 1859 – auf der Landstraße nach X... in Rußland ein Mann von 45 Jahren, der in einem Paletot und karierten Beinkleidern, barhäuptig und staubbedeckt vor der Tür einer Schenke stand. Der Bediente, an den er diese Frage richtete, war ein junger blonder Mensch mit vollen Backen und kleinen matten Augen, dessen rundes Kinn ein farbloser Flaum bedeckte. –

Alles an diesem Bedienten, von den pomadisierten Haaren und den mit Türkisen geschmückten Ohrringen an bis zu seinen studierten Bewegungen, verriet einen Diener von der neuen Fortschritts-generation. Aus Rücksicht für seinen Herrn blickte er herablassend auf die Landstraße und antwortete mit Würde:

»Man sieht absolut nichts!«

»Nichts?« fragte der Herr. –

»Absolut nichts!« wiederholte der Diener. –

Der Herr seufzte und ließ sich auf die Bank nieder. – Während er so mit übergeschlagenen Beinen dasitzt und seine Augen nachdenklich umherschweifen läßt, wollen wir die Gelegenheit benutzen, den Leser mit ihm bekannt zu machen.

Er heißt Nikolaus Petrowitsch Kirsanoff und besitzt fünfzehn Werst von der Schenke ein Gut mit 200 Bauern; dort hat er (wie er sich auszudrücken beliebt, seit er sich der neuen Ordnung gemäß mit ihnen arrangierte) eine »Pachtung« errichtet, die 2000 Dessätinen umfaßt. Sein Vater, einer unserer Generale von 1812, ein Mann von wenig Bildung, sogar roh, ein Russe vom reinsten Wasser, aber ohne einen Schatten von Bösartigkeit, war unter dem Harnisch ergraut. Zum Brigadegeneral und später zum Kommandanten einer Division ernannt, bewohnte er die Provinz, wo er mit Rücksicht auf seinen Rang eine ziemlich bedeutende Rolle spielte. Nikolaus Petrowitsch, sein Sohn, war in Südrußland geboren, ebenso dessen älterer Bruder Paul, auf den wir noch zu sprechen kommen. Er war bis zum Alter von 14 Jahren von Hofmeistern erzogen worden, je billiger, desto besser, umgeben von knechtisch willfährigen Adjutanten und anderen Individuen von der Intendanz oder dem Generalstab. Seine Mutter, eine geborene Koliasin, die unter dem väterlichen Dach Agathe geheißen, hatte verheiratet den Namen Agathokleia Kuzminischna angenommen und verleugnete in nichts das Auftreten, welches die Frauen der höheren Offiziere charakterisiert; sie trug prachtvolle Hüte und Hauben, rauschende seidene Roben, trat in der Kirche immer zuerst vor, um das Kreuz zu küssen, sprach viel und sehr laut, reichte alle Morgen ihren Kindern die Hand zum Kuß und gab ihnen jeden Abend ihren Segen; mit einem Wort – sie war die große Dame der Provinzialhauptstadt. Obwohl Nikolaus Petrowitsch für eine Memme galt, so wurde er doch als der Sohn eines Generals gleich seinem Bruder Paul zum Militärdienst bestimmt, allein am selben Tage, an dem er zum Regiment einrücken sollte, brach er ein Bein und hinkte von da an sein Leben lang, nachdem er zwei Monate im Bett zugebracht hatte. Somit gezwungen, auf die Wahl der Soldatenkarriere für seinen Sohn zu verzichten, blieb dem Vater nur übrig, ihn in den Zivildienst zu bringen; er führte ihn nach zurückgelegtem achtzehnten Jahr nach Petersburg, um dort in die Universität einzutreten. Paul erhielt im nämlichen Jahr den Offiziersrang in einem Garderegiment. Die beiden jungen Leute nahmen eine gemeinschaftliche Wohnung und lebten dort unter der keineswegs strengen Überwachung eines Oheims von mütterlicher Seite, eines höheren Beamten. Ihr Vater war wieder zu seiner Division und seiner Frau zurückgekehrt. Von fernher sandte er seinen Söhnen ganze Stöße grauen Papiers zu, bedeckt mit einer Schrift, welche die geübte Hand eines Regimentsschreibers verriet. Am Ende jedes Briefes las man aber in einem sorgfältig ausgezirkelten Namenszug die Worte: »Peter Kirsanoff, Generalmajor«. Im Jahre 1835 verließ Nikolaus Petrowitsch die Universität mit dem Titel eines Kandidaten, und in demselben Jahre übersiedelte der General, der nach einer unvorhergesehenen Inspektion in den Ruhestand versetzt worden war, mit seiner Frau dauernd nach Petersburg. Er hatte sich nahe dem Taurischen Garten ein Haus gemietet und war im Englischen Klub zugelassen worden, als ihn plötzlich ein Schlaganfall seiner Familie entriß. Agathokleia Kuzminischna folgte ihm bald nach; sie konnte sich in das zurückgezogene Leben, das sie in der Hauptstadt nun zu führen hatte, nicht finden. Der Verdruß, sozusagen sich nun selbst in den Ruhestand versetzt zu sehen, führte sie rasch dem Grabe zu. Was Nikolaus Petrowitsch anbelangt, so hatte er sich noch bei Lebzeiten seiner Eltern und zu ihrem großen Bedauern in die Tochter des Hauseigentümers, eines Subalternbeamten, bei dem er wohnte, verliebt. Sie war eine junge Person von angenehmen Gesichtszügen und einem nicht ungebildeten Geist; sie las in den »Revuen« die ernsthaftesten Artikel der »wissenschaftlichen Abteilung«. Bald nach beendeter Trauerzeit wurde die Hochzeit gefeiert, und der glückliche Nikolaus Petrowitsch zog sich, nachdem er die ihm durch väterliche Protektion verschaffte Stelle im Ministerium der Domänen quittiert hatte, mit seiner Mascha in ein Landhaus nahe dem Wasserbau- und Forstinstitut zurück; später mietete er sich in der Stadt eine kleine hübsche Wohnung mit einem etwas kalten Salon und einer wohlgehaltenen Treppe; endlich zog er sich ganz aufs Land zurück, wo ihn seine Frau bald mit einem Sohn beschenkte. Die beiden Gatten führten ein ruhiges und glückliches Leben; sie verließen sich fast nie, spielten vierhändig auf dem Piano und sangen Duette. Die Frau trieb Blumenzucht und überwachte den Geflügelhof; der Mann beschäftigte sich mit der Landwirtschaft und ging von Zeit zu Zeit auf die Jagd. Arkadius, ihr Sohn, wuchs heran und lebte in gleicher Weise und Heiterkeit. So gingen zehn Jahre wie ein Traum dahin. Allein 1847 starb Madame Kirsanoff, ein unerwarteter Schlag, der ihren Mann so schwer traf, daß seine Haare in wenig Wochen ergrauten. Er wollte sich eben anschicken, zu seiner Zerstreuung ins Ausland zu reisen, als das Jahr 1848 das Reisen unmöglich machte. Gezwungen, auf sein Landgut zurückzukehren, brachte er dort einige Zeit in vollkommener Untätigkeit zu, dann aber legte er Hand daran, Verbesserungen in seiner Verwaltung einzuführen. Zu Anfang des Jahres 1855 führte er Arkad nach Petersburg auf die Universität und blieb dort drei Winter bei ihm, fast ohne das Haus zu verlassen und in stetem Verkehr mit den jungen Kameraden seines Sohnes. Während des Winters 1858 hatte er ihn nicht gesehen, und wir begegnen dem Vater jetzt im Monat Mai des folgenden Jahres mit bereits ganz weiß gewordenem Kopf, etwas gedunsen und gebückter Haltung. Er erwartet seinen Sohn, der jetzt eben die Universität mit dem Titel Kandidat verließ, ganz so wie er selbst es seinerzeit getan.

Der Bediente, mit dem er soeben gesprochen hatte, war mittlerweile aus Takt, vielleicht auch weil er nicht gerade unter den Augen seines Herrn bleiben wollte, ins Hoftor getreten und schickte sich an, seine Pfeife anzuzünden. Kirsanoff senkte das Haupt und heftete die Augen auf die wurmstichigen Stufen der Treppe; ein großes, scheckiges junges Huhn mit langen gelben Beinen ging dort stark tapsend auf und ab; eine ganz mit Asche gepuderte Katze betrachtete es nicht allzu freundschaftlich von der Höhe des Geländers, auf dem sie kauerte. Die Sonne brannte; aus der dunklen Stube, die den Eingang zur Herberge bildete, drang der Geruch von frischgebackenem Roggenbrot. Kirsanoff überließ sich seinen Träumereien. Mein Sohn ... Kandidat ... Arkascha ... diese Worte gingen ihm nicht aus dem Kopf. Er gedachte seiner Frau:»Sie hat uns zu früh verlassen,« murmelte er traurig vor sich hin. In diesem Augenblicke ließ sich eine große Taube auf die Straße nieder und lief schnell einer Wasserlache bei einem Brunnen zu; Kirsanoff beobachtete sie, sein Ohr aber vernahm schon in der Ferne das Geräusch eines Wagens. – Das könnte wohl der Herr Sohn sein, meinte der Bediente, der plötzlich vom Stalltor hervorkam. Kirsanoff stand hastig auf und sah die Landstraße hinab. Es währte nicht lange, so erschien ein mit drei Pferden bespannter Tarantaß. Bald auch gewahrte Kirsanoff den Rand einer Studentenmütze und darunter die teuren Züge eines bekannten Gesichts ...

»Arkascha! Arkascha!« rief Kirsanoff und begann mit emporgehobenen Händen zu laufen. Einige Augenblicke später hafteten seine Lippen auf der bartlosen, sonnverbrannten und staubigen Wange des jungen Kandidaten.

Zweites Kapitel.

»Erlaube mir, mich abzuklopfen, Papa,« sagte Arkad mit vor Ermüdung etwas heiserer, aber wohlklingender Stimme, freudig die väterlichen Liebkosungen erwidernd, »ich bedecke dich ja mit Staub.« »Tut nichts, tut nichts,« erwiderte Kirsanoff mit gerührtem Lächeln, gleichzeitig jedoch versuchte er den Mantelkragen seines Sohnes und seinen eigenen Paletot abzustäuben. »Laß dich nur ansehen, laß dich nur ansehen!« setzte er hinzu und trat einige Schritte zurück. Dann lief er schnell der Schenke zu und rief:»*Allons!* kommt her, Pferde heraus, geschwind, geschwind!«
Kirsanoff schien viel bewegter zu sein als sein Sohn; es war eine eigene Unruhe an ihm und er schien fast außer Fassung. Arkad trat ihm in den Weg.
»Erlaube mir,« sagte er, »dir meinen Freund Bazaroff vorzustellen, von dem ich dir in meinen Briefen oft gesprochen habe. Er will die

Liebenswürdigkeit haben, einige Zeit bei uns auf dem Lande zuzubringen.«

Kirsanoff kehrte sich schnell um und schritt auf einen jungen Mann zu, der soeben vom Tarantaß herabgestiegen war, eingehüllt in einen mit Schnüren besetzten langen Kaban; er schüttelte ihm kräftig die rote breite Hand, die dieser nicht allzu eifrig dargeboten hatte.

»Ihr Besuch freut mich sehr,« sagte er zu ihm. »Erlauben Sie mir, Sie um Ihren und Ihres Herrn Vaters Namen zu bitten.«

»Eugen Wassilieff,« antwortete Bazaroff langsam mit gehobener Stimme, und indem er den Kragen seines Kaban zurückschlug, ließ er Kirsanoff sein Antlitz vollkommen sehen. Er hatte ein langes mageres Gesicht mit offener Stirn, eine oben breite, nach der Spitze zu feiner werdende Nase, große grünliche Augen und lang herabhängende sandfarbige Favoris; ein ruhiges Lächeln lag auf seinen Lippen; seine ganze Physiognomie drückte Intelligenz und Selbstvertrauen aus.

»Ich hoffe, mein lieber Eugen Wassiliewitsch,« erwiderte Kirsanoff, »daß Sie sich bei uns nicht langweilen werden.«

Bazaroffs Lippen öffneten sich ein wenig, allein er antwortete nichts und begnügte sich damit, seine Mütze zu lüften. Trotz seines dichten Haarwuchses von tiefem Kastanienbraun ließen sich leicht die mächtigen Erhöhungen seines breiten Schädels wahrnehmen.

»Arkad,« fragte plötzlich Kirsanoff, zu seinem Sohn gewendet, »soll man gleich anspannen oder wollt ihr euch vorher ein wenig ausruhen?«

»Wir wollen uns zu Hause ausruhen, Papa, laß anspannen.«

»Sogleich, sogleich,« erwiderte Kirsanoff lebhaft. »He! Peter, hörst du? *Allons!* mach, daß wir aufs schnellste fortkommen!«

Peter, der in seiner Eigenschaft als perfekter Bedienter sich darauf beschränkt hatte, von ferne zu grüßen, statt seinem Herrn die Hand zu küssen, verschwand von neuem hinter der Stalltüre.

»Ich bin in der Kalesche gekommen,« sagte Kirsanoff zögernd zu seinem Sohn, »aber es gibt Pferde für deinen Tarantaß ...«

Während er so mit Arkad sprach, trank dieser frisches Wasser, das ihm die Wirtin in einem zinnernen Krug gebracht, und Bazaroff, der sich soeben seine Pfeife angezündet hatte, trat zu dem mit dem Ausspannen der Pferde beschäftigten Kutscher.

»Ich bin nun in Verlegenheit,« sagte Kirsanoff, »meine Kalesche ist nur zweisitzig. Wie machen wirs?«

»Er fährt im Tarantaß,« erwiderte Arkad halblaut, »kümmere dich nicht um ihn, ich bitte dich, er ist ein vortrefflicher Junge und macht keine Umstände, du wirst es sehen.«

Kirsanoffs Kutscher fuhr mit der Kalesche vor.

»Lustig, spute dich, du alte Haareule!« rief Bazaroff seinem Postillion zu.

»Hast du's gehört, Mituka?« rief ein anderer Postillion, der mit den Händen in den Hintertaschen seines Tulups einige Schritt entfernt stand; »der Herr hat dich eine Haareule genannt, der hat recht.«

Mituka begnügte sich, statt aller Antwort den Kopf zu schütteln, daß seine Mütze wackelte, und nahm seinem mit Schaum bedeckten Sattelpferd die Zügel ab.

»Geschwind, geschwind, helft ein wenig, ihr Bursche!« rief Kirsanoff, »ihr sollt ein gutes Trinkgeld haben.«

Einige Minuten später waren die Pferde angespannt. Nikolaus Petrowitsch bestieg mit seinem Sohn die Kalesche, Peter schwang sich auf den Bock. Bazaroff sprang in den Tarantaß, drückte seinen Kopf in ein Lederkissen, und die beiden Gefährte fuhren in raschem Trabe davon.

Drittes Kapitel.

»So wärst du nun also Kandidat und wieder auf dem Weg nach Hause,« sagte Kirsanoff zu seinem Sohn und legte ihm die Hand bald auf die Wangen, bald auf die Schultern.

»Was macht mein Oheim?« fragte Arkad, der trotz seiner aufrichtigen und fast kindischen Freude doch gerne der Unterhaltung eine ruhigere Wendung gegeben hätte.

»Er ist wohl; er hatte die Absicht, mit mir dir entgegenzufahren; er hat sich aber, warum weiß ich nicht, wieder anders besonnen.«

»Und du hast lange auf mich gewartet?« fragte Arkad.

»Seit beinahe fünf Stunden.«

»Wirklich? wie gut du bist!«

Arkad wandte sich zu seinem Vater und drückte ihm einen schallenden Kuß auf die Wange. Kirsanoff antwortete darauf mit einem leisen Lächeln:

»Du wirst sehen, was ich dir für ein hübsches Reitpferd habe zurichten lassen! Und Papier findest du auch in deinem Zimmer.«

»Bekommt Bazaroff auch eins?«

»Man wird ihn unterbringen, sei ruhig ...«

»Sei freundlich gegen ihn, ich bitte dich; ich kann dir nicht sagen, wie befreundet wir sind!«

»Kennst du ihn schon lange?«

»Nein.«

»Darum hab ich ihn auch im vorigen Winter nicht kennen gelernt. Mit was beschäftigt er sich?«

»Hauptsächlich mit den Naturwissenschaften. Aber er weiß alles; nächstes Jahr will er sein Doktorexamen machen.«

»Ah, er studiert Medizin,« erwiderte Kirsanoff und schwieg einige Minuten.

»Peter,« fragte er plötzlich den Bedienten, »sind das nicht welche von unsern Bauern, die da unten vorüberfahren?«

Der Bediente wandte den Kopf nach der Seite, die ihm sein Herr mit der Hand bezeichnete. Mehrere Wägelchen, deren Pferde ausgezäumt waren, rollten schnell auf einem engen Querwege dahin; auf jedem ein oder zwei Bauern in offenen Tulups.

»Wirklich,« antwortete der Bediente.

»Wo gehen denn die hin? Etwa in die Stadt?«

»Sehr wahrscheinlich; die gehen in die Schenke,« sagte Peter mit verächtlichem Tone und neigte sich etwas zum Kutscher, wie um diesen zum Zeugen zu nehmen. Allein der Kutscher gab durchaus kein Zeichen der Zustimmung; er war ein Mann vom alten Regime, der keine von den Tagesideen teilte.

»Die Bauern machen mir dieses Jahr viel Sorge,« sagte Kirsanoff zu seinem Sohn; »sie zahlen ihre Abgaben nicht. Was dabei tun?«

»Bist du mit den Tagelöhnern mehr zufrieden?«

»Ja,« erwiderte Kirsanoff zwischen den Zähnen; »allein man verführt sie mir; das ist das Übele. Und dann arbeiten sie doch nicht mit wahrem Eifer und verderben das Ackergerät. Doch sind wenigstens die Felder eingesät. Mit der Zeit wird sich alles machen. Es scheint, du interessierst dich jetzt für die Landwirtschaft?«

»Es fehlt euch hier an Schatten, das ist schade,« sagte Arkad, ohne auf die letzte Frage seines Vaters zu antworten.

»Ich habe auf der Seite des Hauses, die dem Nordwind ausgesetzt ist, eine große Markise über dem Balkon herrichten lassen,« erwiderte Kirsanoff, »man kann jetzt im Freien zu Mittag speisen.«

»Das sieht wohl etwas zu sehr nach einer Villa aus. Übrigens tut es nichts. Welch reine Luft atmet man hier! wie würzig ist sie! Ich glaube wahrhaftig, dieser herrliche Geruch ist unserem Lande eigentümlich. Und wie der Himmel ...«

Arkad hielt hier plötzlich inne, warf einen schüchternen Blick hinter den Wagen und schwieg.

»Gewiß,« antwortete Kirsanoff; »du bist hier geboren, und folglich muß alles in deinen Augen ...«

»Nach meiner Meinung liegt am Ort, wo man geboren ist, sehr wenig,« unterbrach ihn Arkad.

»Doch ...«

»Nein, der tut absolut nichts zur Sache.«

Kirsanoff sah seinen Sohn verstohlen an, und die beiden öffneten fast während der Fahrt von einer halben Werst nicht den Mund.

»Ich weiß nicht, ob ich dich schon davon in Kenntnis gesetzt habe,« nahm endlich Kirsanoff wieder das Wort, »daß deine alte gute Yegorowna gestorben ist.«

»Wirklich, die gute alte Frau! Und Prokofitsch, lebt er noch immer?«

»Ja, der ist noch derselbe, immer zänkisch, wie vor alters. Du wirst keine großen Veränderungen in Marino finden, ich sags dir voraus.«

»Hast du noch denselben Verwalter?«

»Das ist vielleicht die einzige Veränderung, die ich vorgenommen habe. Den habe ich fortgeschickt, nachdem ich mich entschlossen, keine freien Dworowi mehr im Dienst zu behalten, oder wenigstens ihnen keine Funktion anzuvertrauen, die irgendeine Verantwortlichkeit mit sich führt.«

Arkad wies mit den Augen auf Peter.

»Il est libre, en effet,« sagte Kirsanoff, »allein er ist ein Kammerdiener. Als Verwalter habe ich jetzt einen Bürger, der mir ein intelligenter Mann zu sein scheint. Ich gebe ihm jährlich 250 Rubel. Übrigens,« fuhr Kirsanoff fort und faßte dabei Stirn und Augenbrauen mit der Hand, eine Bewegung, die ihm eigen war, wenn er sich in Verlegenheit fühlte, »ich habe dir soeben gesagt, du werdest eben keine Veränderung in Marino finden. Ganz richtig ist das nicht, und ich halte es für meine Pflicht, dich vorher in Kenntnis zu setzen, obgleich dennoch ...«

Hier hielt er inne und fuhr bald darauf französisch fort:

»Ein strenger Moralist würde ohne Zweifel meine Aufrichtigkeit unpassend finden, allein erstens könnte das, was ich dir anvertrauen will, doch nicht geheim bleiben, und zweitens weißt du wohl, daß ich stets meine eigenen Ansichten über die Beziehungen zwischen Vater und Sohn gehabt habe. Nach all dem gebe ich übrigens zu, daß du das Recht haben würdest, mich zu tadeln ... In meinem Alter ... mit einem Wort ... das junge Mädchen ... von dem du wahrscheinlich schon hast sprechen hören ...«

»Fenitschka?« fragte Arkad ungezwungen.

Kirsanoff errötete etwas.

»Sprich den Namen nicht so laut aus, ich bitte dich. Ja ... nun, sie wohnt jetzt im Hause; ich habe ihr ... zwei kleine Stübchen eingeräumt. Übrigens kann alles wieder geändert werden.«

»Warum denn? Papa, ich bitte dich!«

»Wird dein Freund einige Zeit bei uns bleiben? Es wird etwas Verwirrung machen ...«

»Meinst du Bazaroffs wegen, so hast du unrecht. Er ist über all das hinweg.«

»Nein, auch deinetwegen,« fuhr Kirsanoff fort. »Fatalerweise ist der Flügel des Hauses nicht in bestem Stand.«

»Das wird sich finden, Papa; es kommt mir aber vor, als suchtest du dich zu entschuldigen. Was hast du doch für ein zartes Gewissen!«

»Ja, ohne Zweifel, ich sollte mir ein Gewissen daraus machen,« meinte Kirsanoff, der mehr und mehr errötete.

»Geh doch, lieber Vater, ich bitte dich!« erwiderte Arkad mit wohlwollendem Lächeln. ›Welche Idee, sich über so etwas entschuldigen zu wollen,‹ sagte der junge Mann zu sich selbst, und indem er diesem Gedanken nachhing, erwachte in ihm eine nachsichtige Zärtlichkeit für die gute und schwache Natur seines Vaters, mit einem gewissen Gefühl von geheimer Überlegenheit verbunden.

»Sprechen wir von der Sache nicht weiter, ich bitte dich,« fuhr er fort, im unwillkürlichen Genuß jener geistigen Unabhängigkeit, die ihn so hoch über jede Art von Vorurteil erhob.

Kirsanoff, der fortfuhr, sich die Stirne zu reiben, betrachtete ihn zum zweitenmal durch die Finger und fühlte es wie einen Stich im Herzen ... allein er mußte sich doch selbst anklagen.

»Hier beginnen unsere Felder,« hob er nach langem Schweigen an.

»Und das Gehölz gegenüber, gehört uns das nicht auch?« fragte Arkad.

»Doch; ich habe es aber eben jetzt verkauft und es wird vor Ende des Jahrs noch geschlagen werden.«

»Warum hast du es verkauft?«

»Ich hatte Geld nötig; übrigens werden ja ohnehin alle dieser Ländereien bald den Bauern gehören.«

»Und diese zahlen dir keine Abgaben?«

»Das ist die Frage; zuletzt werden sie wohl bezahlen müssen.«

»Es tut mir leid um das Gehölz,« sagte Arkad, indem er sich umschaute.

Das Land, durch das sie fuhren, war gerade nicht malerisch. Eine weite angebaute Ebene erstreckte sich bis zum Horizont, und der Boden erhob sich stellenweise nur, um sich bald wieder zu senken; in seltenen Zwischenräumen erschienen kleine Wäldchen, und etwas weiter ab schlängelten sich mit niedrigem vereinzeltem Gesträuch bekleidete Schluchten hin, die ziemlich getreu den Zeichnungen entsprachen, wie sie sich auf den alten, noch von der Regierung der Kaiserin Katharina herdatierenden Flurkarten finden. Hie und da stieß man auch auf kleine Bäche, von nackten Ufern, oder auf Weiher, von schlechten Dämmen eingehegt; dann kamen arme Dörfer, deren niedrige Häuschen schwarze, zerfetzte Strohdächer trugen; armselige Scheunen zum Dreschen des Getreides, mit Wänden aus geflochtenen Baumzweigen und enormen, vor leeren Tennen gähnenden Toren; Kirchen, die einen aus Backsteinen, deren Gipsüberzug am Abfallen war, die andern aus Holz, mit schiefstehenden Kreuzen am Giebel und von schlecht unterhaltenen Gottesäckern umgeben. Arkad fühlte sein Herz ein wenig beklemmt. Als ob es so hätte sein müssen, hatten alle Bauern, die ihnen in den Weg kamen, ein klägliches Aussehen und ritten auf kleinen Mähren. Die Weidenbäume an der Straße mit ihren zerrissenen Rinden und ihren abgeschnittenen Zweigen nahmen sich wie Bettler in Lumpen aus, Kühe mit ungebürsteten Haaren, mager und scheu, weideten gierig das Gras längs der Gräben ab; man hätte glauben sollen, sie seien eben irgendwelchen mörderischen Klauen entkommen, und mitten im Glanz des Frühlings mahnte der Anblick dieser armen Tiere an das weiße Gespenst des endlosen, unbarmherzigen Winters mit seinem Frost und seinen Schneestürmen. – »Nein,« sagte Arkad zu sich, »das ist keine reiche Gegend; sie zeigt nichts von Wohlstand, nichts von beharrlichem Fleiß; so kann sie unmöglich bleiben, da muß eine Änderung geschaffen werden ... Aber wie greift man das an?«

Während Arkad hierüber nachdachte, war um ihn her der Lenz in schönster Entwicklung. Überall lichtes Grün: unter dem sanften Atem eines warmen, leichten Windes schwoll und glänzte alles, die Bäume, die Gebüsche, das Gras; von allen Seiten ertönten die nie endenden Triller der Lerchen, Kiebitze wiegten sich rufend über den feuchten Wiesen oder liefen still über die Ackerschollen weg; Raben, deren schwarzes Gefieder sich schön von dem zarten Grün der Saaten abhob, ließen sich da und dort sehen; nur im Roggen, der schon zu bleichen begann, waren sie schwerer zu unterscheiden, kaum dann, wenn ihre Köpfe auf einen Moment über dies wallende Meer aufragten. Arkad bewunderte dies Gemälde und seine trüben Gedanken schwanden allmählich. Er legte seinen Mantel ab und heftete einen so freudigen und kindlichen Blick auf seinen Vater, daß dieser sich nicht enthalten konnte, ihn von neuem in seine Arme zu schließen.

»Bald sind wir da,« sagte Kirsanoff; »sobald wir auf diese Anhöhe gekommen sind, sehen wir das Haus. Wir beide werden uns verstehen, Arkad; du hilfst mir unser Gut verwalten, wenn es dich nicht zu sehr langweilt. Wir müssen uns eng aneinander anschließen und einander ganz kennen lernen. Nicht wahr?«

»Gewiß,« antwortete Arkad, »aber welch herrlicher Tag!«

»Zu Ehren deiner Ankunft, mein Lieber. Ja, der Frühling steht in seinem schönsten Glanz. Übrigens geht mirs wie Puschkin, du entsinnst dich der Verse:

Frühling, holde Liebeszeit,
Wie beschleicht mich Traurigkeit!«

»Arkad!« rief Bazaroff von seinem Tarantaß her, »schick mir ein Streichholz; unmöglich, die Pfeife in Brand zu bringen.«

Nikolaus Petrowitsch schwieg, und Arkad, der ihm mit einiger Überraschung, aber nicht ohne Interesse zugehört hatte, beeilte sich, ein silbernes Büchschen aus seiner Tasche zu langen und Peter damit zu Bazaroff zu schicken.

»Willst du eine Zigarre?« rief dieser.

»Gerne,« antwortete Arkad.

Peter brachte mit dem Büchschen eine dicke schwarze Zigarre, die Arkad sogleich zu rauchen anfing, deren Geruch aber so stark war, daß Kirsanoff, der in seinem Leben nie geraucht hatte, unwillkürlich die Nase abwandte, doch ohne seinem Sohn, den er nicht stören wollte, seinen Widerwillen zu verraten.

Eine Viertelstunde später hielten die beiden Gefährte vor dem Peristyl eines hölzernen, noch neuen Hauses, dessen Mauern grau verblendet und dessen eisernes Dach rot angestrichen war. Dies war Marino, sonst auch der »Neuhof« oder – von den Bauern – das »Waisenhaus« genannt.

Viertes Kapitel.

Die Ankunft der Herren versammelte nicht jene Menge von Dworowis auf der Treppe, wie dies wohl ehemals zu geschehen pflegte; ein kleines zwölfjähriges Mädchen erschien unter der Türe und bald hernach ein junger Bursche, Peter sehr ähnlich, in grauer Livree mit weißen Wappenknöpfen; es war der Diener von Paul Petrowitsch. Stillschweigend öffnete er die Wagentür und schlug das Spritzleder des Tarantaß zurück. Kirsanoff, gefolgt von seinem Sohne und Bazaroff, durchschritt einen düstern, schlecht möblierten Saal, in dessen Hintergrund für einen Augenblick die Gestalt einer jungen Frau sichtbar wurde; dann führte er seine Gäste in ein nach dem neuesten Geschmack dekoriertes Zimmer.

»Da wären wir nun zu Hause,« sagte Kirsanoff, seine Mütze abnehmend und seine Haare schüttelnd. »Vor allen Dingen wollen wir zu Nacht speisen und uns ausruhen.«

»Ich werde einen Bissen nicht verschmähen,« erwiderte Bazaroff, streckte sich und warf sich auf ein Kanapee.

»Ja ja, geschwind das Abendessen,« fuhr Kirsanoff fort und stampfte, ohne eigentlich zu wissen warum, mit den Füßen. »Da kommt ja gerade Prokofitsch.«

Ein magerer Mann in den Sechzigern, mit weißem Haar und braunem Gesicht, war in das Zimmer getreten. Er trug einen kastanienfarbigen Frack mit kupfernen Knöpfen und eine rosarote Krawatte. Er küßte Arkad die Hand, grüßte Bazaroff und stellte sich, die Hände auf dem Rücken, an der Türe auf.

»Da wäre er nun, Prokofitsch,« redete ihn Nikolaus Petrowitsch an. »Endlich haben wir ihn wieder. Nun, wie findest du ihn?«

»Ei, im allerbesten Stand,« erwiderte der Greis lächelnd, allein alsbald nahm er wieder seine ernsthafte Haltung an und zog seine dichten Augenbrauen zusammen. »Soll ich den Tisch decken?« fragte er mit wichtiger Miene.

»Ja ja, sei so gut. Aber würde Eugen Wassiliewitsch nicht vielleicht gerne vorher in sein Zimmer gehen?«

»Nein, ich danke. Sie sind wohl so gütig, diese Art Felleisen und diesen Fetzen dahin bringen zu lassen?« setzte er hinzu, indem er seinen Kaban auszog.

»Ganz wohl! Prokofitsch, nimm den Rock des Herrn.« Der alte Kammerdiener faßte den »Fetzen« mit einigem Staunen an, hob ihn über seinen Kopf empor und entfernte sich auf den Zehenspitzen. – »Und du, Arkad, willst du nicht auf dein Zimmer gehen?«

»Ja, ich möchte mich gern ein wenig säubern,« antwortete Arkad. Während er jedoch der Tür zuschritt, trat ein Mann von mittlerem Wuchs in den Salon, der einen englischen Swit von dunkler Farbe, eine nach der letzten Mode niedrige Krawatte und lackierte Halbstiefel trug. Es war Paul Petrowitsch. Er schien etwa 45 Jahre alt; seine sehr kurzgeschnittenen grauen Haare hatten den tiefen Glanz des noch unbearbeiteten Silbers, die Züge seines klaren, runzellosen Gesichts von gallichtem Teint waren von großer Regelmäßigkeit und mit äußerster Feinheit gezeichnet. Man sah wohl, daß er einst sehr schön gewesen sein mußte, besonders waren seine schwarzen und länglich geschnittenen feucht glänzenden Augen bemerkenswert. In Pauls elegantem Äußeren hatte sich noch die jugendliche Harmonie und etwas schwungvoll Aufstrebendes erhalten, das die Schwere der Erde nicht zu kennen scheint und gewöhnlich mit dem zwanzigsten Jahre verloren geht. Paul zog seine wohlgeformte Hand mit langen rosenroten Nägeln aus der Hosentasche, eine Hand, deren Schönheit noch von schneeweißen, am Handgelenk von großen Opalen zusammengehaltenen Manschetten erhöht wurde, und bot sie seinem Neffen dar. Nachdem das europäische *shake-hands* vollzogen war, gab er ihm nach russischer Sitte drei Küsse, das heißt, er berührte dreimal seine Wange mit seinem parfümierten Schnurrbart und sagte: »Sei willkommen.«

Sein Bruder stellte ihn auch Bazaroff vor, er neigte sich jedoch kaum gegen ihn, ohne ihm die Hand zu reichen, steckte sie vielmehr wieder in seine Hosentasche.

»Ich glaubte schon, ihr kämet heute nicht mehr,« sagte er mit einer Kopfstimme von angenehmem Klang und zeigte, sich anmutig wiegend und die Schultern hebend, seine schönen weißen Zähne. »Ist euch unterwegs etwas zugestoßen?«

»Zugestoßen ist uns nichts,« erwiderte Arkad; »wir haben uns nur Zeit gelassen. Jetzt haben wir aber Hunger wie die Wölfe. Treibe Prokofitsch ein wenig, Papa; ich komme sogleich wieder.«

»Wart, ich begleite dich!« rief Bazaroff und stand schnell vom Diwan auf; damit gingen die beiden jungen Leute hinaus.

»Was ist das?« fragte Paul.

»Ein Freund von Arkascha; wie er mir sagt, ein sehr intelligenter junger Mann.«

»Er bleibt einige Zeit hier?«

»Ja.«

»Der haarbuschige Gesell?«

»Ja, wahrscheinlich.«

Paul trommelte mit seinen Nägeln leicht auf den Tisch.

»Ich finde Arkad *s'est dégourdi,*« fuhr er fort; »es freut mich sehr, ihn wiederzusehen.«

Das Abendessen ging in ziemlicher Stille vorüber. Bazaroff namentlich sprach fast nichts, aß aber um so mehr. Kirsanoff erzählte mehrere Vorfälle aus seinem Pächterleben, wie er es nannte, setzte seine Ansichten über die Maßregeln auseinander, die seiner Meinung nach die Regierung hinsichtlich des Komitees, der Deputationen, der notwendig gewordenen Aushilfe durch Maschinenarbeit usw. ergreifen sollte. Paul – der nie zu Nacht speiste – ging langsam im Zimmer auf und ab, trank von Zeit zu Zeit ein paar Tropfen Rotwein aus einem kleinen Glase und warf noch seltener ein Wort oder vielmehr einen Ausruf, wie: ah! ei! hm! dazwischen.

Arkad erzählte Neuigkeiten von Petersburg, allein er fühlte sich etwas verlegen, wie dies meistens jungen Leuten begegnet, die, nachdem sie kaum die Kinderschuhe vertreten haben, wieder an den Ort zurückkommen, wo man gewöhnt war, sie als Kinder zu betrachten und demgemäß zu behandeln. Er machte unnötig lange Phrasen, vermied, das Wort Papa auszusprechen, und ließ sichs sogar einfallen, es durch »Vater« zu ersetzen, was er dann freilich nur zwischen den Zähnen murmelte; mit affektierter Gleichgültigkeit schenkte er sich viel mehr Wein ein, als ihm schmeckte, hielt sich aber für verbunden, ihn zu trinken. Prokofitsch ließ ihn nicht mehr aus den Augen und bewegte immer die Lippen, wie wenn er etwas kaute. Fast unmittelbar nach beendigtem Souper trennte man sich.

»Weißt du auch, daß dein Onkel ein kurioser Kauz ist?« sagte Bazaroff, der sich auf Arkads Bett gesetzt hatte und eine sehr kurze Pfeife rauchte. »Diese Eleganz auf dem Lande! Das ist wahrlich seltsam. Und seine Nägel! die könnte man auf die Ausstellung schicken.«

»Du weißt nicht,« entgegnete Arkad, »daß er der Löwe seiner Zeit war; ich erzähle dir einmal seine Geschichte. Er war ein bezaubernder Mann, der allen Weibern den Kopf verrückte.«

»Das ists also! Er lebt noch in der Erinnerung jener schönen Zeit. Unglücklicherweise gibt es hier aber keine Eroberungen zu machen. Ich konnte nicht satt werden, ihn zu betrachten; diese komischen Vatermörder! Man meint, sie seien aus Marmor, und wie glattrasiert sein Kinn ist! Arkad, weißt du, daß all das höchst lächerlich ist?«

»Ich geb es zu, aber nichtsdestoweniger ist er ein ausgezeichneter Mensch.«

»Ein echtes Stück Altertum. Dein Vater, das ist ein braver Mann. Er sollte es bleiben lassen, so gerne Verse zu lesen; er wird wenig von der Landwirtschaft verstehen, aber ein guter Kerl ist er.«

»Mein Vater ist ein seltener Mensch.«

»Hast du bemerkt, wie verlegen er war; wahrhaftig ganz schüchtern.« Arkad erhob den Kopf, um zu zeigen, daß er es wenigstens nicht sei.

»Es ist ein komisches Volk, diese grauköpfigen Romantiker. Sie geben ihrem ganzen Nervensystem eine derartige Entwicklung, daß das Gleichgewicht darüber verloren geht. Laß uns jetzt aber zu Bett gehen. Ich habe in meinem Zimmer zwar eine englische Wascheinrichtung, aber die Türe schließt nicht. Doch über so etwas setzt man sich hinweg; das englische Lavoir bleibt immer ein Fortschritt.«

Bazaroff entfernte sich und Arkad fühlte sich von großem Wohlbehagen ergriffen. Es ist ein süßes Ding, unter dem väterlichen Dach zu schlafen, in dem wohlbekannten alten Bett, unter einer Decke, die befreundete Hände, vielleicht die der guten Amme, genäht haben, diese zärtlichen und unermüdlichen Hände, die das Kind aufzogen.

Arkad gedachte wieder seiner Yegorowna und wünschte ihr die ewige Glückseligkeit; zum Beten brachte ers nicht einmal für sich selbst. Beide Freunde schliefen bald ein; nicht ebenso einige andere Bewohner des Hauses. Kirsanoff hatte die Rückkehr seines Sohnes sehr aufgeregt. Er legte sich zwar nieder, löschte das Licht aber nicht; den Kopf auf die Hand gestützt, hing er noch lange seinen Gedanken nach. Sein Bruder blieb, in einem breiten Lehnstuhl hingestreckt, vor einem im Kamin brennenden schwachen Steinkohlenfeuer bis gegen 1 Uhr nach Mitternacht sitzen. Er hatte sich nicht ausgekleidet, nur die lackierten Halbstiefel hatte er mit roten chinesischen Pantoffeln ohne Absätze vertauscht. Er hielt die letzte Nummer von »Galignani« in der Hand, las aber nicht. Seine Augen waren auf den Kamin gerichtet, auf dem eine bläuliche Flamme hin und her schwankte ... Gott weiß, was er dachte; aber es war nicht die Vergangenheit allein, in der seine Träumereien umherirrten; der Ausdruck düsterer Versunkenheit lag auf ihm, was nicht der Fall ist, wenn man sich bloß Erinnerungen hingibt. Im Hintergrund eines kleinen Zimmerchens auf der Rückseite des Hauses saß, in eine blaue Duschagreika gekleidet, mit einem weißen Tuch über dem schwarzen Haar, eine junge Frau namens Fenitschka, die, obwohl fast vor Schlaf umsinkend, Ohr und Augen auf eine halbgeöffnete Türe gerichtet hielt, durch die man ein kleines Bett gewahrte mit einem schlafenden Kinde darin; man hörte sein gleichmäßiges ruhiges Atmen.

Fünftes Kapitel.

Bazaroff war am folgenden Morgen zuerst erwacht und alsbald aus dem Hause gegangen.

»Nun,« sagte er zu sich,»schön ist das Land da herum eben nicht, das kann man nicht sagen.«

Als Kirsanoff seine Bauern ablöste, behielt er für seine neue Wirtschaft nur ungefähr vier Dessätinen ganz ebenen und unbebauten Bodens übrig. Auf diesem baute er sich ein Wohnhaus und die nötigen Wirtschaftsgebäude; seitwärts legte er einen Garten an und grub einen Teich und zwei Brunnen; aber die Bäume, die er pflanzte, kamen schlecht fort, der Teich füllte sich langsam und das Wasser der Brunnen war salzig. Doch gaben die Akazien und die Fliedersträuche des Bosketts dann und wann einigen Schatten, und jetzt wurde dort das Mittagessen oder der Tee eingenommen. Bazaroff durchwandelte rasch alle Fußwege des Gartens, besichtigte den Hühnerhof, den Stall, entdeckte zwei junge Dworowis, mit denen er sofort Bekanntschaft machte, und nahm sie mit, um in einem Sumpf, eine Werst vom Hause entfernt, Frösche zu fangen.

»Wozu brauchst du deine Frösche, Herr?« fragte ihn eines der Kinder.

»Das will ich dir sagen,« erwiderte Bazaroff, der die besondere Gabe hatte, Leuten der unteren Volksklasse Vertrauen einzuflößen, obwohl er sie, weit entfernt von eigentlicher Herablassung, gewöhnlich ziemlich zurückhaltend behandelte. »Ich schneide die Frösche auf und sehe nach, was in ihrem Innern vorgeht. Da wir beide, du und ich, auch solche Frösche sind, aber Frösche, die auf zwei Füßen gehen, so lerne ich dann daraus, was in unserem eigenen Leib vorgeht.«

»Und warum willst du das wissen?«

»Damit ich mich nicht irre, wenn du krank wirst und ich dir helfen soll.«

»Also bist du ein ›Doktor‹?«

»Ja.«

»Waska, höre einmal, der Herr sagt, wir seien Frösche.«

»Ich fürchte mich vor den Fröschen,« antwortete Waska, ein barfüßiges Kind von etwa sieben Jahren mit weißen Flachshaaren, in einen Kaftan von grobem grauem Tuch mit stehendem Kragen gekleidet.

»Warum soll man sie denn fürchten? Beißen sie denn?«

»Vorwärts, ihr Philosophen, geht ins Wasser,« rief ihnen Bazaroff zu. Kaum war Bazaroff ausgegangen, als auch Kirsanoff erwachte und aufstand. Er ging in Arkads Zimmer, den er schon angekleidet traf. Vater und Sohn traten auf die Terrasse, über die eine Markise ausgespannt war; ein kochender Samowar erwartete sie auf einem Tische zwischen dichten Fliederbüschen. Die kleine Dienerin, die den Abend zuvor zuerst unter dem Peristyl zu ihrer Begrüßung erschienen war, kam alsbald und meldete mit feiner Stimme:

»Fedosia Nikolajewna ist nicht ganz wohl und läßt fragen, ob Sie sich den Tee gütigst selbst bereiten wollen oder ob sie Duniascha schicken soll?«

»Ich werde ihn selbst bereiten,« gab Kirsanoff schnell zur Antwort.

»Wie trinkst du ihn lieber, Arkad? Willst du Rahm oder Zitronen?«

»Mir ist Rahm lieber,« sagte Arkad, und nach kurzem Schweigen fuhr er in fragendem Tone fort:

»Lieber Papa? ...«

Kirsanoff betrachtete seinen Sohn mit einiger Verlegenheit.

»Was meinst du?« fragte er ihn.

Arkad schlug die Augen nieder.

»Verzeih, Papa, wenn dir meine Frage ungelegen ist, aber deine Offenheit von gestern gibt mir das Recht, gleichfalls aufrichtig zu sein. Willst du nicht böse werden?«

»Sprich!«

»Du ermutigst mich zu der Frage ... Wenn Fen ... wenn sie den Tee nicht servieren will – bin ich nicht die Ursache?«

Kirsanoff wandte etwas den Kopf.

»Vielleicht ...« gab er endlich zur Antwort; »sie denkt ... sie schämt sich.«

Arkad warf einen raschen Blick auf den Vater.

»Da hat sie sehr unrecht,« gab er zur Antwort. »Du kennst meine Ansichten. (Arkad gefiel sich in diesem Ausdruck.) Es wäre mir äußerst leid, wenn ich dich auch nur im mindesten in deinem Leben, in deinen Gewohnheiten stören würde. Zudem weiß ich gewiß, daß du keine schlechte Wahl getroffen, und daß, wenn du ihr erlaubt hast, unter unserem Dache zu leben, sie dessen auch würdig ist. Überhaupt aber ist ein Sohn nicht der Richter seines Vaters, und ich zumal ... und noch dazu eines Vaters wie du, der niemals meine Freiheit in irgend etwas beschränkt hat ...«

Arkad hatte die ersten Worte mit zitternder Stimme vorgebracht; er kam sich großherzig vor, und doch begriff er gleichzeitig wohl, daß es das Ansehen hatte, als lese er seinem Vater die Lektion; aber der Laut unserer eigenen Stimme berauscht, und Arkad trug das Ende seines kleinen Diskurses mit Festigkeit und selbst etwas deklamatorischem Tonfall vor.

»Ich danke dir, Arkascha,« gab ihm der Vater mit unterdrückter Stimme zur Antwort, indem er sich wiederholt Stirn und Augenbrauen rieb. »Deine Vermutungen sind begründet. Es ist sicher, daß, wenn das junge Mädchen nicht eine empfehlenswerte Person wäre ... Es ist nicht bloß die Anwandlung einer Laune ... In der Tat, es setzt mich in Verlegenheit, über alles das mit dir zu reden, aber einsehen wirst du wohl, daß es ihr fast nicht möglich war, hier vor dir zu erscheinen, zumal am ersten Tag nach deiner Ankunft.«

»Wenn dem so ist,« rief Arkad in einer neuen Anwandlung von Edelmut, »so will ich sie selbst begrüßen,« und damit sprang er vom Stuhle auf. »Ich werde es ihr auseinandersetzen, daß sie vor mir nicht zu erröten braucht.«

»Arkad,« rief sein Vater und stand gleichzeitig auf, »tu mir den Gefallen ... das geht nicht an ... Da unten ... Ich habe dich ja noch nicht in Kenntnis gesetzt ...«

Allein sein Sohn hörte ihn schon nicht mehr; mit einem Sprunge hatte er die Terrasse verlassen. Kirsanoff verfolgte ihn mit den Augen und sank in höchster Unruhe in seinen Stuhl zurück. Sein Herz klopfte heftig. Kamen ihm die fremden Beziehungen, die notwendig zwischen seinem Sohne und ihm eintreten mußten, zum Bewußtsein; dachte er darüber nach, ob es von Arkad nicht rücksichtsvoller gewesen wäre, wenn er jede Anspielung auf das Verhältnis vermieden hätte, oder machte er sich Vorwürfe über seine Schwäche? Dies war schwer zu unterscheiden. Alle diese Gefühle wogten in seiner Brust durcheinander. Die Röte, die seine Stirne überzogen hatte, blieb beharrlich, und sein Herz klopfte nach wie vor heftig.

Da ließen sich beschleunigte Schritte hören, und Arkad erschien wieder auf der Terrasse.

»Wir haben jetzt Bekanntschaft gemacht, lieber Vater,« rief er triumphierend und zärtlich zugleich. »Fedosia Nikolajewna ist wirklich unwohl und wird erst später kommen. Aber warum hast du mir nicht gesagt, daß ich ein Brüderchen habe? Ich hätte es schon gestern mit eben der Freude geküßt, mit der es soeben geschah.«

Nikolaus Petrowitsch wollte antworten; er wollte sich erheben und die Arme ausbreiten. Arkad warf sich ihm an den Hals.

»Wie? man küßt sich noch einmal?« rief Paul hinter ihnen.

Sein Erscheinen war Vater und Sohn gleich willkommen; es ist uns oft nicht leid, wenn den rührendsten Situationen ein Ziel gesetzt wird.

»Wundert dich das?« erwiderte Kirsanoff heiter. »Da kommt endlich Arkascha nach langer Zeit wieder heim; ich habe seit gestern noch nicht einmal Zeit gehabt, mir ihn recht anzusehen.«

»Mich wundert das keineswegs,« erwiderte Paul, »es geht mir ja selbst fast wie dir.«

Arkad trat auf seinen Oheim zu, der ihm abermals die Wangen mit seinem parfümierten Schnurrbart streifte.

Paul setzte sich an den Tisch. Er trug ein elegantes Morgenkostüm nach englischem Geschmack; ein kleiner Fes zierte seinen Kopf. Dieser Kopfputz und eine nachlässig geknüpfte Krawatte waren wie eine Andeutung der Freiheit, zu welcher das Landleben berechtigt; aber der gestärkte Hemdkragen, diesmal farbig, wie es die Mode für eine Morgentoilette vorschreibt, umschloß mit der gewöhnlichen Unbiegsamkeit sein wohlrasiertes Kinn.

»Wo ist denn dein neuer Freund?« fragte er Arkad.

»Er ist schon ausgegangen; er steht gewöhnlich sehr früh auf und macht irgendeinen Ausflug. Man darf sich aber nicht um ihn bekümmern, er haßt die Förmlichkeiten.«

»Ja, das sieht man wohl.«

Paul strich langsam Butter auf sein Brot.

»Denkt er längere Zeit hierzubleiben?«

»Das weiß ich nicht; er will auch seinen Vater besuchen.«

»Wo wohnt sein Vater?«

»In unserem Gouvernement, etwa 80 Werst von hier. Er hat dort ein kleines Besitztum. Er ist ein alter Militärchirurg.«

»Ti .. ti .. ti ... Den Namen kenne ich ja, glaube ich. Nikolaus, erinnerst du dich nicht eines Doktors Bazaroff, der in der Division unseres Vaters diente?«

»Ja, ich glaube mich seiner zu erinnern.«

»Ganz gewiß. Also der Doktor ist sein Vater, he!« sagte Paul und bewegte den Schnurrbart. »Und was ist denn eigentlich Herr Bazaroff Sohn?« setzte er langsam hinzu.

»Was er ist?« Arkad lachte. »Soll ich Ihnen, lieber Onkel sagen, was er eigentlich ist?«

»Tu mir diesen Gefallen, mein teurer Neffe.«

»Er ist ein Nihilist.«

»Wie?« fragte der Vater. Paul aber erhob sein Messer, dessen Spitze ein Stückchen Butter trug, und blieb unbeweglich.

»Ja, er ist ein Nihilist,« wiederholte Arkad.

»Ein Nihilist!« sagte Kirsanoff. »Das Wort muß aus dem Lateinischen *nihil:* nichts, kommen, soweit ich es beurteilen kann, und bedeutet mithin einen Menschen, der ... nichts anerkennen will.«

»Oder vielmehr, der nichts respektiert,« sagte Paul, der wieder sein Butterbrot zu streichen fortfuhr.

»Ein Mensch, der alle Dinge vom Gesichtspunkte der Kritik aus ansieht,« erwiderte Arkad.

»Kommt das nicht auf dasselbe heraus?« fragte der Onkel.

»Nein, durchaus nicht; ein Nihilist ist ein Mensch, der sich vor keiner Autorität beugt, der ohne vorgängige Prüfung kein Prinzip annimmt, und wenn es auch noch so sehr im Ansehen steht.«

»Und damit bist auch du einverstanden? Das ist recht und gut?« erwiderte Paul.

»Je nachdem, lieber Onkel. Es gibt Leute, die sich dabei wohl befinden, wie im Gegenteil andere, die sich ganz schlecht dareinzufinden wissen.«

»Wahrhaftig? Nun, ich sehe, das geht über meinen Gedankenkreis. Leute der alten Zeit wie ich, denken, daß es durchaus nötig ist, gewisse Prinzipien (Paul sprach dies Wort wie die Franzosen mit einer gewissen Weichheit aus, während Arkad im Gegensatz es hart akzentuierte) ohne Prüfung, um deinen Ausdruck zu gebrauchen, anzunehmen. Ihr wollt uns das alles umstoßen. Gebe euch Gott Gesundheit und den Generalsrang! Was uns anbetrifft, so wollen wir uns damit begnügen, euch zu bewundern, meine Herren – wie sagtest du doch?«

»Nihilisten!« antwortete Arkad, indem er auf jede Silbe Nachdruck legte.

»Ja, wir zu unserer Zeit, wir hatten Hegelisten, jetzt sind es Nihilisten. Wir werden sehen, wie ihr es angreift, um im Nichts, im Vakuum, wie unter einer pneumatischen Maschine zu existieren. Und jetzt, lieber Bruder, sei so gut und ziehe die Glocke, ich möchte meinen Kakao trinken.«

Nikolaus Petrowitsch läutete und rief: »Duniascha!« Allein statt Duniascha war es Fenitschka selbst, die erschien. Sie war eine junge Frau von etwa 23 Jahren, weiß und rund, mit schwarzen Augen und dunklem Haar; ihre Lippen waren rot und voll wie die eines Kindes, und ihre Hände zierlich und fein. Ihr Anzug bestand in einem Kattunkleide und einem ganz neuen blauen Halstuch, das über ihre runden Schultern geworfen war; sie hielt eine große Tasse Schokolade in der Hand; indem sie diese vor Paul niederstellte, schien sie ganz außer Fassung, und die feine, durchsichtige Haut ihres Antlitzes färbte sich mit einem lebhaften Rot. Sie schlug die Augen nieder und blieb nahe dem Tisch stehen, auf den sie sich mit den Fingerspitzen stützte. Sie sah aus, wie wenn sie sich über ihr Kommen Vorwürfe mache und doch zugleich fühle, daß sie nicht ohne ein Recht dazu gekommen sei. Paul runzelte streng die Augenbrauen, Kirsanoff war gänzlich verwirrt.

»Guten Morgen, Fenitschka,« murmelte er endlich.

»Guten Morgen,« erwiderte sie mit einer nicht lauten, doch wohlklingenden Stimme; dann zog sie sich langsam wieder zurück, nachdem sie verstohlen einen Blick auf Arkad geworfen hatte, den dieser mit freundlichem Lächeln erwiderte. Sie wiegte sich im Gehen ein wenig in den Hüften; es stand ihr aber sehr gut.

Nachdem sie gegangen war, herrschte einige Augenblicke auf der Terrasse ein tiefes Schweigen. Paul trank seinen Kakao. Langsam erhob er den Kopf ...

»Da kommt ja der Herr Nihilist, dems endlich gefällt, zu erscheinen,« sagte er halblaut. Wirklich war Bazaroff, über die Rabatten wegschreitend, eben in den Garten eingetreten. Sein Paletot und seine leinenen Beinkleider waren beschmutzt, eine Sumpfpflanze war um seinen alten runden Hut geschlungen. In der rechten Hand hielt er einen kleinen Sack, darin bewegte sich etwas. Er kam mit großen Schritten auf die Terrasse zu, neigte ein wenig den Kopf und sagte:

»Guten Morgen, meine Herren, entschuldigen Sie, wenn ich etwas spät zum Tee komme. Ich werde sogleich wiedererscheinen, ich muß mich vorher meiner Gefangenen entledigen.«

»Sind das Blutegel?« fragte Paul.

»Nein, Frösche.«

»Wollen Sie die essen oder aufziehen?«

»Ich brauche sie zu Untersuchungen,« antwortete Bazaroff gleichgültig und trat ins Haus.

»Wahrscheinlich seziert er sie,« fuhr Paul fort. »Er glaubt nicht an Prinzipien und glaubt an die Frösche.«

Arkad warf auf seinen Onkel einen Blick des Mitleids, und Kirsanoff zuckte fast unmerklich die Achseln. Paul begriff übrigens selbst, daß sein Witzwort ihm nicht gelungen war – und fing an, über Landwirtschaft zu sprechen, bei welcher Gelegenheit er erzählte, daß der neue Verwalter mit seiner gewohnten Beredsamkeit sich über den Arbeiter Foka beklagt habe, mit dem er nichts anzufangen wisse. Der Kerl sei ein wahrer Äsop, sagte der Verwalter, er wisse den üblen

Burschen, vor dem jedermann das Kreuz schlage, nicht zu verwenden, kaum sei er bei der Arbeit, so mache er Dummheiten, reiße aus – und – gesehen hat man ihn.

Sechstes Kapitel.

Bazaroff erschien bald wieder; er nahm Platz und schickte sich an, Tee zu trinken, wie wenn er den Samowar hätte erschöpfen wollen. Die beiden Brüder sahen ihm stillschweigend zu, während Arkad von der Seite her wieder diese beobachtete.

»Sind Sie weit weg gewesen?« fragte endlich Kirsanoff.

»Bis zu einer Art von Sumpf bei Ihrem Espenwald. Dort sind fünf oder sechs Bekassinen vor mir aufgestiegen; die kannst du schießen, Arkad.«

»Sie selbst sind wohl nicht Jäger?«

»Nein.«

»Sie beschäftigen sich hauptsächlich mit Physik?« fragte Paul.

»Ja, mit Physik und überhaupt mit den Naturwissenschaften.«

»Man behauptet, die Germanen hätten in diesen Wissenschaften seit einigen Jahren große Fortschritte gemacht.«

»Ja, darin sind die Deutschen unsere Meister,« erwiderte Bazaroff nachlässig.

Paul hatte den Ausdruck »Germanen« in ironischer Absicht gebraucht, aber es machte keine große Wirkung.

»Sie haben für die Deutschen eine sehr hohe Achtung?« fuhr er mit erzwungener Höflichkeit fort. Er fing an, eine dumpfe Erregung in sich zu fühlen. Seine aristokratische Natur konnte Bazaroffs ungeniertes Auftreten nicht ertragen. Dieser Chirurgensohn zeigte nicht nur keine Spur von Verlegenheit, sondern antwortete ihm auch schroff und keineswegs verbindlich, und der Ton seiner Stimme hatte etwas Grobes, das an Insolenz streifte.

»Die Gelehrten dieses Landes sind verdienstvolle Burschen,« sagte Bazaroff.

»Jawohl, jawohl. Wahrscheinlich haben Sie von den russischen Gelehrten keinen so schmeichelhaften Begriff?«

»Wohl möglich.«

»Eine solche Unparteilichkeit macht Ihnen viel Ehre,« fuhr Paul fort und richtete sich mit etwas aufgeworfenem Kopf empor. »Übrigens hat uns Arkad Nikolajewitsch schon gesagt, daß Sie ja in Sachen der Wissenschaft gar keine Autorität anerkennen. Wie verträgt sich das mit der Ansicht, die Sie soeben aussprechen? Ist das wirklich wahr, daß Sie keine Autorität anerkennen?«

»Warum sollte ichs tun? Und an was müßte ich glauben? Beweist man mir eine vernünftige Sache, bin ich damit einverstanden, und alles ist gesagt.«

»Demnach sagen die Deutschen immer nur vernünftige Dinge?« murmelte Paul Petrowitsch, und sein Gesicht nahm einen solchen Ausdruck von Gleichgültigkeit und Unempfindlichkeit an, daß man hätte glauben können, er habe sich in eine irdischen Gemütsbewegungen ganz unzugängliche Sphäre erhoben.

»Nicht immer,« erwiderte Bazaroff mit verhaltenem Gähnen, wie wenn er zu verstehen geben wollte, daß ihm dieser müßige Streit lästig werde.

Paul betrachtete Arkad mit einem Ausdruck, der zu sagen schien: Man muß zugeben, daß dein Freund nicht gerade höflich ist.

»Was mich anbelangt,« fuhr er mit lauter Stimme und nicht ohne einige Anstrengung fort, »ich gestehe in Demut, daß ich die Herren Deutschen nicht sehr liebe. Ich verstehe darunter die echten Deutschen und nicht die Deutschrussen. Übrigens weiß man auch, was an diesen ist. Ja, die Deutschen in Deutschland sind nicht mein Geschmack. Vormals waren sie noch erträglich; sie hatten bekannte Namen: Schiller, Goethe zum Beispiel. Mein Bruder hat für diese Schriftsteller eine ganz besondere Verehrung, jetzt aber gewahre ich unter ihnen nur Chemiker und Materialisten.«

»Ein guter Chemiker ist zwanzigmal nützlicher als der beste Poet,« sagte Bazaroff.

»Wirklich?« erwiderte Paul und hob die Augenbrauen, wie wenn er soeben erwachte; »die Kunst scheint also für Sie eine gänzlich wertlose Sache?«

»Die Kunst, Geld zu gewinnen und die Hühneraugen gründlich zu vertreiben,« rief Bazaroff mit verächtlichem Lächeln.

»Vortrefflich! Wie Sie zu scherzen geruhen! Das kommt auf eine vollständige Negation heraus. Gut! Immerhin, Sie glauben also nicht an die Wissenschaft?«

»Ich habe schon die Ehre gehabt, Ihnen zu sagen, daß ich an gar nichts glaube. Was verstehen Sie unter dem Wort Wissenschaft im generellen Sinn? Es gibt Wissenschaften, wie es Handwerke, wie es Professionen gibt. Eine Wissenschaft in dem Sinn, den Sie dem Wort beilegen, gibt es nicht.«

»Das ist ganz gut. Sie verneinen wohl ebenso alle anderen Prinzipien, auf welchen unsere soziale Ordnung ruht?«

»Ist das etwa ein – politisches Verhör?« fragte Bazaroff.

Paul erblaßte ein wenig. Kirsanoff hielt es an der Zeit, sich in die Unterhaltung zu mischen.

»Wir wollen über all das später des längern sprechen, mein lieber Eugen Wassiliewitsch; Sie werden uns dann alle Ihre Ansichten auseinandersetzen und wir Ihnen dagegen die unsrigen mitteilen. Was mich anbelangt, so freut es mich zu hören, daß Sie sich mit den Naturwissenschaften beschäftigen. Man hat mir gesagt, daß in der letzten Zeit Liebig erstaunliche Entdeckungen hinsichtlich der wirtschaftlichen Behandlung des Bodens gemacht habe. Da können Sie mir in meinen agronomischen Arbeiten zu Hilfe kommen und trefflichen Rat geben.«

»Mit Vergnügen, Nikolaus Petrowitsch; allein lassen wir Liebig beiseite. Ehe man ein Buch öffnet, muß man lesen können, und wir kennen noch nicht einmal das Abc ...«

»Nun, du bist doch ein wahrhafter Nihilist,« dachte Kirsanoff. – »Wie dem auch sei,« erwiderte er, »so werden Sie mir erlauben, mich vorkommendenfalls an Sie zu wenden. Aber, lieber Bruder, ist es nicht Zeit, sich mit dem Verwalter zu besprechen?«

Paul erhob sich.

»Ja,« sagte er, ohne seine Rede an einen der Anwesenden zu richten, »es ist ein Unglück, vier oder fünf Jahre nacheinander auf dem Lande zu wohnen, fern von allen großen Geistern. Man wird allmählich ein wahrer Dummkopf. Man gibt sich alle Mühe, das, was man gelernt hat, nicht zu vergessen; allein, pah! eines schönen Morgens wird man gewahr, daß das lauter Läpperei war, nichts als müßiges Zeug, womit sich heutzutage kein verständiger Mensch mehr beschäftigt, man wird belehrt, daß man ein Faselhans ist. Was tun? Es scheint, daß die Jugend entschieden klüger ist als wir Alten.«

Paul drehte sich langsam auf dem Absatz um und entfernte sich mit gemessenen Schritten. Sein Bruder folgte ihm.

»Ist er immer von dieser Stärke?« fragte Bazaroff kalt, als kaum die Türe geschlossen war.

»Hör, Eugen,« erwiderte sein Freund, »du bist zu schroff gegen ihn gewesen, du hast ihn verletzt.«

»Wirklich? Man hätte sie wohl schonen sollen, diese Maulwurfsaristokraten! Aber all das ist nichts als Eigenliebe, Gewohnheiten des ehemaligen Löwen, Geckentum. Warum hat er seine Rolle in Petersburg nicht fortgespielt, da er sich dazu berufen fühlte? Übrigens: Gott segne ihn! Ich habe eine ziemlich seltene Spezies von *dyticus marginatus* gefunden, ich will sie dir zeigen.«

»Ich habe dir versprochen, seine Geschichte zu erzählen,« sagte Arkad.

»Wessen Geschichte, des *dyticus?*«

»Geh mit deinen Scherzen, die Geschichte meines Onkels. Du wirst sehen, daß er nicht der Mann ist, für den du ihn hältst. Anstatt ihn lächerlich zu machen, solltest du ihn vielmehr bedauern.«

»Möglich! Aber warum bist du so vernarrt in ihn?«

»Man muß gerecht sein, Eugen.«

»Ich wüßte nicht warum.«

»Genug! hör zu ...«

Arkad schickte sich an, seinem Freunde die Geschichte seines Oheims zu erzählen. Der Leser findet sie in dem folgenden Kapitel.

Siebentes Kapitel.

Paul Petrowitsch Kirsanoff hatte seine erste Kindheit mit seinem Bruder Nikolaus unter dem väterlichen Dache zugebracht; dann war er in das Pagenkorps eingetreten. Auffallend schön, selbstgefällig, ein wenig spöttisch und von koketter Reizbarkeit (was damals in der Mode war), gefiel er natürlich allgemein. Kaum Offizier geworden, trat er in die große Welt. Überall empfing man ihn mit offenen Armen, er ließ sichs wohl sein, mißbrauchte sein Glück und beging tausend Torheiten, allein das schadete ihm nichts. Die Frauen waren in ihn vernarrt, die Männer behandelten ihn als einen Gecken und beneideten ihn doch im stillen. Er lebte, wie schon erwähnt, mit seinem Bruder zusammen und hatte ihn sehr lieb, obschon dieser ihm in nichts glich. Nikolaus Petrowitsch hinkte ein wenig; auch er hatte ein angenehmes, aber ernstes Gesicht, sanfte, verschleierte Augen und spärliches Haar; er war träg, las aber gern und floh die große Welt. Paul brachte die Abende nie zu Hause zu; er hatte sich den wohlverdienten Ruf der Kühnheit und Gewandtheit erworben (er zuerst hatte unter den jungen Leuten von Stand gymnastische Übungen in Mode gebracht), seine Lektüre jedoch beschränkte sich im ganzen auf fünf oder sechs Broschüren von Chateaubriand. Mit achtundzwanzig Jahren Hauptmann geworden, stand ihm eine glänzende Laufbahn offen, als sich plötzlich alles änderte.

Man erinnert sich in Petersburg noch der Fürstin R. In der Periode, von der wir reden, erschien sie von Zeit zu Zeit in der Residenz. Ihr Gemahl war ein Mann von guter Erziehung, aber ein wenig beschränkt, und sie hatten keine Kinder. Die Fürstin ging plötzlich für lange Zeit auf Reisen, kehrte unerwartet nach Rußland zurück und führte sich in allem höchst befremdend auf. Sie galt für leichtfertig und kokett; allen Vergnügungen gab sie sich mit Leidenschaft hin, tanzte bis zum Umsinken, scherzte und lachte mit den jungen Leuten, die sie vor dem Diner im Zwielicht ihres Salons empfing, und brachte die Nächte betend und weinend zu, ohne einen Augenblick Ruhe finden zu können. Oft blieb sie bis zum Morgen in ihrem Zimmer, die Arme in Herzensangst ringend, oder blaß und kalt über die Blätter eines Psalters gebückt. Kam der Tag, so verwandelte sie sich wieder in die elegante Dame, machte Besuche, lachte, schwatzte und warf sich auf alles, was ihr die geringste Zerstreuung zu bieten vermochte. Sie war von herrlichem Wuchs; ihr Haar war licht und schwer wie Gold und fiel ihr bis über die Knie herab; doch zählte man sie nicht zu den Schönheiten, in ihrem Gesicht waren nur die Augen schön, und auch das ist vielleicht zuviel gesagt, denn diese Augen waren ziemlich klein und grau, ihr Blick jedoch, lebhaft und tief, sorglos bis zur Kühnheit und träumerisch bis zur Trostlosigkeit, war ebenso rätselhaft als bezaubernd. Etwas Außerordentliches strahlte daraus wider, selbst wenn ihr die unbedeutendsten Worte über die Lippen kamen. Ihre Toilette war immer zu auffallend.

Paul begegnete ihr auf einem Ball, tanzte mit ihr eine Masurka, während welcher sie kein vernünftiges Wort mit ihm sprach, und leider verliebte er sich leidenschaftlich in sie. An schnelle Erfolge gewöhnt, gelangte er auch diesmal, wie immer, rasch zum Ziel, doch die Leichtigkeit dieser Eroberung erkältete ihn nicht. Im Gegenteil fühlte er sich immer mehr an dieser Frau gefesselt, die selbst dann, wenn sie ganz Hingebung war, in ihrem Herzen noch immer eine geheimnisvolle Fiber zu behalten schien, die man vergeblich zu begreifen suchte. Was sie darin noch im Rückhalt hielt? Gott weiß es! Man hätte glauben sollen, sie stehe unter der Herrschaft übernatürlicher Kräfte, die nach Laune mit ihr spielten, und ihr nicht eben umfassender Geist habe die Kraft nicht, mit solchen Gegnern den Kampf aufzunehmen. Ihr ganzes Leben bot nur eine Reihe unerklärlicher Handlungen dar; an einen Mann, den sie kaum hatte kennen gelernt, richtete sie sofort Briefe, die sie in den Augen ihres Gemahls kompromittieren konnten, und liebte sie, so hatte doch ihre Liebe einen seltsamen Schimmer von Traurigkeit; sie lachte und scherzte nicht mehr mit dem, den sie sich jetzt erkoren hatte, sie betrachtete ihn und lieh ihm ihr Ohr mit einer Art von Erstaunen. Oft und meist unerwartet wurde dies Staunen zum stummen Schrecken, und ihr Gesicht nahm dann einen düstern und wilden Ausdruck an; sie schloß sich in ihr Schlafzimmer ein, und legten ihre Frauen das Ohr an die Türe, so hörten sie ein dumpfes Stöhnen. Mehr als einmal, wenn Paul von einer zärtlichen Zusammenkunft mit ihr nach Hause kam, fühlte er im Herzen den bittern Verdruß, den sonst ein definitives Mißlingen erzeugt.

»Hab ich nicht alles erhalten, was ich wollte?« fragte er sich, und doch blutete ihm das Herz fort und fort. Eines Tages gab er ihr einen Ring mit einem Steine, auf welchem eine Sphinx eingraviert war.

»Was ist das?« fragte sie, »eine Sphinx?«

»Ja,« antwortete er, »und diese Sphinx sind Sie.«

»Ich?« erwiderte sie und erhob langsam ihren unbeschreiblichen Blick zu ihm. »Wissen Sie, daß ich mich dadurch geschmeichelt fühle?« fuhr sie mit einem kaum merklichen Lächeln, aber mit demselben rätselhaften Ausdruck ihres Blickes fort.

Paul litt viel, solange er die Fürstin R. liebte; allein als sie anfing, ihm Kälte zu zeigen, und dies geschah bald, war er nahe daran, den Verstand zu verlieren. Verzweiflung und Eifersucht verzehrten ihn, er ließ ihr keinen Augenblick Ruhe und verfolgte sie überall; gelangweilt von seinen Verfolgungen, reiste sie ins Ausland. Paul nahm seinen Abschied, trotz aller Bitten seiner Freunde, trotz des Rats seiner Vorgesetzten, und folgte der Spur der Fürstin. So brachte er vier Jahre auf Reisen zu, bald war er wieder mit ihr vereinigt, bald verließ er sie in der Absicht, sie nicht wiederzusehen; er errötete über seine

Schwäche und verwünschte sie ... allein es half nichts. Das Bild dieser Frau, dieses unbegreifliche, wahrhaft magische Bild, aus dem sich kein Sinn herausfinden ließ, hatte sich seiner Seele zu tief eingeprägt. Als sie sich in Baden wiedersahen, stellte sich fast das alte Verhältnis wieder her, ihre Liebe schien größer als je; allein das dauerte kaum einen Monat. Die Flamme, die sich eben wiederbelebt hatte, erlosch abermals und für immer. Den unvermeidlichen Bruch voraussehend, wollte Paul wenigstens ihr Freund bleiben, als ob mit einer solchen Frau eine Freundschaft möglich wäre. Sie verließ heimlich Baden und mied ihn von diesem Tage an beharrlich. Paul kehrte nach Rußland zurück und versuchte, seine alte Lebensweise wieder aufzunehmen, aber vergeblich. Er war unaufhörlich in Bewegung und fand nirgends Ruhe; doch besuchte er die Salons und behielt alle Gewohnheiten eines Weltmannes bei; seiner Eitelkeit konnte es zwar schmeicheln, zwei oder drei neue Eroberungen gemacht zu haben; aber im Grunde hatte er sowohl sich als andere aufgegeben und versuchte sich in nichts mehr. Er wurde schnell alt, fing an, zu ergrauen, nahm die Gewohnheit an, seine Abende im Klub zuzubringen, wo er sich, verzehrt von Bitterkeit und Langeweile, mit mürrischer Gleichgültigkeit in die Gespräche mischte; wie jedermann weiß, ein schlechtes Zeichen. Die Idee, zu heiraten, konnte ihm natürlich nicht in den Sinn kommen. So schwanden mit erstaunlicher Geschwindigkeit fast zehn Jahre eines müßigen Lebens dahin.

Nirgends verläuft die Zeit schneller als in Rußland, wenn nicht vielleicht noch rascher im Gefängnis. Eines Abends, als Paul im Klub speiste, erfuhr er, daß die Fürstin R. jüngst in Paris gestorben sei, in einem Zustand, der nahe an Wahnsinn grenzte. Er stand von seinem Stuhle auf und ging – hie und da wie versteinert an den Spieltischen stehenbleibend – lange in den Sälen des Klubs auf und ab; doch kehrte er zur gewöhnlichen Stunde nach Hause zurück. Bald darauf erhielt er ein Paket mit seiner Adresse und fand darin den Ring, den er einst der Fürstin gegeben hatte. Sie hatte ein Kreuz auf die Sphinx geritzt und befohlen, Paul zu sagen, daß dies die Lösung des Rätsels sei.

Dieser Tod war zu Anfang des Jahres 1848 erfolgt, in eben der Zeit, als Nikolaus Petrowitsch, nachdem er seine Frau verloren hatte, nach Petersburg kam. Paul hatte seinen Bruder, seit er sich auf das Land zurückgezogen, kaum gesehen; seine Hochzeit fiel in die ersten Tage von Pauls Bekanntschaft mit der Fürstin. Zurückgekehrt vom Ausland, hatte er ihn zwar besucht und sich vorgenommen, zwei oder drei Monate bei ihm zuzubringen, um sich an seinem Glück zu weiden; aber schon nach Verlauf einer Woche reiste er wieder ab. Sein Bruder und er waren damals zu verschieden in ihren Ansichten. Dieser Abstand hatte sich aber im Jahr 1848 sehr vermindert. Nikolaus war Witwer geworden, und Paul, der soeben den Gegenstand seiner Erinnerungen verloren hatte, versuchte es, nicht mehr an ihn zu denken. Kirsanoff hatte die Genugtuung, ein geordnetes Leben geführt zu haben; sein Sohn wuchs unter seinen Augen heran; Paul dagegen trat als einsamer Junggeselle in die Dämmerung des Lebens, in jene traurige Periode des Beklagens, welches der Hoffnung, und der Hoffnung, welches dem Beklagen gleicht, in die Periode, wo die Jugend vorüber und das Alter noch nicht eingetreten ist. Niemandem konnte die Zeit peinlicher erscheinen als Paul; mit seiner Vergangenheit hatte er alles verloren.

»Ich lade dich nicht mehr ein, nach Marino zu kommen,« sagte Kirsanoff eines Tages zu ihm. (Den Namen Marino hatte er seinem Landsitz zum Andenken an seine Frau gegeben.) »Du langweiltest dich dort zu Lebzeiten Maries, um wieviel mehr jetzt.«

»Damals bin ich eben zu töricht und zu wenig beständig gewesen,« erwiderte Paul; »jetzt bin ich ruhiger, vielleicht weiser. Erlaubst du mirs, so stehe ich nicht an, dir zu folgen und mich für immer bei dir niederzulassen.«

Statt aller Antwort umarmte ihn Kirsanoff; doch verlief fast ein Jahr, ehe Paul dazukam, seinen Entschluß auszuführen. Nachdem er sich aber einmal auf dem Lande festgesetzt hatte, verließ er es nicht mehr, selbst nicht während der Wintermonate, die Kirsanoff bei seinem Sohn in Petersburg zubrachte. Er las viel, besonders englische Bücher, seine ganze Lebensweise trug ein englisches Gepräge; er besuchte die Gutsbesitzer in der Nachbarschaft selten und entfernte sich nur zuweilen, um den Wahlen beizuwohnen, wo er sich meist schweigend verhielt und den Mund bloß auftat, um mit seinen liberalen Ausfällen und Scherzen die noch zum alten Regime schwörenden Gutsbesitzer zu erschrecken, ohne sich selbst deshalb den Vertretern der neuen Generation zu nähern. Man beschuldigte ihn allgemein des Hochmuts, allein man achtete ihn seiner aristokratischen Manieren und des Glücks wegen, das er früher bei den Frauen gehabt; man respektierte ihn seiner gewählten Toilette wegen und weil er stets die besten Zimmer der ersten Hotels bewohnte, fein aß und eines Tages sogar mit Wellington beim Herzog von Orleans diniert hatte; weil er sich nie auf Reisen begab, ohne ein silbernes Necessaire und einen Reisebadeapparat bei sich zu führen; weil er sich mit ganz besondern und höchst »distinguierten« Wohlgerüchen parfümierte; weil er vollendet Whist spielte und doch immer verlor, endlich aber achtete man ihn auch sehr wegen seiner vollkommenen Ehrenhaftigkeit. Die Damen des Bezirks betrachteten ihn als einen höchst anziehenden Melancholiker, er aber schenkte ihnen nicht die mindeste Beachtung.

»Du wirst mir zugeben, Eugen,« sagte Arkad, indem er seine Erzählung schloß, »daß du meinen Oheim falsch beurteilt hast. Ich will von den vielen Diensten nicht reden, die er meinem Vater erwiesen, dem er gar manchmal all sein disponibles Geld gab (du weißt wahrscheinlich nicht, daß sie die Güter gemeinschaftlich haben); aber ich versichere dich, daß er gegen jedermann gefällig ist, sei es, wer es wolle, und daß er sich immer auf die Seite der Bauern stellt, obwohl er sich ihnen nie nähert, ohne sich mit einer Flasche Kölnischen Wassers zu bewaffnen.«

»Versteht sich,« antwortete Bazaroff, »die Nerven!«

»Mag sein; aber er hat ein vortreffliches Herz. Übrigens fehlt es ihm auch nicht an Geist, und oft hat er mir vortreffliche Ratschläge gegeben, zumal in bezug auf die Frauen.«

»Aha, er hat sich an seinem eigenen Milchtopf verbrannt und bläst nun auf das Wasser anderer. Das ist die alte Geschichte.«

»Mit einem Wort,« fuhr Arkad fort, »er ist sehr unglücklich, das ist gewiß. Es wäre wahrlich unrecht, ihm darum böse zu sein.«

»Wer spricht denn davon!« erwiderte Bazaroff. »Was ich aber nichtsdestoweniger behaupte, ist, daß ein Mann, der sein ganzes Leben auf die Karte einer Weiberliebe gesetzt hat, und der, wenn dieser Karte verliert, sich davon so niederbeugen läßt, daß er zu nichts mehr taugt, kein Mann, kein Individuum männlichen Geschlechts ist. Du sagst, er sei unglücklich, das will ich nicht bestreiten; aber ganz hat er seine Torheit noch nicht erschöpft. Ich bin überzeugt, daß er sich für einen vollendeten Mann hält, weil er den Galignani liest und hie und da einem Bauern die Knute erspart.«

»Vergiß nicht die Erziehung, die er genossen, die Zeit, in der er gelebt hat,« antwortete Arkad.

»Seine Erziehung?« rief Bazaroff. »Ein Mann muß sich selbst erziehen, wie ich es auch getan. Was die Zeit betrifft, so sehe ich nicht ein, warum wir von ihr abhängig sein sollten. Im Gegenteil, sie müßte von uns abhängen. Nein, mein Lieber, in all dem sehe ich nur Schwäche und Läpperei. Und dann, was soll es mit den mysteriösen Beziehungen zwischen einem Mann und einer Frau für eine Bewandtnis haben? Wir Physiologen kennen die wahre Natur dieser Beziehungen! Studier einmal den Bau des Auges; ich möchte wohl wissen, ob du den Stoff zu dem rätselhaften Blick, von dem du sprachst, darin finden wirst. Das ist nur Romantik, Abschweifung, Künstlergerede. Da ists gescheiter, wir untersuchen meinen Hornflügler.«

Damit begaben sich die beiden Freunde in Bazaroffs Zimmer, in dem bereits eine Mischung von sozusagen medizinisch-chirurgischem Geruch und dem von billigem, schlechtem Tabak herrschte.

Achtes Kapitel.

Paul blieb nicht lange bei dem Gespräche seines Bruders mit dem Verwalter zugegen. Dieser, ein Mann von hohem Wuchse, mager, mit listigem Auge, honigsüßer, flüsternder Stimme, beantwortete die Bemerkungen von Nikolaus Petrowitsch mit einem ewigen:»Ganz gewiß, ohne allen Zweifel«, wobei er stets beflissen war, die Bauern als Trunkenbolde und Diebe hinzustellen. Die neue Betriebsart, die man soeben eingeführt, tat ihre Dienste nur mit Knarren, wie ein schlecht geschmiertes Rad oder ein von einem Landhandwerker aus grünem Holz angefertigtes Möbel. Das schlug jedoch Kirsanoffs Mut keineswegs nieder, obwohl er oft seufzte und nachdenklich wurde; er begriff wohl, daß ohne Geld die Sache nicht in Gang zu bringen sei, und Geld wars, was ihm fehlte. Arkad hatte die Wahrheit gesagt: Paul Petrowitsch war seinem Bruder mehr als einmal zu Hilfe gekommen; mehr als einmal, wenn er sah, wie dieser sich den Kopf zerbrach, um sich aus einer Verlegenheit zu ziehen, hatte er sich langsam dem Fenster genähert und zwischen den Zähnen gemurmelt:»Aber ich kann dir ja Geld geben.«

Und er hatte ihm auch wirklich oft geholfen; allein diesmal saß er selbst auf dem Trockenen, und darum hatte er vorgezogen, sich zu entfernen. Häusliche Erörterungen verursachten ihm überhaupt eine unüberwindliche Langeweile; zudem schien es ihm immer, Kirsanoff greife, trotz all seinem Eifer und all seiner Anstrengungen, die Sache falsch an, aber doch war es ihm selbst unmöglich, seinem Bruder zu zeigen, was er zu tun hätte. »Meinem Bruder fehlt es an Erfahrung,« sagte er zu sich, »er wird betrogen.«

Kirsanoff dagegen hatte eine hohe Meinung von Pauls praktischem Verstand und fragte ihn immer um Rat.

»Ich bin ein schwacher, unentschlossener Mann, ich habe mein Leben fern von der Welt zugebracht,« pflegte er zu sagen. »Du hast lange mittendrin gelebt, du kennst die Leute, du hast einen Adlerblick.«

Anstatt ihm zu antworten, drehte sich Paul um, doch versuchte er nicht, seinem Bruder den Irrtum zu nehmen.

Auch diesmal ließ er Kirsanoff in seinem Kabinett und schritt durch den Korridor, der durch das Haus lief. Vor einer kleinen Tür angekommen, blieb er stehen, schien einen Augenblick zu zaudern, strich den Schnurrbart und klopfte leise an.

»Wer ist da?« fragte Fenitschka, »herein!«

»Ich bins,« antwortete Paul und öffnete die Türe. Fenitschka sprang mit dem Kind auf den Armen vom Stuhl auf; schnell gab sie dieses einer Frau, die damit hinausging; sie selbst brachte eilends ihr Brusttuch in Ordnung.

»Verzeihen Sie, wenn ich gestört habe,« sagte Paul, ohne sie anzusehen; »ich wollte nur fragen ... Man schickt – glaube ich, heute in die Stadt ... Lassen Sie mir doch grünen Tee mitbringen.«

»Wieviel wünschen Sie?« fragte Fenitschka.

»Ein halbes Pfund wird genügen. – Sie haben ja hier, wenn ich nicht irre, eine Änderung vorgenommen,« fügte er hinzu und warf einen raschen Blick um sich, der Fenitschka streifte; »ich spreche von den Vorhängen,« bemerkte er, da er sah, daß sie ihn nicht verstand.

»Ja. Nikolaus Petrowitsch war so gut, mir ein Geschenk damit zu machen; sie sind aber schon lange da.«

»Es ist aber auch schon lange her, daß ich nicht zu Ihnen gekommen bin. Jetzt sind Sie gut logiert.«

»Dank Nikolaus Petrowitsch,« sagte Fenitschka leise.

»Sind Sie hier besser untergebracht als in Ihrer vorigen Wohnung hinten im Hof?« fragte Paul artig, aber ohne seinem Ernst etwas zu vergeben.

»Gewiß, viel besser.«

»Wer bewohnt jetzt die Zimmer, die Sie im Seitenbau innehatten?«

»Die Wäscherinnen.«

»Oh!«

Paul schwieg. »Jetzt wird er gehen,« dachte Fenitschka; aber er ging nicht, blieb unbeweglich stehen und spielte leicht mit den Fingern.

»Warum haben Sie den Kleinen forttragen lassen?« sagte Paul endlich.

»Ich habe die Kinder gern, zeigen Sie ihn mir.«

Fenitschka errötete vor Verlegenheit und Freude. Sie fürchtete Paul; er sprach nur sehr selten mit ihr.

»Duniascha!« rief sie, »bringen Sie Mitia herein (Fenitschka duzte keinen der Dienstboten), aber, nein, warten Sie, man muß ihn erst umkleiden.« Damit wandte sie sich dem Nebenzimmer zu.

»Das ist nicht nötig,« rief ihr Paul nach.

»Es dauert nicht lang,« erwiderte Fenitschka und ging eilends hinaus.

Paul, nun allein, sah sich aufmerksam um. Das kleine Zimmer, in dem er sich befand, war sehr reinlich gehalten. Es roch darin nach Kamille, Melisse und Pfefferminze, vermischt mit einem Geruch von Firnis, denn der Fußboden war neu angestrichen. Die Wände entlang standen Stühle mit lyraförmigen Rücklehnen, die der verstorbene General von seinem letzten Feldzuge in Polen mitgebracht hatte. Hinten im Zimmer stand ein Bett mit Kattunvorhängen; daneben befand sich ein mit eisernen Reifen beschlagener Koffer mit gewölbtem Deckel. In der entgegengesetzten Ecke brannte eine kupferne Lampe vor einem großen und düstern Bild des heiligen Nikolaus; ein kleines porzellanenes Ei hing an einem durch den Heiligenschein geschlungenen roten Bande auf der Brust des Heiligen; auf den Fenstersimsen waren wohlverschlossene Töpfe mit Eingemachtem vom vorigen Jahr aufgestellt. Fenitschka hatte eigenhändig mit großen Buchstaben auf die Papierdecken geschrieben: »Schwarze Johannisbeeren«. Kirsanoff zog diese Konfitüre jeder andern vor. Von der Decke hing an einer langen Schnur ein Vogelkäfig herab; ein grüner Zeisig mit gestutztem Schwanz sang und sprang unaufhörlich darin herum, so daß der Käfig immer hin und her schwankte und Hanfsamenkörner mit leichtem Geräusch auf den Boden niederfielen. An der Wand zwischen den beiden Fenstern hingen über einer Kommode mehrere Photographien von Kirsanoff in verschiedenen Stellungen; ein herumziehender Künstler hatte sie angefertigt. Auch eine Photographie von Fenitschka selbst hing daneben; ein Gesicht ohne Augen, mit gezwungenem Lächeln, hob sich von einem schwarzen Grund ab; mehr konnte man nicht unterscheiden. Über dem letzten Porträt runzelte der General Yermoloff im Tscherkessenmantel die Augenbrauen, nach den Bergen am fernen Horizont hinüberblickend; ein kleiner an demselben Nagel aufgehängter Strang Seide beschattete seine Stirn.

Fast fünf Minuten lang ließ sich aus der benachbarten Kammer ein Geräusch von Tritten und Geflüster hören. Paul nahm einstweilen ein abgenutztes Buch von der Kommode; es war ein einzelner Band von Massalskis Roman »Die Strelitzen«. Er blätterte darin, da ging die Tür auf und Fenitschka, Mitia auf dem Arm, trat ein. Das Kind trug ein rotes, am Kragen galoniertes Hemdchen; seine Mutter hatte ihn gewaschen und gekämmt; er atmete laut, strampelte mit Händen und Füßen, wie gesunde Kinder zu tun pflegen; so klein er war, so wirkte doch die Eleganz seines Anzuges auf ihn, sein vollbackiges Gesichtchen drückte seine Befriedigung aus. Fenitschka hatte ihren eigenen Haarputz nicht vergessen und ein neues Krägelchen angelegt; sie hätte sich übrigens die Mühe sparen können.

Gibt es denn in der Tat etwas Reizenderes in der Welt, als eine junge, schöne Mutter mit ihrem Kind auf dem Arm?

»Welch ein Bursche!« sagte Paul freundlich und streichelte Mitias doppeltes Kinn mit der äußersten Nagelspitze seines Zeigefingers; das Kind betrachtete den Zeisig und fing an zu lachen.

»Das ist dein Onkel,« sagte Fenitschka, neigte den Kopf zum Knaben und schüttelte ihn leicht, während Duniascha eilends ein wohlriechendes Räucherkerzchen auf eine Kupfermünze unter das Fenster stellte.

»Wie alt ist er?« fragte Paul.

»Sechs Monate; seinen siebenten tritt er am elften dieses an.«

»Ist es nicht sein achter, Fedosia Nikolajewna?« wagte Duniascha einzuwenden.

»Nein, sein siebenter, ganz gewiß.«

Das Kind sah den Koffer an, lachte und packte plötzlich mit der ganzen Hand Nase und Lippen seiner Mutter.

»Kleiner Schelm!« sagte Fenitschka und ließ ihn gewähren.

»Er ähnelt meinem Bruder,« sagte Paul.

»Wem als ihm sollte er denn sonst ähnlich sehen?« dachte Fenitschka.

»Ja,« fuhr Paul fort, wie wenn er mit sich selbst gesprochen hätte, »die Ähnlichkeit ist zweifellos.«

Aufmerksam, fast traurig, fing er an, Fenitschka zu betrachten.

»Das ist dein Onkel,« wiederholte sie, diesmal mit kaum hörbarer Stimme.

»Ei, sieh da, Paul, dich suche ich,« rief plötzlich Kirsanoff.

Paul wandte sich rasch um; sein Gesicht zog sich in Falten; allein in dem Antlitz seines Bruders sprach sich so viel Glück und Dankbarkeit aus, daß es ihm unmöglich war, nicht mit einem Lächeln darauf zu antworten.

»Dein Kind ist prächtig,« sagte er und sah auf seine Uhr »Ich war hereingekommen, um eine Bestellung auf Tee zu machen ...«

Paul nahm wieder sein gewöhnliches, gleichgültiges Wesen an und verließ unverzüglich das Zimmer.

»Ist er von selbst gekommen?« fragte Kirsanoff Fenitschka.

»Ja, er hat geklopft und kam dann herein.«

»Und Arkascha? Ist er seitdem nicht mehr bei dir gewesen?«

»Nein. Wäre es nicht vielleicht besser, ich bezöge mein altes Logis wieder, Nikolaus Petrowitsch?«

»Warum das?«

»Ich glaube, für einige Zeit wäre es gut.«

»Aber ... nein,« gab Kirsanoff stotternd zur Antwort. »Jedenfalls ist es jetzt zu spät ... Guten Morgen, Dicker,« fuhr er mit plötzlicher Lebhaftigkeit fort und küßte das Kind auf die Wange, dann neigte er sich tiefer und drückte seine Lippen auf die Hand, mit der Fenitschka Mitia hielt, und die sich milchweiß von dem roten Hemdchen des Kindes abhob.

»Was machen Sie, Nikolaus Petrowitsch?« flüsterte die junge Frau und schlug die Augen nieder, hob sie jedoch langsam wieder ... Der Ausdruck ihrer Augen war bezaubernd, wenn sie so von unten herauf mit naivem und zärtlichem Lächeln jemand ansah.

Kirsanoff hatte die Bekanntschaft Fenitschkas folgendermaßen gemacht: Drei Jahre zuvor war er genötigt, eine Nacht im Wirtshaus eines kleinen Landstädtchens, ziemlich entfernt von seinem Gut, zuzubringen. Die Reinlichkeit des Zimmers und die blendende Weiße des Leinenzeugs überraschten ihn aufs angenehmste. »Ist die Wirtin vielleicht eine Deutsche?« fragte er sich, allein er täuschte sich. Sie war eine Russin im Alter von etwa 50 Jahren, sorgfältig gekleidet, mit intelligentem, sanftem Gesicht und ernstem Wesen. Er unterhielt sich mit ihr bei seinem Tee, und sie gefiel ihm sehr. Damals hatte er sich eben in seinem neuen Hause eingerichtet, und da er keine Leibeigenen mehr in seinem Dienste haben wollte, so sah er sich nach freien Dienern um. Die Wirtin ihrerseits klagte über die Seltenheit der Reisenden, über die schlechten Zeiten; er schlug ihr vor, die Wirtschaftsführung in seinem Hause zu übernehmen; sie willigte ein. Ihr Mann war schon lange tot, nur eine Tochter war geblieben, Fenitschka. Zwei oder drei Wochen nach der Zurückkunft Kirsanoffs kam Arina Sawichna (so hieß die neue Haushälterin) mit ihrer Tochter in Marino an und richtete sich im Seitenbau des Hauses ein. Das Glück war Kirsanoff günstig gewesen. Arina führte die Haushaltung vortrefflich. Niemand bekümmerte sich damals um Fenitschka, die schon volle 17 Jahre zählte; sie lebte ruhig wie ein Mäuschen im Loch, nur am Sonntag konnte Kirsanoff in einer Ecke der Dorfkirche das feine Profil eines zarten Mädchengesichts wahrnehmen. So verging mehr als ein Jahr.

Da trat eines Morgens Arina in Kirsanoffs Kabinett, und nachdem sie ihn, ihrer Gewohnheit gemäß, mit tiefer Verbeugung begrüßt hatte, fragte sie ihn, ob er kein Mittel wisse, um ihrer Tochter zu helfen, der ein Funken aus dem Ofen ins Auge gesprungen sei. Kirsanoff machte, wie alle Gutsbesitzer auf dem Lande, den Hausdoktor und hatte sich sogar eine homöopathische Apotheke angeschafft. Er ließ Fenitschka sogleich zu sich holen. Als diese hörte, daß der Herr sie zu sich befohlen habe, war sie sehr erschrocken, doch folgte sie ihrer Mutter. Kirsanoff führte sie an ein Fenster und faßte ihren Kopf mit beiden Händen. Nachdem er ihr rotes, entzündetes Auge genau untersucht hatte, verordnete er Umschläge mit einem Wasser, das er selbst bereitete. Dann riß er ein Stück von seinem Taschentuche ab und zeigte, wie es gemacht werden müsse. Als er damit fertig war, wollte sich Fenitschka zurückziehen, Arina aber rief: »Küß doch dem Herrn die Hand, du Dummköpfchen.« Kirsanoff ließ dies nicht zu, sondern küßte sie, selber ganz verwirrt, auf die Stirne, während sie sich zu ihm überbog. Fenitschkas Auge war bald geheilt, allein der Eindruck, den sie auf Kirsanoff gemacht hatte, erlosch nicht so bald. Er glaubte noch immer diese feinen weichen Haare zwischen den Fingern zu halten, glaubte immer das weiße, reine, schüchtern erhobene Antlitz und die halbgeöffneten Lippen zu sehen, zwischen welchen die Zähne wie kleine Perlen in der Sonne funkelten. Von da an betrachtete er sie Sonntags in der Kirche viel aufmerksamer und suchte Gelegenheit, mit ihr zu sprechen. Anfänglich beantwortete sie dies freundliche Entgegenkommen mit spröder Scheu, und als sie ihm einmal gegen Abend auf einem engen Fußweg, der durch ein Roggenfeld lief, begegnete, warf sie sich, um ihm zu entgehen, mitten in das wogende, mit Zyanen und Wermut untermischte Kornfeld. Er gewahrte ihren Kopf durch das Goldnetz der Ähren, hinter welchem sie ihn wie ein wildes Tierchen belauschte, und rief ihr freundlich zu: »Guten Abend, Fenitschka, ich beiße nicht.«

»Guten Abend,« murmelte sie, ohne ihren Zufluchtsort zu verlassen. Allmählich aber gewöhnte sie sich an ihn. Da starb plötzlich ihre Mutter an der Cholera. Was sollte nun aus ihr werden? Sie hatte schon den Ordnungssinn und den Verstand, der ihre Mutter auszeichnete; aber sie war so allein, und Kirsanoff schien so gütig, so rücksichtsvoll ... Wir brauchen das Weitere nicht zu erzählen.

»Also ist mein Bruder nur so mir nichts dir nichts zu dir gekommen? Er hat angeklopft und ist hereingetreten?«

»Ja.«

»Nun, das gefällt mir. Laß mich Mitia ein wenig schaukeln.«

Und Kirsanoff schwang seinen Sohn bis an die Decke empor, zur großen Freude des Kleinen und zur großen Unruhe seiner Mutter, die, sooft sie ihn so hoch oben sah, ihre Arme nach seinen nackten Füßchen ausstreckte.

Paul hatte sich wieder in sein elegantes Kabinett zurückgezogen, einem schön tapezierten Raum mit einer Waffentrophäe über einem persischen Teppich, dunkelgrün gepolsterten Nußbaummöbeln, einem in Eichenholz geschnitzten Bücherschrank im Renaissancestil, Bronzestatuetten auf einem prächtigen Schreibtisch und einem Marmorkamin. Dort warf er sich auf seinen Diwan, legte die Hände unter den Kopf und blieb so unbeweglich, fast mit einer Miene der Verzweiflung zur Decke aufblickend. Plötzlich, sei's um den Ausdruck seines Gesichts in der Dunkelheit zu bergen, sei's aus welch anderem Grunde, erhob er sich wieder, ließ die schweren Vorhänge an den Fenstern herab und warf sich aufs neue auf den Diwan.

Neuntes Kapitel.

An demselben Tage machte auch Bazaroff die Bekanntschaft Fenitschkas. Er ging mit Arkad im Garten spazieren und erklärte ihm, warum gewisse Bäume und besonders gewisse junge Eichen nicht fortkommen wollten.

»Ihr solltet hier mehr Pappeln und Tannen pflanzen, auch meinetwegen Linden, vorausgesetzt, daß ihr mehr Erde anfahren laßt. Das Boskett da kommt gut fort, denn Akazien und Flieder sind gutmütige Teufel, die verlangen keine Pflege. Halt! da ist jemand im Boskett.«

Es war Fenitschka, die sich dort mit Duniascha und Mitia befand. Bazaroff blieb stehen, und Arkad nickte Fenitschka wie einer alten Bekannten zu.

»Wer ist das?« fragte Bazaroff, nachdem sie sich ein wenig entfernt hatten;»die ist hübsch!«

»Von wem sprichst du?«

»Sonderbare Frage, da ist doch nur eine hübsch!«

Arkad setzte ihm nun mit wenigen Worten und nicht ohne Verlegenheit Fenitschkas Stellung im Hause auseinander.

»Ei,« erwiderte Bazaroff,»es scheint, dein Vater liebt die guten Bissen. Er gefällt mir, dein Vater. Wahrhaftig ein munterer Bursch. Aber«, setzte er hinzu,»wir müssen Bekanntschaft machen,« und damit wandte er sich wieder dem Boskett zu.

»Eugen,« rief ihm Arkad erschrocken nach,»sei klug, ich bitte dich!«

»Beruhige dich,« antwortete Bazaroff,»ich habe die Hörner abgestoßen, ich kenne die Welt.« Damit näherte er sich Fenitschka und zog die Mütze.

»Erlauben Sie, daß ich mich Ihnen selbst vorstelle,« sagte er höflich grüßend.»Ich bin ein Freund Arkad Nikolajewitschs und ein friedlicher Mensch.«

Fenitschka stand auf und betrachtete ihn, ohne ihm zu antworten.

»Was für ein schönes Kind!« fuhr Bazaroff fort.»Seien Sie unbesorgt, ich habe noch niemandem Unglück gebracht. Warum hat das Kind so rote Wangen? Zahnt es?«

»Ja,« sagte Fenitschka;»er hat schon vier Zähne, und sein Zahnfleisch ist wieder aufgelaufen.«

»Lassen Sie michs sehen, und haben Sie keine Angst, ich bin Mediziner.«

Bazaroff nahm den Knaben auf den Arm, was dieser zum großen Erstaunen Fenitschkas und Duniaschas ohne Widerstand und Erschrecken geschehen ließ.

»Ich sehe schon – das wird nichts; er bekommt famose Kinnbacken. Stößt dem Kinde etwas zu, so lassen Sie mich rufen. Und Sie selbst befinden sich wohl?«

»Ja, Gott sei Dank!«

»Da darf man immerhin Gott danken; die Gesundheit ist das höchste Gut. Und Sie?« sagte Bazaroff, indem er sich an Duniascha wandte. Duniascha, zu Hause ein sehr zurückhaltendes Mädchen, draußen sehr ausgelassen, brach statt aller Antwort in ein schallendes Gelächter aus.

»So ists recht. Da, nehmen Sie Ihren dicken Buben wieder.«

Fenitschka nahm ihm das Kind wieder ab.

»Wie ruhig war er auf Ihrem Arm!« sagte sie leise.

»Alle Kinder sinds, wenn ich sie nehme,« antwortete Bazaroff; »ich habe ein Geheimnis dafür.«

»Die Kinder fühlen gleich, wer sie gerne hat,« meinte Duniascha.

»Jawohl,« bestätigte Fenitschka. »Mitia geht nicht zu jedermann.«

»Ginge er auch gerne zu mir?« fragte Arkad, der einige Schritte davonstand, und trat in die Laube.

Als er Mitia jedoch auf den Arm nehmen wollte, warf dieser den Kopf zurück und fing zur größten Verlegenheit Fenitschkas zu schreien an.

»Er ist noch nicht an mich gewöhnt, später wird er auch zu mir gehen,« sagte Arkad gutmütig, und die beiden Freunde gingen weiter.

»Wie sagst du, daß sie heißt?« fragte Bazaroff.

»Fenitschka – Fedosia,« erwiderte Arkad.

»Und mit ihrem Vatersnamen? Es ist immer gut, den auch zu wissen.«

»Nikolajewna.«

»*Bene.* Was mir an ihr gefällt, ist, daß sie nicht allzu verlegen ist. Das mißfällt vielleicht dem einen oder dem andern. Abgeschmackt. Warum sollte sie verlegen sein? Sie ist Mutter, also hat sie recht.«

»Gewiß,« erwiderte Arkad, »allein mein Vater?«

»Auch er ist in seinem Rechte.«

»Da bin ich doch nicht ganz deiner Meinung.«

»Es ist dir, scheints, nicht darum zu tun, die Erbschaft zu teilen?«

»Schämst du dich nicht, mir einen solchen Gedanken zuzutrauen?« rief Arkad entrüstet. »Wahrhaftig nicht von dem Gesichtspunkte aus tadle ich meinen Vater. Ich meine, er hätte sie heiraten müssen.«

»Ei, ei,« erwiderte Bazaroff ruhig, »welche Seelengröße! Du legst der Heirat noch eine Bedeutung bei, das hätte ich nicht von dir geglaubt.«

»Das Gespräch stockte, und die Freunde gingen einige Schritte weiter.

»Ich habe jetzt eure Güter sorgfältig in Augenschein genommen,« fuhr Bazaroff fort. »Das Zugvieh ist in schlechtem Stand und die Pferde sind nicht besser. Ebenso steht es auch um die Baulichkeiten, und die Tagelöhner scheinen mir reine Faulenzer zu sein. Euer Verwalter ist entweder ein Dummkopf oder ein Spitzbube. Ich bin mir über ihn noch nicht ganz klar.«

»Du bist heute sehr streng, Eugen.«

»Und eure braven Bauern werden deinen Vater hübsch anführen; ich sehe das kommen. Du kennst das Sprüchlein: ›Der russische Bauer ist dumm, aber er verschlingt den lieben Gott auf einmal‹.«

»Ich fange an zu glauben, daß mein Onkel recht hat; du hast entschieden eine schlechte Meinung von den Russen.«

»Und warum nicht? Das einzige Verdienst des Russen besteht eben darin, daß er eine abscheuliche Meinung von sich selbst hat; übrigens liegt auch nichts daran. Woran was liegt, ist, zu wissen, daß zweimal zwei vier ist; alles übrige will absolut nichts sagen.«

»Wie? Auch die Natur selbst will absolut nichts sagen?« erwiderte Arkad und warf einen Blick auf die buntfarbigen Felder, über die das Licht der untergehenden Sonne einen sanften Schein ergoß.

»Auch die Natur will in dem Sinne, den du ihr augenblicklich beilegst absolut nichts sagen. Die Natur ist kein Tempel, sondern eine Werkstätte, und der Mensch ist ein Arbeiter drin.«

Plötzlich trafen die getragenen Tonschwingungen eines Violoncells das Ohr der Spaziergänger. Die Töne kamen aus dem Hause. Der Musiker spielte mit Gefühl, aber mit ungeübter Hand Schuberts »Erwartung«, und diese süße Melodie durchdrang die Luft wie Honiggeruch.

»Was hör ich?« rief Bazaroff erstaunt.

»Das ist mein Vater.«

»Dein Vater spielt Violoncell?«

»Ja.«

»Wie alt ist er denn?«

»Vierundvierzig Jahre.«

Bazaroff brach in ein schallendes Gelächter aus.

»Worüber lachst du?«

»Wie? ein Mann von 44 Jahren, ein *pater familias,* spielt im Gouvernement X... Violoncell?«

Bazaroff lachte noch stärker; allein Arkad, so groß auch sein Respekt vor seinem Lehrmeister war, fühlte nicht die mindeste Lust, ihm diesmal nachzuahmen.

Zehntes Kapitel.

So vergingen beinahe zwei Wochen. Das Leben der Bewohner von Marino verlief sehr einförmig. Arkad machte den Sybariten und Bazaroff arbeitete. Man hatte sich an seine Verachtung der Formen, an seine kurze, barsche Redeweise gewöhnt. Fenitschka zumal war mit ihm so vertraut geworden, daß sie ihn einmal in der Nacht wecken ließ, als Mitia einen Anfall von Krämpfen bekam. Bazaroff kam, blieb fast zwei Stunden, bald lachend, bald gähnend, und half dem Kinde. Wer aber Bazaroff andrerseits von Grund seiner Seele verabscheute, das war Paul: in seinen Augen war er ein anmaßender, unverschämter, zynischer Mensch, ein wahrer Plebejer, der ihm, ihm Paul Kirsanoff, wenig Achtung erwies und sich vielleicht gar erfrechte, ihn zu verachten. Sein Bruder Nikolaus fürchtete zwar den jungen Nihilisten ein wenig und bezweifelte sehr, daß er auf Arkad günstig einwirke; allein er hörte ihm doch mit Vergnügen zu und wohnte gerne seinen physikalischen und chemischen Versuchen bei. Bazaroff hatte ein Mikroskop mitgebracht und beschäftigte sich stundenlang mit dem Instrument. Auch die Domestiken hatten sich an Bazaroff gewöhnt, obwohl er sie von oben herab behandelte; sie sahen in ihm mehr einen ihresgleichen als einen Herrn. Duniascha kicherte gerne mit ihm und warf ihm heimlich bedeutungsvolle Blicke zu, wenn sie trippelnd wie ein Wächtelchen an ihm vorüberkam. Peter, ein beschränkter, von Eigenliebe ganz erfüllter Mensch mit immer sorgenvoller Stirn, dessen Verdienst darin bestand, daß er immer einen höflichen Gesichtsausdruck zeigte, buchstabieren konnte und seinen Rock fleißig bürstete, entrunzelte sein Gesicht und lächelte sogar wenn ihm Bazaroff die geringste Aufmerksamkeit schenkte. Die jungen Domestiken endlich folgten dem Doktor wie junge Hunde. Der alte Prokofitsch war der einzige, der ihn nicht liebte; er bediente ihn bei Tisch mit sichtlichem Widerwillen, nannte ihn Abdecker, Lump, und sagte, daß er mit seinem langen Backenbarte einem Schwein im Busch gleiche. Prokofitsch war in seiner Art nicht weniger Aristokrat als Paul Petrowitsch selbst.

Es war im Anfang des Monats Juni, des schönsten im Jahr. Das Wetter war herrlich; die Cholera war zwar im Anzuge, aber die Bewohner des Gouvernements X... fürchteten sie nicht besonders. Bazaroff stand morgens sehr früh auf und streifte zwei oder drei Werst vom Hause umher, nicht um spazierenzugehen (er konnte das Spazierengehen nicht leiden), sondern um Pflanzen und Insekten zu sammeln. Manchmal begleitete ihn Arkad. Hie und da kamen die beiden Freunde auf dem Heimweg ins Streiten, und gewöhnlich war Arkad der Besiegte, obgleich er viel mehr sprach als sein Gefährte. Eines Tages, als sie lange ausblieben, ging ihnen Kirsanoff entgegen in den Garten; bei dem Boskett angekommen, hörte er rasche Schritte und die Stimmen der jungen Leute. Sie traten von der andern Seite in das Boskett und konnten ihn nicht sehen.

»Du kennst meinen Vater nicht,« sagte Arkad. Kirsanoff rührte sich nicht.

»Dein Vater ist ein guter Kerl,« antwortete Bazaroff; »allein er ist reif für die Rumpelkammer, er hat abgedankt, sein Lied ist zu Ende.«
Kirsanoff lauschte ... Arkad schwieg.

Der »abgedankte« Mann blieb noch einige Augenblicke in seinem Versteck; dann schlich er vorsichtig weg und ins Haus zurück.

»Dieser Tage beobachtete ich, was er wohl treibt; er las Puschkin,« fuhr Bazaroff fort. »Mach ihm begreiflich, ich bitte dich, daß das abgeschmackt ist. Er ist kein Jüngling mehr und sollte all den Plunder ins Feuer werfen. Wer interessiert sich in unsern Tagen noch für Romantik und Poesie? Gib ihm irgendein gutes Buch zu lesen.«

»Was könnte man ihm denn geben?« fragte Arkad.

»Man könnte zum Beispiel mit ›Kraft und Stoff‹ von Büchner beginnen.«

»Daran dachte ich auch schon,« erwiderte Arkad; »das Buch ist leichtverständlich.«

»So wären wir denn gerichtet,« sagte Kirsanoff an diesem Abend zu seinem Bruder; »wir sind reif für die Rumpelkammer, unser Lied ist zu Ende. Bazaroff hat vielleicht nicht so unrecht. Was mir bei alledem nur leid tut, ist, daß ich eben jetzt hoffte, mich eng und freundschaftlich an

Arkad anzuschließen, und jetzt seh ich, daß ich zurückgeblieben bin, er hat mich überholt und wir können uns nicht mehr verstehen.«

»Inwiefern hat er dich überholt, und was unterscheidet ihn denn so sehr von uns andern?« rief Paul ungeduldig;»das ist dieser Herr, dieser Nihilist, der ihm alles das in den Kopf gesetzt hat. Dieser Knochenflicker ist mir unerträglich; es ist ein wahrer Scharlatan; ich bin überzeugt, er versteht trotz seiner Frösche selbst von der Physik nicht viel.«

»Nein, lieber Bruder, da irrst du dich doch wohl,« antwortete Kirsanoff,»intelligent und unterrichtet ist er.«

»Und dieses Selbstgefühl! es ist wahrhaft empörend!« fuhr Paul fort.

»An Selbstgefühl fehlts ihm nicht, das gebe ich zu,« erwiderte der Bruder;»es ist, scheints, unvermeidlich. Aber eins ist mir zu stark. Ich tue mein möglichstes, um mit dem Jahrhundert Schritt zu halten; ich habe meinen Bauern eine menschliche Existenz verschafft und eine Pachtung auf meinen Gütern eingerichtet, womit ich mir im ganzen Gouvernement den Namen eines ›Roten‹ erworben habe; ich lese, ich studiere und bemühe mich, auf der Höhe dessen zu bleiben, was dem Lande not tut, und trotzdem soll nun mein Lied zu Ende sein. Aber unmöglich ists dennoch nicht, daß sie recht haben.«

»Wieso?«

»Höre! Heute sitze ich da und lese im Puschkin; eben fing ich ›Die Zigeuner‹ an, da nähert sich mir Arkad leise mit einer Art zärtlicher Teilnahme, nimmt mir wie einem Kinde sanft das Buch aus der Hand und steckt mir ein andres, ein deutsches Buch zu; dann lächelte er und ging, mit Puschkin in der Hand, fort.«

»Wahrhaftig? und was für ein Buch hat er dir gegeben?«

»Da ist es.«

Kirsanoff zog aus der Hintertasche seines Rockes die neunte Ausgabe von Büchners vielbesprochenem Buche. Paul blätterte darin.

»Arkad beschäftigt sich also mit deiner Erziehung,« sagte er;»hast du's versucht, das Ding da zu lesen?«

»Ja.«

»Nun, und ...?«

»Entweder bin ich ein Dummkopf, oder der Verfasser ist nicht recht bei Trost. Aber gewiß bin ich ein Dummkopf.«

»Hast du denn dein Deutsch nicht vergessen?« fragte Paul.

»Nein.«

Paul drehte das Buch in den Händen herum und sah seinen Bruder verstohlen an. Beide schwiegen.

»Apropos,« sagte Kirsanoff, der das Gespräch auf etwas anderes lenken wollte, »ich habe einen Brief von Koliazin erhalten.«

»Von Matthias Ilitsch?«

»Ja. Er ist in X... angekommen, um das Gouvernement zu inspizieren. Das ist jetzt ein Mann von Bedeutung; er schreibt mir, daß er als unser Verwandter sehr wünsche, uns bei sich zu sehen, und ladet mich ein, mit dir und Arkad in die Stadt zu kommen.«

»Wirst du hingehen?« fragte Paul.

»Nein, und du?«

»Ich auch nicht. Ich halte es für keineswegs notwendig, um seiner schönen Augen willen einen Weg von 50 Werst zu machen. Matthias will sich uns in seinem ganzen Glanze zeigen. Hol ihn der Teufel! Er könnte mit dem Beamtenweihrauch zufrieden sein. Da wäre er also Geheimrat; die große Herrlichkeit! Wenn ich im Dienst geblieben wäre, wenn ich das Halsband des Elends weitergetragen hätte, so wäre ich jetzt Generalleutnant; übrigens sind wir ja in der Rumpelkammer.«

»Ja, lieber Bruder. Es ist, wie es scheint, Zeit, daß wir unsere Särge bestellen und die Arme auf der Brust kreuzen,« sagte Kirsanoff mit einem Seufzer.

»Was mich anbelangt,« erwiderte Paul, »so werde ich mich nicht so leicht ergeben; ich werde diesem schönen Doktor noch eine Schlacht liefern. Du kannst darauf zählen.«

Die Schlacht fand noch an demselben Abend beim Tee statt. Paul war schon ganz aufgeregt und schlagfertig in den Salon gekommen. Er wartete nur auf einen Anlaß, um sich auf seinen Feind zu werfen; allein er mußte lange warten. Bazaroff sprach gewöhnlich nicht viel in Gegenwart der »beiden Alten«, wie er das Brüderpaar nannte; auch war er diesen Abend schlecht aufgelegt und schlürfte eine Tasse nach der andern in vollkommenem Stillschweigen. Paul verging vor Ungeduld; endlich fand sich doch ein erwünschter Anlaß. Das Gespräch war auf einen Gutsbesitzer aus der Umgegend gefallen.

»Das ist ein Dummkopf, ein schlechter Aristokrat,« sagte Bazaroff ruhig, der ihn von Petersburg her kannte.

»Erlauben Sie mir die Frage,« wandte sich Paul mit zitternden Lippen an ihn, »ob nach Ihrer Ansicht die Worte Dummkopf und Aristokrat gleichbedeutend sind?«

»Ich habe ›schlechter Aristokrat‹ gesagt,« antwortete Bazaroff, nachlässig seinen Tee schlürfend.

»Das ist wahr, allein ich vermute, daß bei Ihnen die Aristokraten und die schlechten Aristokraten gleichbedeutend sind. Ich glaube Ihnen bemerken zu müssen, daß ich nicht dieser Ansicht bin. Ich glaube sagen zu dürfen, daß ich allgemein als ein liberaler Mann, der den Fortschritt liebt, anerkannt bin; aber eben darum achte ich die Aristokraten, die echten Aristokraten. Denken Sie, mein lieber Herr (Bazaroff erhob die Augen gegen Paul), denken Sie, mein lieber Herr,« wiederholte er mit verstärkter Stimme, »nur an die englischen Aristokraten. Sie lassen kein Jota von ihren Rechten ab und achten nichtsdestoweniger die der anderen; sie fordern, was man ihnen schuldig ist, und lassen es nie an dem fehlen, was sie selbst anderen schulden. Die Aristokratie wars, die England die Freiheit gab, und sie ist deren festeste Stütze.«

»Das ist ein altes, schon oft gehörtes Lied,« antwortete Bazaroff; »allein was wollen Sie damit beweisen?«

»Ich will Ihnen damit beweisen, mein lieber Herr, daß ohne das Bewußtsein der eigenen Würde, ohne Selbstachtung – Gefühle, die im Wesen der Aristokratie liegen – jede solide Grundlage für das ... *bien public ...,* für das Staatsgebäude fehlen würde. Das Individuum, die Persönlichkeit, mein teurer Herr, das ist die Hauptsache. Die menschliche Persönlichkeit muß feststehn wie ein Fels, denn alles beruht auf dieser Basis. Ich weiß sehr wohl, daß Sie meine Manieren, meine Kleidung, alles bis auf meine Reinlichkeitsgewohnheiten hinaus lächerlich finden; das alles aber fließt aus der Selbstachtung, aus dem Pflichtgefühl, ja ja, mein Herr, aus dem Pflichtgefühl. Ich wohne hier hinten in der Provinz, aber ich vernachlässige mich darum nicht, ich achte den Menschen in meiner Person.«

»Erlauben Sie, Paul Petrowitsch,« antwortete ihm Bazaroff; »Sie sagen, daß Sie sich selbst achten, und doch sitzen Sie mit übereinandergeschlagenen Armen da. Welchen Nutzen soll das dem *bien public* bringen? Auch wenn Sie sich nicht selbst achteten, würden Sie's nicht anders machen.«

Paul Petrowitsch erblaßte.

»Das ist eine ganz andere Frage,« erwiderte er; »ich fühle mich keineswegs aufgelegt, Ihnen jetzt auseinanderzusetzen, warum ich mit übereinandergeschlagenen Armen dasitze, wie Sie zu sagen belieben.

Ich wollte mich darauf beschränken, Ihnen ins Gedächtnis zu rufen, daß die Aristokratie auf einem Prinzip beruht, und daß nur unmoralische oder Menschen ohne allen Wert in unseren Tagen ohne Prinzipien leben können. Ich sagte dies Arkad schon am Tage nach seiner Ankunft, und Ihnen kann ich es heut nur wiederholen. Hab ich nicht recht, Nikolaus Petrowitsch?«

Kirsanoff machte mit dem Kopfe ein Zeichen der Zustimmung.

»Aristokratie, Liberalismus, Prinzipien, Fortschritt,« wiederholte Bazaroff. »Wie viele unserer Sprache fremde Wörter und ganz unnötig! Ein echter Russe nähm sie nicht umsonst.«

»Was braucht er denn, Ihrer Ansicht nach? Hört man Sie, so stehen wir außerhalb der Humanität, außerhalb ihrer Gesetze. Das ist etwas stark. Die Logik der Geschichte fordert ...«

»Was brauchen wir diese Logik? Wir können sie ganz gut entbehren.«

»Wie?«

»Ei nun! ich denke, Sie brauchen auch keine Logik, um einen Bissen Brot zum Munde zu führen, wenn Sie Hunger haben. Was sollen alle diese Abstraktionen?«

Paul erhob die Hände.

»Wir verstehen das alles nicht mehr,« sagte er. »Sie beschimpfen das russische Volk. Ich begreife nicht, wie es möglich ist, keine Prinzipien, keine Regeln anzuerkennen. Wodurch lassen denn Sie sich im Leben leiten?«

»Ich habe Ihnen schon gesagt, lieber Onkel,« fiel Arkad ein, »daß wir keine Autorität anerkennen.«

»Für unser Handeln bestimmt nur die Rücksicht auf das Nützliche, was wir für nützlich erkennen,« fügte Bazaroff hinzu; »heutzutage scheint es uns nützlich, zu verneinen, und wir verneinen.«

»Alles?«

»Durchaus alles.«

»Wie? Nicht nur die Kunst, die Poesie, sondern auch – ich nehme Anstand, es zu sagen ...«

»Alles,« wiederholte Bazaroff mit unaussprechlicher Ruhe.

Paul sah ihm fest ins Auge; diese Antwort hatte er nicht erwartet. Arkad wurde rot vor Freude.

»Erlaubt, erlaubt,« sagte Kirsanoff, »ihr verneint alles, oder, um mich genauer auszudrücken, ihr reißt alles ein; aber man muß auch wieder aufbauen.«

»Das geht uns nichts an ... vor allen Dingen muß der Platz abgeräumt werden.«

»Die gegenwärtige Lage des Volks erfordert dies,« fügte Arkad ernsthaft hinzu, »wir müssen diese Pflicht erfüllen. Wir haben nicht das Recht, uns den Befriedigungen des persönlichen Egoismus hinzugeben.« Diese letzte Phrase mißfiel Bazaroff; sie schmeckte nach Philosophie, d.h. nach Romantik, denn er bezeichnete mit dem Wort auch die Philosophie; allein er hielt es nicht für passend, seinem jungen Zögling zu widersprechen.

»Nein, nein,« rief Paul in plötzlicher Erregung, »ich mag nicht glauben, daß ihr Herren die rechte Meinung vom russischen Volk habt, daß ihre seine Forderungen, seine geheimen Wünsche versteht. Nein! das russische Volk ist anders, als ihr es darstellt. Es hat eine heilige Scheu vor der Tradition, es ist patriarchalisch gesinnt, es kann nicht leben ohne Glauben ...«

»Ich versuche nicht, Ihnen zu widersprechen,« erwiderte Bazaroff, »ich will sogar anerkennen, daß Sie diesmal recht haben.«

»Aber wenn ich recht habe ...«

»So ist damit durchaus nichts bewiesen.«

»Durchaus nichts,« wiederholte Arkad mit der Sicherheit eines erfahrenen Schachspielers, der einen gefährlichen Zug seines Gegners voraussieht und keineswegs durch denselben außer Fassung zu geraten scheint.

»Warum soll das nichts beweisen?« fragte Paul mit Erstaunen. »Also trennt ihr euch von eurem Volk?«

»Und wenn dem so wäre? Das Volk glaubt, wenn es donnert, der Prophet Elias fahre im Himmel spazieren. Muß ich darum diese Meinung teilen? Sie glauben, mich aus der Fassung zu bringen, wenn Sie mir sagen, das Volk sei russisch? Bin ichs denn nicht auch?«

»Nein, nach allem, was Sie soeben sagten, sind Sie kein Russe. Ich kann Sie als solchen nicht mehr anerkennen.«

»Mein Großvater führte den Pflug,« antwortete Bazaroff mit hochfahrendem Stolz, »fragen Sie den nächsten besten Ihrer Bauern, wen er lieber als Landsmann anerkennt, Sie oder mich? Sie verstehen ja nicht einmal mit ihm zu reden.«

»Und Sie, der Sie mit ihm zu reden wissen, Sie verachten ihn.«

»Warum nicht, wenn ers verdient. Sie tadeln die Richtung meiner Gedanken, aber wer sagt Ihnen, daß sie eine zufällige, daß sie nicht vielmehr durch den Gesamtgeist dieses Volkes bestimmt ist, welches Sie so gut verteidigen?«

»Gehn Sie doch! Die Nihilisten sind wohl gar notwendig?«

»Seien sie es oder nicht; uns kommt es nicht zu, darüber zu entscheiden. Setzen Sie nicht auch voraus, daß Sie zu irgend etwas gut sind?«

»Meine Herren, meine Herren, keine Persönlichkeiten!« rief Kirsanoff und stand auf.

Paul lächelte, legte seinem Bruder die Hand auf die Schulter und drückte ihn leicht auf den Stuhl zurück.

»Sei ruhig,« sagte er zu ihm, »ich werde mich nicht vergessen, und zwar gerade auf Grund jenes Gefühls von Würde, das dieser Herr so laut verhöhnt. Herr Doktor, erlauben Sie,« fuhr er, aufs neue gegen Bazaroff gewendet, fort, »Sie glauben vielleicht, daß Ihr Standpunkt neu ist. Der Materialismus, dem Sie huldigen, stand schon mehr als einmal in Ehren und hat sich stets als ungenügend erwiesen ...«

»Schon wieder ein fremdes Wort,« erwiderte Bazaroff. Er fing an, ärgerlich zu werden, und sein Gesicht hatte eine unangenehme Kupferfarbe angenommen. »Vor allen Dingen sage ich Ihnen, wir predigen nicht; das liegt nicht in unserer Art.«

»Was tut ihr denn?«

»Das will ich Ihnen sagen. Wir haben damit angefangen, die Aufmerksamkeit auf diese Leuteschinder von Beamten, auf den Mangel an Straßen, auf die geringe Entwicklung von Handel und Wandel, auf die Art und Weise zu lenken, wie bei uns Justiz geübt wird.«

»Ja ja, ihr seid Denunzianten, Divulgatoren; das ist, wenn ich nicht irre, der Name, den man euch gibt. Ich bin mit eurer Kritik großenteils einverstanden, aber ...«

»Ferner haben wir bald eingesehen, daß es nicht hinreicht, über unsere fressenden Wunden zu schwatzen, was schließlich doch nur auf platten Doktrinarismus hinausliefe, wir haben uns überzeugt, daß unsere vorgeschrittenen Männer, unsere ›Divulgatoren‹, durchaus nichts leisteten, daß man sich damals mit Dummheiten beschäftigte, wie z.B. mit der Kunst um der Kunst willen, mit der ihrer selbst unbewußten schöpferischen Kraft, dem Parlamentarismus, der Notwendigkeit der

Advokaten und mit tausend andern solchen Alfanzereien, während wir an unser tägliches Brot denken sollten, während uns der krasseste Aberglaube erstickt, während alle unsere Aktiengesellschaften aus Mangel an ehrlichen Leuten Bankerott machen, während sogar die Aufhebung der Leibeigenschaft, womit sich die Regierung so viel zu schaffen macht, am Ende nicht einmal Gutes stiftet, weil unser Bauer imstande ist, sich selbst zu bestehlen, um in die Kneipen zu laufen und vergiftete Getränke zu saufen.«

»Gut,« erwiderte Paul, »ganz gut. Ihr habt das alles herausgefunden und seid dennoch nicht entschlossen, etwas Ernsthaftes zu unternehmen.«

»Doch, wir sind dazu entschlossen,« erwiderte Bazaroff rauh, brach aber plötzlich ab und machte sich Vorwürfe, vor diesem Edelmann so weit mit der Sprache herausgegangen zu sein.

»Und ihr beschränkt euch darauf, zu schimpfen?«

»Wir schmähen, wo es nötig ist.«

»Und das heißt man also Nihilismus?«

»Jawohl, das heißt man Nihilismus!« wiederholte Bazaroff, diesmal jedoch in besonders herausforderndem Ton.

Paul blinzte ein wenig mit den Augen.

»Recht so!« sagte er mit sichtlich erzwungener Ruhe. »Der Nihilismus soll also alles heilen, und ihr seid unsere Erretter, unsere Helden. Vortrefflich! Aber warum schmäht ihr denn so auf die andern, auf die, welche ihr Schwätzer nennt? Schwatzt ihr denn nicht wie sie?«

»Pah! Wenn wir uns einen Vorwurf zu machen haben, so ist es gewiß nicht der,« murmelte Bazaroff zwischen den Zähnen.

»Wie? Bildet ihr euch wirklich ein, zu handeln oder auch nur die Aktion vorzubereiten?«

Bazaroff schwieg; Paul erbebte, fand aber rasch die Fassung wieder.

»Hm! ... handeln, umstürzen,« fuhr er fort; »aber wie kann man umstürzen, ohne auch nur zu wissen, warum man umstürzt?«

»Wir stürzen um, weil wir eine Kraft sind,« sagte Arkad pathetisch.

Paul sah seinen Neffen an und lächelte.

»Jawohl, die Kraft hat keine Rechenschaft zu geben,« setzte Arkad hinzu und richtete sich hoch auf.

»Unglücklicher!« rief Paul, außerstande, sich länger zu halten. »Wenn du dir nur wenigstens darüber Rechenschaft geben wolltest, was du in Rußland mit deiner lächerlichen Phrase behauptest! Das ist doch wahrlich zu stark; es gehört die Geduld eines Engels dazu, all das zu ertragen! Die Kraft! Daran fehlt es auch dem wilden Kalmücken und dem Mongolen nicht; aber wozu kann sie uns dienen? Was uns teuer sein muß, das ist die Zivilisation; ja ja, meine lieben Herren, die Früchte der Zivilisation. Und sagt mir nicht, daß diese Früchte wertlos seien; der schlechteste Schmierer von einem Schildermaler, der elendeste Fiedler, der um fünf Kopeken den ganzen Abend Polkas und Walzer spielt, sind nützlicher als ihr; sie sind doch Repräsentanten der Zivilisation und nicht der plumpen Kraft der Mongolen! Ihr haltet euch für vorgeschrittene Leute, und euer eigentlicher Platz wäre in einer kalmückischen Kibitke. Die Kraft! Bedenkt doch, ihr Herren von der Kraft, daß ihr im ganzen ein Dutzend seid, und daß die andern nach Myriaden, nach Millionen zählen, und daß diese euch nicht erlauben werden, ihren heiligsten Glauben mit Füßen zu treten; sie werden euch zermalmen!«

»Wenn sie uns zermalmen, so müssen wirs uns gefallen lassen,« erwiderte Bazaroff, »allein Sie rechnen falsch. Wir sind viel zahlreicher, als Sie glauben.«

»Wie? Ihr glaubt im Ernst, das ganze Volk zur Vernunft bringen zu können?«

»Sie sollten wissen, daß ein Kreuzerlicht genügte, um die ganze Stadt Moskau in Brand zu stecken,« erwiderte Bazaroff.

»Da haben wirs. Zuerst ein fast fanatischer Hochmut und dann eine geschmacklose Ironie. Damit reißt man die Jugend fort; damit verführt man die unerfahrenen Herzen solcher Jungen. Da ist so einer, der fast in Verzückung vor Ihnen steht! (Arkad wandte sich finster zur Seite.) Und diese Ansteckung hat sich schon weit verbreitet. Man versichert mich, daß unsre Maler in Rom keinen Fuß mehr in den Vatikan setzen; sie heißen Raffael einen Stümper, bloß weil er, wie sie sagen, als Autorität gilt, und doch sind die, die ihn so nennen, das Unvermögen selbst; ihre Phantasie geht nicht über das bekannte ›Junge Mädchen am Brunnen‹ hinaus, sie mögen tun, was sie wollen, sie kommen nicht darüber, und selbst diese Malerei ist abscheulich. Und solche Bursche stehen bei euch in hoher Achtung, nicht wahr?«

»Ich meinesteils«, erwiderte Bazaroff, »gebe nicht einen Groschen für Raffael, und ich denke, die andern sind nicht mehr wert als er.«

»Bravo, bravo, hörst du's, Arkad! So müssen sich die jungen Leute jetzt ausdrücken. Oh, ich verstehe vollkommen, warum sie sich an euch drängen. Sonst fühlten sie die Notwendigkeit, sich zu unterrichten; da es ihnen nicht darum zu tun war, für Ignoranten zu gelten, waren sie gezwungen, zu arbeiten. Jetzt können sie einfach sagen: 's ist ja doch alles einfältiger Plunder auf dieser Welt! Und das Kunststück ist gelungen. Sie haben allen Grund, sich zu freuen. Vormals waren sie bloß Laffen, und nun sind sie im Sturm in Nihilisten verwandelt.«

»Mir scheint, daß Sie das Gefühl persönlicher Würde, wovon Sie so viel Aufhebens machen, vergessen,« erwiderte phlegmatisch Bazaroff, während Entrüstung die Stirne seines Freundes rötete und seine Augen belebte. »Unsere Erörterung hat uns viel zu weit geführt, und ich glaube, wir tun wohl daran, hier abzubrechen. Ich wäre einverstanden mit Ihnen,« fügte er im Aufstehen hinzu, »wenn Sie mir in unserer Gesellschaft eine einzige, auch nur eine Einrichtung bezeichnen können, die nicht verdiente, ganz und erbarmungslos abgeschafft zu werden.«

»Eine Million könnte ich Ihnen nennen, eine Million,« rief Paul. »Da ist z.B. die Gemeinde.«

Ein kaltes Lächeln verzog Bazaroffs Lippen.

»Was die Gemeinde anbelangt,« erwiderte er, »so würden Sie besser tun, darüber mit Ihrem Bruder zu reden. Er muß, denk ich, wissen, was man heutzutage von der Gemeinde, von der Solidarität der Bauern untereinander, von ihrem Mäßigkeitssinne und von vielen andern Scherzen der Art zu halten hat.«

»Und die Familie, die Familie, wie wir sie noch bei unserem Landvolk finden!« rief Paul Petrowitsch.

»Das ist abermals ein Kapitel, worauf Sie nach meiner Meinung besser nicht weiter eingingen. Folgen Sie meinem Rat, Paul Petrowitsch, und lassen Sie sich zwei oder drei Tage Zeit, darüber nachzudenken. Für den Augenblick wird Ihnen nichts einfallen. Nehmen Sie unsere Stände der Reihe nach durch und prüfen Sie genau; indessen werden wir, Arkad und ich ...«

»Alles ins Lächerliche ziehen,« fiel Paul Petrowitsch ein.

»Nein, wir werden uns damit beschäftigen, Frösche zu sezieren. Komm, Arkad! Auf Wiedersehen, meine Herren!«

Die beiden Freunde entfernten sich. Paul und sein Bruder blieben allein und schauten sich im ersten Augenblick nur schweigend an.

Dann hob Paul an: »Dahin also ist es mit unserer Jugend gekommen! Das sind unsere Nachfolger!«

»Unsere Nachfolger!« wiederholte Kirsanoff mit einem tiefen Seufzer. Er hatte während des ganzen Streits wie auf Kohlen gesessen und sich damit begnügt, von Zeit zu Zeit einen traurigen Blick auf Arkad zu werfen. – »Weißt du wohl, lieber Bruder, welche Erinnerung das in mir wachruft? Eines Abends stritt ich mich lebhaft mit meiner verstorbenen Mutter; sie schrie und wollte mich nicht hören. Endlich sagte ich zu ihr: ›Sie können mich allerdings nicht verstehen; wir gehören zwei verschiedenen Generationen an.‹ Diese Worte verletzten sie sehr; aber ich sagte mir: ›Was ist da zu machen? Die Pille ist bitter, und doch muß sie verschluckt werden.‹ So kommen auch jetzt unsere Nachfolger zu uns und sagen: Ihr seid nicht von unserer Generation, verschluckt die Pille!«

»Du bist gar zu bescheiden und gutmütig,« antwortete Paul; »ich bin im Gegenteil überzeugt, daß wir viel mehr im Rechte sind als alle diese jungen Herren, wenn auch unsere Sprache vielleicht ein wenig veraltet ist, und wenn wir auch ihre Selbstüberschätzung nicht besitzen ... Dabei sind sie so affektiert. Fragt man sie bei Tische: ›Wollen Sie roten oder weißen Wein?‹ so geben sie zur Antwort: ›Es ist Grundsatz bei mir, Rot vorzuziehen,‹ und das mit einer Baßstimme und einer so lächerlich wichtigen Miene, als ob die ganze Welt auf sie blicke ...«

»Wünschen Sie keinen Tee mehr?« fragte Fenitschka durch die halbgeöffnete Türe; sie hatte Anstand genommen, während des Streits den Salon zu betreten.

»Nein, du kannst den Samowar wegnehmen,« erwiderte Kirsanoff, stand auf und ging vor ihr hinaus. Paul sagte ihr kurz guten Abend und suchte sein Zimmer auf.

Elftes Kapitel.

Eine halbe Stunde später trat Kirsanoff in den Garten und lenkte seine Schritte nach seinem Lieblingsboskett. Traurige Gedanken bedrängten ihn. Zum ersten Male hatte er die Kluft ermessen, die ihn von seinem Sohne trennte; ihm ahnte, daß sie sich mit jedem Tage erweitern werde. Umsonst also hatte er in Petersburg zwei Winter hindurch ganze Nächte mit der Lektüre der neuen Werke verbracht; umsonst hatte er den Unterhaltungen der jungen Leute aufmerksam gelauscht; der Eifer, mit dem er sich in ihre lebhaften Erörterungen gemischt hatte, war unnütz gewesen. »Mein Bruder behauptet, daß wir recht haben,« dachte er, und, alle Eigenliebe beiseite, scheint mirs selber auch, daß sie der Wahrheit ferner sind als wir. Und doch fühle ich, daß sie etwas haben, was wir nicht haben, eine gewisse Überlegenheit ... Ist das die Jugend? Nein, sie ist es nicht allein. Sollte diese Überlegenheit nicht darin bestehen, daß ihnen weniger als uns die Herrengewohnheiten aufgeprägt sind?

»Aber die Poesie verachten?« sprach er bald nachher zu sich, »nichts für die Kunst, nichts für die Natur fühlen? ...«

Er blickte ringsumher, als ob er zu begreifen suchte, wie's möglich sei, die Natur nicht zu lieben ... Der Tag neigte sich rasch zu Ende. Die Sonne hatte sich hinter einem Espenwäldchen versteckt, das, auf einer halben Werst vom Garten entfernt, einen endlosen Schatten über die stillen Felder warf. Ein Bauer trabte auf einem Schimmel den schmalen Pfad am Waldsaum entlang; obgleich er im Schatten war, zeigte sich doch seine ganze Gestalt deutlich dem Blick, und man konnte sogar einen Flicken auf der Achsel seines Rocks unterscheiden; die Füße des Pferdes bewegten sich mit einer dem Auge wohltuenden Regelmäßigkeit und Zierlichkeit. Die Sonnenstrahlen drangen durch Busch und Baum und färbten die Espenstämme mit einem warmen Ton, der ihnen den Anschein von Tannenstämmen gab, während sich über den bläulichen Blättern der blasse, von der Abenddämmerung leicht gerötete Himmel wölbte. Die Schwalben flogen sehr hoch, der Wind hatte sich fast ganz gelegt; verspätete Bienen summten schwach und halbverschlafen in den Blüten des Fliedergebüsches, und ein Mückenschwarm tanzte über einem einzeln in die Luft ragenden Zweige. »Mein Gott, wie schön!« dachte Kirsanoff, und Verse, die er vor sich hin zu sagen liebte, wollten ihm über die Lippen treten, als er an Arkad und an »Kraft und Stoff« dachte und – schwieg. Doch blieb er sitzen und überließ sich dem süßen, traurigen Genuß einsamen Träumens. Das Landleben hatte ihm Geschmack dafür beigebracht; es war noch nicht lange her, als er wie heute im Hof jenes Wirtshauses saß und seinen Sohn erwartete, aber welch eine Veränderung war seitdem vor sich gegangen! Sein damals noch ungewisses Verhältnis zu Arkad war jetzt bestimmt ausgesprochen ... und wie? Das Bild seiner verstorbenen Frau trat ihm vor die Seele, nicht wie er sie in den letzten Jahren gekannt hatte, nicht als die gute, heitere, freundliche Hausfrau, sondern als junges, schlankes Mädchen mit schuldlosem, fragendem Blick, das Haar in dichten Flechten über dem kindlichen Nacken, mit einem Wort so, wie er sie zum ersten Male sah, zu der Zeit, da er die Vorlesungen an der Universität besuchte. Als er ihr auf der Treppe des Hauses, das er damals bewohnte, begegnete, stieß er sie aus Versehen an und entschuldigte sich in seiner Verlegenheit mit den Worten:»Verzeihen Sie, mein Herr!« Sie senkte das Köpfchen, lächelte und fing, wie plötzlich erschreckt, zu laufen an; auf dem Treppenabsatz aber warf sie ihm einen raschen Blick zu, nahm eine ernsthafte Miene an und errötete. Darauf die ersten schüchternen Besuche, die halben Worte und das halbe Lächeln, die Stunden des Zweifels und der Betrübnis, und wieder das Entzücken der Leidenschaft, und endlich die Trunkenheit des Glücks ... Was war aus all dem geworden? Wohl war er später in der Ehe so glücklich gewesen wie möglich ...»Aber doch«, mußte er sich sagen,»gleicht nichts jenen ersten süßen Augenblicken der Glückseligkeit; ach, warum können sie nicht ewig dauern und nur mit dem Leben erlöschen!«

Er versuchte es nicht, diese Gedanken weiter zu verfolgen; aber jene glückliche Zeit hätte er festhalten mögen durch eine mächtigere Kraft als das Gedächtnis; er hätte wieder an der Seite seiner geliebten Marie sein, ihre weiche Wange streicheln, ihren warmen Atem fühlen mögen, und schon schien es ihm, als ob über seinem Haupte ...

»Nikolaus Petrowitsch,« fragte dicht neben dem Gebüsch Fenitschka, »wo sind Sie?«

Er erbebte. Nicht als ob er ein Gefühl von Reue oder Scham empfunden hätte ... Es war ihm nie eingefallen, den mindesten Vergleich zwischen seiner Frau und Fenitschka anzustellen; aber es schmerzte ihn, daß diese ihn in diesem Augenblick überraschte. Ihre Stimme rief ihm augenblicklich seine grauen Haare, sein frühzeitiges Alter, seine gegenwärtige Lage ins Gedächtnis zurück ... Die feenhafte Welt, in deren Räume er sich aufgeschwungen, diese Welt, die sich bereits auf den verschwommenen Nebeln der Vergangenheit abhob, erblaßte und verschwand.

»Hier bin ich,« antwortete er; »ich komme gleich; geh nur.« – »Das,« sagte er sich fast im gleichen Moment, »sind wieder die Herrengewohnheiten, deren ich soeben noch gedachte.«

Fenitschka warf einen Blick in das Gebüsch und entfernte sich still. Jetzt erst bemerkte er zu seinem großen Erstaunen, daß die Nacht ihn in seinen Träumereien überrascht hatte. Rings um ihn her wars dunkel und still, und Fenitschkas Antlitz war ihm in den wenigen Sekunden, da sie vor der Laube erschien, so bleich und zart vorgekommen. Er stand auf, um in sein Zimmer zu gehen; aber sein gerührtes Herz hatte sich noch nicht wieder beruhigt, und er ging langsam im Garten auf und ab, die Augen bald niedergeschlagen, bald zum Himmel erhoben, der schon voller Sterne glühte. Lange, fast bis zur Ermüdung, war er so gegangen, und doch wollten sich Aufregung und Unruhe in seiner Brust nicht legen. Wie hätte sich Bazaroff über ihn lustig gemacht, wenn er von diesem Zustand Kenntnis gehabt hätte! Arkad sogar hätte ihn getadelt. Seine Augen hatten sich mit Tränen gefüllt, mit Tränen, die ohne Grund quollen; für einen Vierziger, einen Hausherrn und Ökonomen war das noch tausendmal schlimmer als Violoncellspielen. Kirsanoff setzte seinen Spaziergang fort und konnte sich nicht entschließen, in sein friedliches Nest zu gehen, in das Haus, das mit seinen erleuchteten Fenstern so freundlich einlud; er fühlte den Mut nicht, den Garten und die Dunkelheit zu verlassen, der frischen Luft, die ihm die Stirne kühlte, dieser Trauer, dieser Aufregung zu entsagen ...

Da trat ihm Paul bei einer Wendung des Weges entgegen.

»Was hast du denn?« fragte ihn dieser; »du siehst bleich aus wie ein Gespenst. Bist du krank? Du tätest wohl daran, zu Bett zu gehen.«

Kirsanoff erklärte ihm mit einigen Worten seine Empfindungen und ging ins Haus. Paul lief bis ans Ende des Gartens; auch er fing an, nachzudenken und die Augen zum Himmel aufzuschlagen. Aber seine schönen Augen spiegelten nur den Sternenschein wider. Er war kein Romantiker, und die Träumerei paßte nicht zu seinem leidenschaftlichen Wesen; er war ein prosaischer Mensch, wenn auch zärtlichen Gefühlen nicht unzugänglich, ein Menschenfeind französischer Art.

»Höre!« sagte am gleichen Abend Bazaroff zu seinem Freund, »ich habe einen prächtigen Einfall. Dein Vater sagte uns heute, daß er von dem großen Hans, eurem Vetter, eine Einladung erhalten habe. Er will nicht hingehen; wie wärs, wenn wir eine Tour nach X... machten? Du bist in die Einladung dieses Herrn mitinbegriffen. Du siehst, was hier für ein Wind weht; die Reise wird uns gut tun, wir sehen die Stadt. Es kostet uns höchstens fünf oder sechs Tage.«

»Und du kehrst mit mir hierher zurück?«

»Nein, ich muß zu meinem Vater. Du weißt, daß er höchstens 20 Werst von X... entfernt wohnt. Ich hab sie lange nicht gesehen, ihn und meine Mutter; ich muß ihnen die Freude machen. Es sind brave Leute, und mein Vater ist dabei ein drolliger Kauz. Zudem haben sie nur mich, ich bin ihr einziges Kind.«

»Bleibst du lange?«

»Ich glaube nicht. Vermutlich werde ich mich dort langweilen.«

»Aber du besuchst uns auf dem Rückwege?«

»Je nachdem; ich weiß es noch nicht. Nun? einverstanden? reisen wir?«

»Sei's,« antwortete Arkad gleichgültig.

Im Grunde war er mit dem Vorschlag seines Freundes sehr zufrieden; er hielt es aber für nötig, sichs nicht merken zu lassen; so schickte sichs für einen echten Nihilisten.

Am nächsten Morgen reiste er mit Bazaroff nach X... Die Jugend von Marino bedauerte ihre Abreise; Duniascha vergoß sogar einige Tränen ... Paul aber und sein Bruder,»die Alten«, wie Bazaroff sagte, atmeten wieder freier.

Zwölftes Kapitel.

Der Stadt X..., wohin sich die beiden Freunde begaben, stand als Gouverneur ein noch junger Mann vor, der, wie man es oft in Rußland findet, Fortschrittsmann und Despot zugleich war. Schon im ersten Jahr seines Dienstantritts war er so geschickt gewesen, sich nicht nur mit dem Adelsmarschall, einem pensionierten Generalstabsoffizier, großem Pferdezüchter und nebenbei sehr gastfreundlichem Mann, sondern auch mit seinen eigenen Beamten zu überwerfen. Die Differenzen, die daraus hervorgingen, hatten in dem Maße zugenommen, daß der Minister sich veranlaßt sah, einen Vertrauens-mann an Ort und Stelle zu senden, um die Dinge wieder ins Geleis zu bringen. Diese Sendung war Matthias Ilitsch Koliazin, dem Sohn des Koliazin übertragen, der ehemals Vormund der Brüder Kirsanoff gewesen war. Er war gleichfalls ein Beamter von der jungen Schule, obwohl er die Vierziger schon überschritten hatte; er hatte sich jedoch vorgenommen, ein Staatsmann zu werden, und trug auch bereits zwei Sterne auf der Brust. Einer derselben war übrigens nur ein ausländischer, wenig geschätzter Orden. Gleich dem Gouverneur, über den er zu urteilen kam, galt er für einen Fortschrittsmann, und so einflußreich er auch war, unterschied er sich doch wesentlich von andern Beamten seines Rangs. Er hatte allerdings eine sehr hohe Meinung von sich und eine grenzenlose Eitelkeit, doch waren seine Formen einfach, und in seinem Blick lag etwas Ermunterndes; er hörte mit Wohlwollen zu und lachte so natürlich, daß man ihn beim ersten Begegnen für einen »guten Kerl« hätte halten können. Übrigens war er ganz der Mann, wenn es die Umstände erforderten, rücksichtslose Strenge walten zu lassen. »Energie ist unerläßlich,« sagte er, »sie ist die vornehmste Eigenschaft eines Staatsmanns.« Trotz dieser stolzen Sprache aber ward er fast immer düpiert, und jeder nur etwas erfahrene Beamte führte ihn an der Nase herum. Matthias Ilitsch machte viel Aufhebens von Guizot und bemühte sich, jeden, der ihn anhören wollte, zu überzeugen, daß er keiner von jenen zurückgebliebenen Beamten sei, von jenen Männern der Routine, wie man so viele findet; daß seiner Wahrnehmung keine der großen Erscheinungen des sozialen Lebens entgehe ... Derartige Schlagwörter waren ihm durchaus vertraut. Auch den literarischen Bewegungen folgte er; aber er gefiel sich darin, es mit einer majestätischen Herablassung zu tun, ungefähr wie ein Mann von reiferem Alter manchmal auf ein paar Augenblicke einem Auflauf von Straßenjungen nachgeht. In der Tat hatte Matthias Ilitsch die Staatsmänner aus der Regierungszeit Alexanders I. nicht sehr überholt, welche damals in Petersburg, wenn sie sich auf eine Soiree bei Madama Swetschine vorbereiteten, morgens ein Kapitel aus Condillac lasen; nur seine Formen waren etwas zeitgemäßer. Er war ein gewandter Höfling, ein höchst seiner Mann, nichts weiter; er hatte keinen Begriff von Geschäften und dabei Mangel an Geist; aber sein eigenes Interesse verstand er sehr gut. Darüber konnte ihn niemand täuschen, und dies ist ein Talent, dem man sein Verdienst nicht abstreiten kann.

Matthias Ilitsch empfing Arkad mit dem einem aufgeklärten Beamten eigenen Wohlwollen, wir möchten fast sagen mit Heiterkeit. Doch ward er bei der Nachricht etwas verstimmt, daß die übrigen Eingeladenen auf dem Lande zurückgeblieben seien. »Dein Papa war immer ein Original,« sagte er zu Arkad und ließ die Quasten seines prächtigen Samtschlafrocks durch die Finger gleiten; dann wandte er sich rasch zu einem jungen Beamten in streng zugeknöpfter Interimsuniform und herrschte ihn mit Amtsmiene an:»Nun, und Sie?« Der junge Mann, dem langes Schweigen die Lippen versiegelt hatte, richtete sich auf und betrachtete seinen Vorgesetzten mit dem Ausdruck der Überraschung. Matthias Ilitsch aber, nachdem er ihn so verblüfft hatte, schenkte ihm nicht die geringste Beachtung mehr. Unsere Oberbeamten lieben es insgemein, ihre Untergebenen zu verblüffen; die Mittel aber, deren sie sich dazu bedienen, sind ziemlich verschieden. Eins zum Beispiel unter andern ist sehr beliebt, »is quite a favourite«, wie die Engländer sagen. Der Oberbeamte versteht plötzlich die einfachsten Worte nicht mehr, als ob er von Taubheit befallen wäre. Er fragt z.B. nach dem Wochentag. Man antwortet ihm untertänigst:

»Freitag, Euer Exzellenz.«

»He? Was? Was ist – Was sagen Sie?« versetzt darauf der Oberbeamte gedehnt.

»Es ist heute Freitag, Euer Exzellenz.«

»Wie, was, was ist mit dem Freitag, was für ein Freitag?«

»Freitag, Euer Exzellenz, ein Wochentag.«

»Wie, du nimmst dir heraus, mich belehren zu wollen?«

Ein Oberbeamter dieses Schlags war Matthias Ilitsch, trotz all seinem Liberalismus.

»Ich rate dir, mein Lieber,« sagte er zu Arkad, »dem Gouverneur deinen Besuch zu machen. Du verstehst mich; wenn ich dir diesen Rat gebe, so darfst du darum nicht denken, ich halte noch an der alten Regel, daß man den Autoritäten den Hof machen muß; ich rate dirs, weil der Gouverneur ganz einfach ein Mann comme il faut ist; überdies hast du doch wohl die Absicht, unsere Gesellschaft zu besuchen. Ich hoffe, du bist kein Bär? Der Gouverneur gibt übermorgen einen großen Ball.«

»Werden Sie demselben auch beiwohnen?« fragte Arkad.

»Er gibt ihn ja meinetwegen,« sagte Matthias Ilitsch fast mitleidig. »Du tanzest doch?«

»Ja, aber ziemlich schlecht.«

»Um so schlimmer, es kommen einige hübsche Frauen, und zudem ist es für einen jungen Mann eine Schande, nicht tanzen zu können. Ich wiederhole dir, ich sage dies nicht aus Anhänglichkeit an den alten

Brauch, ich meine durchaus nicht, der Geist stecke in den Beinen, aber den Byronismus finde ich lächerlich, er hat sich überlebt.«

»Glauben Sie denn, lieber Onkel, daß der Byronismus ...«

»Ich werde dich mit unsern Damen bekannt machen. Ich nehme dich unter meine Fittiche,« erwiderte Matthias Ilitsch mit wohlgefälligem Lächeln. »Da wirst du warm sitzen! He?«

Ein Bedienter trat ein und meldete den Präsidenten der Finanzkammer, einen Greis mit honigsüßem Blick und eingekniffenen Lippen, der für die Natur schwärmte, zumal im Sommer, wenn, wie er sagte, die fleißige Biene aus jeder Blume ihr Schöppchen zapft.

Arkad zog sich zurück.

Er fand Bazaroff in dem Gasthaus, in dem sie abgestiegen waren, und es gelang seinem Zureden, daß dieser einwilligte, mit zum Gouverneur zu gehen.

»Meinetwegen,« sagte er, »wenn man den kleinen Finger gegeben hat, so muß man auch die Hand reichen. Wir sind gekommen, um die Herren Gutsbesitzer kennen zu lernen. Also lernen wir sie kennen.«

Der Gouverneur empfing die jungen Leute freundlich, aber er lud sie nicht ein, zu sitzen, und blieb selbst auch stehen. Er hatte immer eine Amtsmiene; kaum aufgestanden, steckte er sich in seine große Uniform, legte eine enganschließende Krawatte an und ließ sich die Zeit nicht, sein Frühstück in Ruhe zu nehmen, um ja nichts von seinen Geschäften zu versäumen. Er hatte im Gouvernement den Spitznamen »Bourdaloue«, keineswegs mit Anspielung auf den berühmten französischen Prediger, sondern auf das Wort *»Bourde«,* was bekanntlich »Flause« bezeichnet. Er lud Arkad Kirsanoff und Bazaroff zu seinem Balle ein und wiederholte diese Einladung nach ein paar Minuten, wobei er sie für zwei Brüder nahm und ihnen den Namen Kaisarof gab.

Als sie das Haus des Gouverneurs verließen, begegneten sie einer Droschke, die plötzlich stillhielt; ein junger Mann mittlerer Größe, in einem polnischen Schnurrock nach der Mode der Slawophilen, sprang heraus und lief mit dem Rufe: »Eugen Wassiliewitsch!« auf Bazaroff zu.

»Ah, Sie sinds, Herr Sitnikoff,« sagte Bazaroff, ohne stehenzubleiben. »Was führt Sie hierher?«

»Stellen Sie sich vor, ich bin ganz zufällig hier,« erwiderte dieser, wandte sich nach der Droschke, winkte fünf-, sechsmal mit der Hand und rief:»Fahr nach, fahr nach! Mein Vater«, fuhr er fort, indem er über die Gosse sprang,»hat ein Geschäft hier und hat mich ersucht ... Ich habe heute erfahren, daß Sie auch hier sind, und komme eben von Ihnen her. (In der Tat fanden die Freunde bei ihrer Rückkunft in den Gasthof eine umgebogene Karte vor, welche auf der einen Seite den Namen Sitnikoff mit lateinischen, auf der andern mit slawischen Lettern trug.) Ich hoffe doch, Sie sind nicht beim Gouverneur gewesen?«

»Hoffen Sie nicht? Wir kommen von ihm her.«

»Ah, dann gehe ich auch hin. Eugen Wassilitsch, stellen Sie mich doch Ihrem Herrn ... diesem Herrn vor.«

»Sitnikoff – Kirsanoff,« murmelte Bazaroff, ohne anzuhalten.

»Es freut mich sehr,« hob Sitnikoff, gegen Arkad gewendet, mit anmutigem Lächeln an, während er seine Handschuhe, die von der ausgezeichnetsten Eleganz waren, rasch auszog.»Ich habe schon viel von Ihnen reden hören. Ich bin ein alter Bekannter von Eugen Wassilitsch und darf mich sogar seinen Schüler nennen. Ich verdanke ihm meine Umwandlung.«

Arkad warf die Augen auf den umgewandelten Schüler Bazaroffs; sein kleines, glattes Gesicht und seine regelmäßigen Züge hatten einen unruhigen, gespannten, aber beschränkten Ausdruck; seine Augen blickten stier und unstet zugleich, sein Lachen sogar, kurz und trocken, hatte etwas Wirres.

»Sie werden mir kaum glauben,« fuhr er fort;»als Eugen Wassilitsch mir zum erstenmal erklärte, man brauche keine Autorität anzuerkennen, empfand ich eine solche Freude ... ich fühlte mich wie neugeboren! Endlich doch einmal ein Mann! sagte ich mir. Apropos, Eugen Wassilitsch, Sie müssen notwendig eine hiesige Dame besuchen, die ganz auf Ihrer Höhe steht, und für die Ihr Besuch ein wahres Fest sein wird; Sie müssen schon von ihr gehört haben.«

»Wer ists?« fragte Bazaroff gelangweilt.

»Eudoxia Nikitischna Kukschin. Das ist eine merkwürdige Natur, emanzipiert im vollsten Sinne des Wortes, ein wahrhaft fortgeschrittenes Weib, müssen Sie wissen! Laßt uns jetzt gleich alle drei zu ihr gehen, sie wohnt zwei Schritt von hier. Wir frühstücken da ... ihr habt doch noch nicht gefrühstückt?«

»Nein.«

»Vortrefflich! Sie lebt natürlich getrennt von ihrem Mann und ist unabhängig ...«

»Ist sie hübsch?« fragte Bazaroff.

»Nein, das kann ich nicht sagen.«

»Warum zum Teufel sollen wir sie dann besuchen?«

»Scherz beiseite, sie wird uns eine Flasche Champagner auftischen.«

»Wahrhaftig! Der praktische Mann verrät sich bald. Apropos, macht Ihr Vater immer noch in Branntwein?«

»Ja,« erwiderte Sitnikoff rasch mit erzwungenem Lächeln. »Nun, kommen Sie mit?«

»Ich weiß nicht, was ich sagen soll.«

»Du wolltest ja Beobachtungen anstellen,« sagte Arkad halblaut.

»Und Sie, Herr Kirsanoff,« fügte Sitnikoff hinzu, »Sie kommen doch auch? Wir gehen nicht ohne Sie.«

»Wir können doch nicht alle drei nur so ins Haus fallen ...«

»Das tut nichts. Die Kukschin ist ein gutes Ding.«

»Sie wird uns also eine Flasche Champagner auftischen?« wiederholte Bazaroff.

»Drei,« rief Sitnikoff, »ich stehe dafür.«

»Womit?«

»Mit meinem Kopf.«

»Des Papas Beutel wäre ein besseres Pfand gewesen. Aber gleichviel, gehen wir hin!«

Dreizehntes Kapitel.

Das kleine Haus in moskowitischem Geschmack, welches Eudoxia Nikitischna Kukschin bewohnte, lag in einer Straße, welche erst kürzlich abgebrannt war; bekanntlich brennen unsere Landstädtchen alle fünf Jahre ab. An der Eingangstüre neben einer schief angenagelten Visitenkarte hing ein Glockenzug; eine Frau in einem Häubchen, ein Mittelding zwischen Dienerin und Gesellschaftsdame, kam den Besuchern im Vorzimmer entgegen. Lauter Zeichen, daß die Herrin des Hauses eine Freundin des Fortschritts war. Sitnikoff fragte nach Eudoxia Nikitischna.

»Ah, Sie sinds, Viktor!« rief eine Fistelstimme aus dem Nebenzimmer; »nur herein!« Sofort verschwand die Frau im Häubchen.

»Ich bin nicht allein,« sagte Sitnikoff und warf einen Blick voll Zuversicht auf seine beiden Freunde, während er ungeniert seinen polnischen Überrock ablegte, unter dem eine Art englischen Sackpaletots zum Vorschein kam.

»Das tut nichts,« erwiderte Eudoxia Nikitischna, »nur herein!«
Die jungen Leute gehorchten. Das Zimmer, in das sie eintraten, glich mehr einem Arbeitskabinett als einem Salon. Papier, Briefe, russische Revuen, deren Blätter größtenteils unaufgeschnitten waren, lagen auf den staubigen Tischen; überall waren halbgerauchte Zigarren umhergeworfen. Die Herrin des Hauses lag nachlässig auf einem Ledersofa; sie war noch jung, hatte blonde Haare und ein Spitzentuch um den Kopf geschlungen; ihre kurzfingerigen Hände waren mit schweren Brasseletten geschmückt. Sie stand auf, zog eine mit vergilbtem Hermelin gefütterte Samtmantille nachlässig über die Schultern, sagte mit schmachtender Stimme zu Sitnikoff: »Guten Tag, Viktor,« und drückte ihm die Hand.

»Bazaroff – Kirsanoff,« sagte dieser kurz, indem er Bazaroffs Art, vorzustellen, nachäffte.

»Willkommen, meine Herren,« sagte Madame Kukschin; und die runden Augen, zwischen denen ein armes, winziges rotes Stülpnäschen hervorstand, auf Bazaroff heftend, setzte sie hinzu: »Ich kenne Sie,« und drückte ihm gleichfalls die Hand.

Bazaroff machte eine leichte Grimasse. Das unbedeutende Gesichtchen der Emanzipierten hatte gerade nichts allzu Häßliches, aber der Ausdruck ihrer Züge war unangenehm. Man hätte sie fragen mögen: »Was ist dir? Hast du Hunger oder Langeweile? Fürchtest du dich vor irgend etwas? Wozu all dieses Mühen?« Auch sie hatte, wie Sitnikoff, das Gefühl, als ob ihr fortwährend etwas die Seele zernagte. Ihre Bewegungen und ihre Sprache waren rasch und plump zugleich; sie selbst hielt sich ohne Zweifel für ein gutes und einfaches Geschöpf, und doch, was sie auch tun mochte, immer hatte es den Anschein, als beabsichtige sie, etwas anderes zu tun.

»Ja ja, ich kenne Sie, Bazaroff,« wiederholte sie. (Nach einem den Provinzbewohnerinnen und selbst einigen Frauen Moskaus eigenen Brauch nannte sie die Männer, welche sie zum erstenmal sah, beim Familiennamen.) »Rauchen Sie eine Zigarre?«

»Eine Zigarre, wohl!« sagte Sitnikoff, der sich inzwischen, das eine Bein über sein Knie gelegt, in einem Lehnstuhle zurechtgesetzt hatte;

»aber Sie müssen uns auch ein Frühstück geben. Wir sterben vor Hunger; lassen Sie auch gleich eine Flasche Champagner bringen.«

»Sybarit!« erwiderte Eudoxia mit Lachen. (Wenn sie lachte, sah man ihr oberes Zahnfleisch.)»Ists nicht wahr, Bazaroff, daß er ein Sybarit ist?«

»Ich liebe den Komfort,« sagte Sitnikoff würdevoll;»das hindert mich aber nicht, liberal zu sein.«

»Doch! doch!« rief Eudoxia und befahl ihrem Kammermädchen, ein Frühstück zu besorgen und Champagner zu bringen.»Was halten Sie davon?« fragte sie Bazaroff;»ich weiß gewiß, Sie sind meiner Ansicht.«

»Da täuschen Sie sich,« erwiderte Bazaroff,»ein Stück Fleisch ist besser als ein Stück Brot, selbst vom Standpunkt der chemischen Analyse.«

»Ah, Sie beschäftigen sich mit Chemie; das ist meine Passion. Ich habe sogar einen Kitt erfunden.«

»Einen Kitt? Sie?«

»Ja, ich, und wissen Sie wozu? Zu Puppen, zu Puppenköpfen; sie sind dauerhafter. Ich bin eine praktische Frau, ich. Aber ich bin noch nicht ganz damit im reinen. Ich muß Liebig konsultieren. Apropos, haben Sie in der ›Moskauer Zeitung‹ Kisliakoffs Artikel ›Über die Frauenarbeit‹ gelesen? Lesen Sie ihn, ich beschwöre Sie. Sie interessieren sich ja wohl für die Frauenfrage? Und für die Schulen ebenfalls? Was treibt Ihr Freund? wie heißt er?«

Madame Kukschin warf diese Fragen eine nach der andern mit einer verzärtelten Nonchalance hin, ohne eine Antwort abzuwarten; verwöhnte Kinder sprechen so mit ihren Bonnen.

»Ich heiße Arkad Nikolaitsch Kirsanoff,« sagte Arkad,»und treibe nichts.«

Eudoxia lachte.

»Das ist allerliebst! Rauchen Sie nicht? Viktor, Sie wissen, daß ich Ihnen böse bin!«

»Warum?«

»Sie fangen, wie ich höre, wieder an, für George Sand zu schwärmen. Das ist eine hinter der Zeit zurückgebliebene Frau und weiter nichts. Wie kann man wagen, sie mit Emerson zu vergleichen? Sie hat keine Idee weder von Erziehung noch von Physiologie noch von sonst etwas. Ich bin überzeugt, sie hat nie von Embryologie sprechen hören, und wie wollen Sie diese Wissenschaft heutzutage entbehren? (Eudoxia streckte die Arme aus, während sie dies sagte.) Ach, welch herrlichen Artikel hat Elisewitsch über diesen Gegenstand geschrieben! Das ist einmal ein Genie, dieser Herr! (Eudoxia sagte immer ›Herr‹ statt ›Mann‹) Bazaroff, setzen Sie sich zu mir auf das Sofa. Sie wissen vielleicht nicht, daß ich mich schrecklich vor Ihnen fürchte.«

»Warum das? da bin ich doch neugierig.«

»Sie sind ein sehr gefährlicher Herr. Sie kritisieren alles in der Welt. Aber mein Gott! ich spreche wie eine echte Landpomeranze. Im Grund bin ich wirklich eine Landpomeranze. Ich verwalte mein Gut selbst, und denken Sie, mein Starost Erofei ist ein wahres Original; er erinnert mich an Coopers ›Pfadfinder‹. Ich finde, daß er so etwas Waldursprüngliches hat. Da bin ich nun für immer hieher gebannt, welch unerträgliche Stadt! Nicht wahr? Aber was tun?«

»Es ist eine Stadt, wie jede andere auch,« sagte Bazaroff trocken.

»Man beschäftigt sich hier nur mit den kleinlichsten Interessen, das ist gräßlich. Sonst brachte ich den ganzen Winter in Moskau zu ... aber der verehrungswürdige Herr Kukschin hat sich jetzt dort niedergelassen. Zudem ist Moskau jetzt ... ich weiß nicht ... es ist gegenwärtig alles anders. Ich möchte reisen; voriges Jahr war ich auch schon im Begriff, mich auf den Weg zu machen.«

»Nach Paris, ohne Zweifel?« fragte Bazaroff.

»Nach Paris und nach Heidelberg.«

»Heidelberg, wozu?«

»Wie! weil Bunsen dort wohnt.«

Bazaroff fand auf diesen Ausruf keine Antwort.

»Peter Sapojnikoff ... Sie kennen ihn ja.«

»Nein, durchaus nicht.«

»Ists möglich! Peter Sapojnikoff ... er ist ja beständig bei Lydie Chostatoff.«

»Ich kenne auch die nicht.«

»Nun, Sapojnikoff hat mir seine Begleitung angeboten. Ich bin allein, Gott sei Dank! ich habe keine Kinder ... Was habe ich da gesagt: ›Gott sei Dank?‹ ... Übrigens ists einerlei.« Eudoxia drehte eine Zigarette zwischen ihren vom Tabak gelb gefärbten Fingern, zog sie über die Zungenspitze, steckte sie in den Mund und fing an zu rauchen.

Die Dienerin trat mit dem Teebrett ein.

»Ah, da ist das Frühstück! Wollen Sie einen Bissen essen? Viktor, ziehn Sie die Flasche auf. Sie sollten sich darauf verstehen.«

»Mich darauf verstehen! mich darauf verstehen!« murmelte Sitnikoff.

»Gibt es hier ein paar hübsche Frauen?« fragte Bazaroff, im Begriff sein drittes Glas zu leeren.

»Ja,« erwiderte Eudoxia, »aber sie sind höchst unbedeutend. Meine Freundin Odinzoff zum Beispiel ist nicht übel. Nur steht sie im Ruf, ein wenig ... Das wäre übrigens kein großes Unglück; aber da ist von Erhabenheit der Ideen, von Fülle von all dem ... keine Spur. Unser Erziehungssystem sollte eben geändert werden. Ich habe schon daran gedacht; unsere Frauen sind sehr schlecht erzogen.«

»Sie werden sie nicht besser machen,« sagte Sitnikoff. »Man muß sie verachten, und ich verachte sie gründlich. (Sitnikoff liebte es, zu verachten und diesem Gefühl Ausdruck zu geben; er fiel besonders über ›das Geschlecht‹ her, ohne zu ahnen, daß es ihm bestimmt war, einige Monate später vor seiner Frau zu kriechen, einzig und allein deshalb, weil sie eine geborene Fürstin war.) Da ist nicht eine, die sich zur Höhe unserer Unterhaltung erheben könnte, nicht eine, die es verdiente, daß sich ernsthafte Männer wie wir mit ihr abgeben.«

»Ich sehe nicht ein, warum sie nötig haben sollten, unsere Unterhaltung zu verstehen,« sagte Bazaroff.

»Von wem sprechen Sie?« fragte Eudoxia.

»Von den hübschen Frauen.«

»Wie, Sie teilen also die Ideen Proudhons?«

Bazaroff richtete sich mit verächtlicher Miene auf.

»Ich teile niemandes Ideen; ich habe meine eigenen Ansichten.«

»Nieder mit den Autoritäten!« rief Sitnikoff, glücklich, eine Gelegenheit zu haben, sich in Gegenwart eines Mannes, dessen gehorsamster Diener er war, energisch auszusprechen.

»Aber Macaulay selbst,« sagte Madame Kukschin ...

»Nieder mit Macaulay!« rief Sitnikoff mit Donnerstimme; »Sie nehmen Partei für diese frivolen Weibsbilder.«

»Ich kämpfe keineswegs für die frivolen Weibsbilder, sondern für die Rechte des Weibes, die ich bis zum letzten Blutstropfen zu verteidigen geschworen habe.«

»Nieder mit ...« Sitnikoff endigte seine Phrase nicht. »Ich greife sie ja durchaus nicht an,« setzte er hinzu.

»Doch, ich sehe, daß Sie ein Slawophile sind.«

»Durchaus nicht, ich bin kein Slawophile, obschon sicherlich ...«

»Doch! Doch! Sie sind ein Slawophile. Sie sind ein Anhänger des Domostroi. Es fehlt nur noch, daß Sie eine Peitsche für die Frauen in die Hand nehmen.«

»Es ist was Schönes um eine Peitsche,« fiel Bazaroff ein;»aber da sind wir beim letzten Tropfen angekommen ...«

»Von was?« fragte Eudoxia lebhaft.

»Vom Champagner, verehrte Eudoxia Nikitischna, nicht von Ihrem Blut.«

»Ich kann nicht gleichgültig bleiben, wenn man die Frauen angreift,« fuhr Eudoxia fort;»das ist abscheulich! abscheulich! Statt sie anzugreifen, lesen Sie Michelets Buch ›Über die Liebe‹, das ist wunderbar schön! Meine Herren, sprechen wir von der Liebe,« fügte sie hinzu und ließ ihre Hand schmachtend auf das zerdrückte Kissen des Ruhebettes zurücksinken.

Ein plötzliches Schweigen folgte dieser Aufforderung.

»Warum von Liebe sprechen?« sagte Bazaroff,»beschäftigen wir uns lieber mit Madame Odinzoff. So heißt sie ja wohl, nicht wahr? Wer ist diese Dame?«

»Sie ist göttlich! göttlich!« rief Sitnikoff.»Ich werde euch ihr vorstellen. Sie ist sehr klug, sehr vermögend und Witwe. Unglücklicherweise ist sie geistig noch nicht genug entwickelt, sie sollte sich unserer Eudoxia mehr nähern. Ich trinke auf Ihre Gesundheit, Eudoxia! Stoßet an! Kling, kling, kling! Gluck, gluck, gluck!«

»Viktor, Sie sind ein leichtsinniger Mensch!«

Das Frühstück dauerte noch lange. Der ersten Flasche Champagner folgte eine zweite, dritte und selbst eine vierte. Eudoxia schwatzte ununterbrochen. Sitnikoff hielt ihr stand. Sie stritten sich lange, was die Ehe sei, ob ein Vorurteil oder ein Verbrechen; sie untersuchten die Frage, ob die Menschen alle mit denselben Anlagen geboren werden oder nicht, und worin eigentlich die Individualität bestehe. Es kam endlich so weit, daß Eudoxia, die Wangen vom Wein entflammt, mit ihren platten Nägeln auf den Tasten ihres verstimmten Pianos herumhämmerte und mit heiserer Stimme zuerst Zigeunerlieder und dann die Romanze von Seimour Shiff:»Granada träumt im Schlafe« sang. Sitnikoff, eine Schärpe um den Kopf, spielte den schwärmenden Liebhaber.

Als die Sängerin an die Worte kam:

In meiner Küsse Glut

Eint meine Lippe sich der deinen,

konnte sich Arkad nicht länger halten. »Meine Herren,« rief er laut, »das fängt an, etwas nach dem Narrenhaus zu schmecken!« Bazaroff hatte sich darauf beschränkt, hie und da eine spöttische Bemerkung dazwischenzuwerfen, und beschäftigte sich hauptsächlich mit dem Champagner; er gähnte überlaut, erhob sich und ging mit Arkad weg, ohne Abschied zu nehmen. Sitnikoff rannte ihnen nach. »Nun, nun?« fragte er, untertänigst von einem zum andern laufend, »hab ichs Ihnen nicht gesagt, daß sie eine merkwürdige Persönlichkeit ist? Das ist ein Weib, wie wir viele haben sollten; sie ist in ihrer Art ein Phänomen im Gebiet der höheren Sittlichkeit!«

»Gehört diese Anstalt deines Vaters vielleicht auch ins Gebiet der höheren Sittlichkeit?« fragte Bazaroff, auf eine Branntweinschenke zeigend, an der sie soeben vorübergingen.

Sitnikoff antwortete mit seinem gewöhnlichen gewaltsamen Lächeln. Er errötete über seine Herkunft und wußte nicht, sollte er sich von Bazaroffs unerwartetem Duzen geschmeichelt oder beleidigt fühlen.

Vierzehntes Kapitel.

Der Ball beim Gouverneur fand einige Tage später statt. Matthias Ilitsch war in der Tat der Held des Festes. Der Adelsmarschall erklärte jedem, ders hören wollte, daß er nur ihm zu Ehren gekommen sei. Der Gouverneur selbst fuhr, mitten im Ball und ohne seinen Platz zu verlassen, fort, mit ängstlicher Sorge der Regierungsgeschäfte zu warten. Matthias Ilitschs Leutseligkeit tat der Majestät seiner Manieren keinen Eintrag. Er sagte jedem etwas Schmeichelhaftes; diesem mit einem Anflug von Geringschätzung, jenem mit einem Anflug von Achtung; er überhäufte die Damen mit Artigkeiten wie ein echter französischer Chevalier und lachte unaufhörlich mit jenem lauten Gelächter ohne Widerhall, wie sichs für einen großen Herrn schickt. Er klopfte Arkad auf die Schulter und nannte ihn mit erhobener Stimme seinen lieben Neffen; Bazaroff, der einen etwas überjährigen Frack angelegt hatte, beehrte er mit einem zerstreuten, aber doch wohlwollenden Seitenblick und mit einem liebenswürdigen Gemurmel, worin man nur das Wort »ich« und die Endung »ßerst« unterscheiden konnte. Er streckte Sitnikoff einen Finger hin und lächelte, aber mit abgewandtem Gesicht; er warf sogar der Madame Kukschin, die ohne Krinoline und mit schmutzigen Handschuhen, aber mit einem Paradiesvogel im Haar den Ball besuchte, ein »Entzückt« zu. Die Gesellschaft war zahlreich und es fehlte nicht an Kavalieren. Die Herren im Frack drückten sich meist an den Wänden hin, während die Militärs mit Leidenschaft tanzten, besonders einer von ihnen, der fast sechs Wochen in Paris gewesen war und von dort gewisse charakteristische Ausdrücke, wie: *ah, fichtrrre, pst pst, mon bibi* usw., mitgebracht hatte. Er sprach sie mit Vollendung, mit echtem Pariser Schick aus, was ihn jedoch nicht hinderte, *»si j'aurais«* statt *»si j'avais«* zu sagen und *»absolument«* in der Bedeutung von *»certainement«* zu gebrauchen; kurz er sprach jenes Russisch-Französisch, worüber sich die Franzosen lustig machen, wenn sie's nicht für nötig halten, zu versichern, daß wir Französisch sprechen wie die Engel.

Arkad tanzte, wie gesagt, wenig und Bazaroff gar nicht; sie zogen sich mit Sitnikoff in eine Ecke des Saals zurück. Letzterer machte mit verächtlichem Lächeln Bemerkungen, die bösartig sein sollten, schaute mit herausforderndem Blick umher und schien sehr mit sich zufrieden. Plötzlich jedoch veränderte sich der Ausdruck seiner Züge, und zu Arkad gewendet, sagte er mit einer Art Unruhe:

»Da ist Madame Odinzoff.«

Arkad wandte sich um und gewahrte eine hochgewachsene, schwarzgekleidete Frau, die in der Türe des Saales stand.

Das Vornehme ihrer ganzen Erscheinung überraschte ihn. Ihre bloßen Arme fielen anmutig an dem schlanken Körper herab; leichte Fuchsiazweige senkten sich gleichfalls anmutig aus ihrem glänzenden Haar auf ihre schönen Schultern nieder; ihre klaren Augen, über denen sich eine weiße Stirn leicht wölbte, waren mehr ruhig und klug als sinnend. Ein kaum merkliches Lächeln schwebte auf ihren Lippen. Ihr ganzes Wesen atmete eine liebliche und sanfte Kraft.

»Sie kennen sie?« fragte Arkad Sitnikoff.

»Ganz genau. Soll ich Sie vorstellen?«

»Ich bitte darum ... nach diesem Kontertanz.«

Bazaroff erblickte Frau Odinzoff ebenfalls.

»Wer ist dies Gesicht da?« fragte er, »sie gleicht dem andern Weibervolk nicht.«

Als der Kontertanz zu Ende war, führte Sitnikoff Arkad zu Madame Odinzoff; allein er schien lange nicht so gut mit ihr bekannt zu sein, als er gesagt hatte; er verwirrte sich bald in seinen Worten, und sie sah ihn mit einer Art von Erstaunen an. Doch malte sich ein freundlicher Ausdruck auf ihrem Gesicht, als er den Familiennamen Arkads nannte. Sie fragte diesen, ob er ein Sohn von Nikolaus Petrowitsch sei.

»Ja,« erwiderte er.

»Ich habe Ihren Vater zweimal gesehen und schon viel von ihm sprechen hören; es freut mich sehr, Ihre Bekanntschaft zu machen.«

In diesem Augenblick wurde sie von einem jungen Adjutanten zu einem Kontertanz aufgefordert. Sie nahm es an.

»Sie tanzen also?« fragte Arkad ehrerbietig.

»Ja, aber warum fragen Sie mich das? Scheine ich Ihnen zu alt zum Tanzen?«

»Wie können Sie mir einen solchen Gedanken unterstellen? Erlauben Sie mir, Sie um die nächste Masurka zu bitten?«

Madame Odinzoff lächelte. »Gerne,« erwiderte sie und sah Arkad an, nicht mit Gönnermiene, aber so, wie verheiratete Schwestern ihre jüngeren Brüder anzusehen pflegen. Madame Odinzoff war ein wenig älter als Arkad. Sie hatte das neunundzwanzigste Jahr zurückgelegt; aber Arkad kam sich in ihrer Gegenwart wie ein junger Student, wie ein Schüler vor, wie wenn der Altersunterschied noch viel größer gewesen wäre. Matthias Ilitsch trat mit majestätischer Miene auf sie zu und machte ihr Komplimente. Arkad trat einige Schritte zurück; er ließ sie sogar während des Kontertanzes nicht aus den Augen. Sie unterhielt sich ebenso natürlich mit ihrem Tänzer wie mit Matthias Ilitsch, wobei sie Kopf und Augen langsam von einer Seite zur andern wandte. Arkad hörte sie zwei- oder dreimal ganz leise lachen. Sie hatte vielleicht, wie fast alle russischen Frauen, eine etwas starke Nase, und ihr Teint war nicht vollkommen alabasterweiß; Arkad mußte sich aber gleichwohl gestehen, daß er noch nie einer vollkommeneren Schönheit begegnet sei. Der Ton ihrer Stimme klang ihm fortwährend in den Ohren; es schien ihm sogar, daß die Falten ihres Kleides anders fielen als bei den Frauen um sie her, symmetrischer und reicher, und daß all ihre Bewegungen ebenso natürlich als edel seien.

Bei den ersten Klängen der Masurka empfand Arkad eine Art Erschütterung; er setzte sich neben seine Tänzerin und fuhr, da er nicht wußte, wie er eine Unterhaltung anknüpfen sollte, mit der Hand durch die Haare. Diese Verlegenheit dauerte aber nicht lange. Die Ruhe der Frau Odinzoff besiegte sie schnell. Ehe eine Viertelstunde verflossen war, unterhielt er sie unbefangen von seinem Vater und seinem Onkel, von seiner Lebensweise in Petersburg und auf dem Lande. Frau Odinzoff hörte ihm, den Fächer auf und zu machend, mit artiger Aufmerksamkeit zu. Arkads Geplauder wurde nur unterbrochen, wenn jemand seine Tänzerin engagierte. Sitnikoff forderte sie unter anderem zweimal auf. Sie kehrte an ihren Platz zurück und spielte wieder mit ihrem Fächer; ihr Busen hob sich nicht rascher, und Arkad nahm seine Erzählung wieder auf, glückselig, sich in ihrer Nähe zu befinden, mit ihr reden und dabei ihr Auge, ihre schöne Stirn, ihr ernstes und anmutiges Gesicht betrachten zu dürfen. Sie selbst sprach wenig; gleichwohl bekundeten ihre Worte eine gewisse Lebenserfahrung; Arkad konnte aus einigen ihrer Bemerkungen schließen, daß sie trotz ihrer Jugend schon manche Erregungen durchgemacht und über viele Dinge nachgedacht habe.

»Wer war bei Ihnen, als Herr Sitnikoff Sie mir vorstellte?« fragte sie.

»Sie haben also den jungen Mann bemerkt?« antwortete Arkad; »nicht wahr, er hat eine frappante Physiognomie? Er heißt Bazaroff und ist mein Freund.«

Arkad fing nun an, von seinem Freund zu reden.

Er geriet dabei in solche Einzelheiten und sprach mit so viel Feuer, daß Frau Odinzoff sich nach Bazaroff umwandte und ihn mit Interesse betrachtete. Darüber ging die Masurka zu Ende. Arkad bedauerte, sich von seiner Tänzerin trennen zu müssen; eine Stunde war ihm so angenehm mit ihr verflossen. Nicht, als ob er nicht fortwährend gefühlt hätte, daß sie ihn sozusagen mit einer gewissen Herablassung behandelte; aber er wußte ihrs Dank, denn junge Herzen fühlen sich von der Protektion einer schönen Frau nicht gedemütigt.

Die Musik schwieg.

»Danke,« sagte Frau Odinzoff im Aufstehen. »Sie haben versprochen, mich zu besuchen; ich hoffe, Sie bringen mir Ihren Freund mit. Ich bin sehr begierig, einen Mann kennen zu lernen, der den Mut hat, an nichts zu glauben.«

Der Gouverneur trat zu Frau Odinzoff, kündigte ihr an, daß das Souper bereit sei, und bot ihr mit seiner Geschäftsmiene den Arm. Im Weggehen kehrte sie sich nochmals nach Arkad um und nickte ihm halb lächelnd zu. Dieser verneigte sich tief, und während er ihr mit den Blicken folgte (wie elegant schien ihm ihre Gestalt, umrauscht von den glänzenden Wogen ihres schwarzen Atlaskleides!), sagte er sich: »Ohne Zweifel hat sie schon völlig vergessen, daß ich auf der Welt bin.« Und beinahe augenblicklich kam das Gefühl einer gewissen Entsagung über ihn, die er für eine fast romanhafte Großmut hielt.

»Nun,« fragte Bazaroff seinen Freund, sobald dieser sich wieder in die Ecke zu ihm gesetzt hatte, »du bist glücklich gewesen? Man sagt mir soeben, daß die Dame ... hm, hm. Übrigens könnte der Herr, der michs versichert hat, ein Dummkopf sein. Was hältst du davon? Ist sie wirklich ... hm, hm?«

»Ich verstehe den Sinn deines ›hm, hm‹ nicht,« antwortete Arkad.

»Geh mir doch, Unschuld!«

»Wenns so gemeint ist, verstehe ich deinen Herrn nicht. Frau Odinzoff ist sehr liebenswürdig, das ist gewiß; aber sie hat ein so kaltes und stilles Wesen, daß ...«

»Stille Wasser sind tief, weißt du!« fuhr Bazaroff fort. »Du sagst, sie sei kalt; das gibt ihr ja eben Wert. Liebst du Gefrorenes nicht?«

»Das ist alles möglich,« sagte Arkad; »ich laß es unentschieden. Aber sie will deine Bekanntschaft machen und hat mich gebeten, dich zu ihr zu bringen.«

»Du mußt ihr, scheint es, ein schönes Bild von mir entworfen haben. Übrigens verarge ich dir das nicht. Mag sie sein, was sie will, eine einfache Löwin aus der Provinz oder ein emanzipiertes Weib nach Art der Kukschin, sie hat nichtsdestoweniger Schultern, wie ich noch keine gesehen habe.«

Der Zynismus dieser Worte berührte Arkad peinlich, aber wie mans oft macht, er beeilte sich, seinem Freund wegen etwas anderem, diesem Gefühl Fremdem, einen Vorwurf zu machen.

»Warum willst du den Frauen die Freiheit, zu denken, verweigern?« fragte er halblaut.

»Weil ich bemerkt habe, mein Lieber, daß alle Frauen, die von dieser Freiheit Gebrauch machen, wahre Vogelscheuchen sind.«

Damit schloß die Unterhaltung. Die beiden Freunde entfernten sich unmittelbar nach dem Souper. Madame Kukschin warf ihnen beim

Gehen ein verstecktes, aber zorniges Lächeln zu. Keiner von beiden hatte ihr die mindeste Aufmerksamkeit geschenkt, und ihre Eitelkeit war dadurch schwer gekränkt. Sie blieb bis zum Schluß und tanzte noch um vier Uhr morgens mit Sitnikoff eine Polka Masurka nach Pariser Art.

Mit dieser erbaulichen Aufführung endete der Ball beim Gouverneur.

Fünfzehntes Kapitel.

»Ich bin begierig, zu welcher Klasse von Säugetieren deine neue Bekanntschaft gehört,« sagte Bazaroff am folgenden Tage zu Arkad, als sie die Treppe des Gasthofes hinanstiegen, in welchem Madame Odinzoff logierte. »Ich weiß nicht, aber mir kommt die Sache verdächtig vor.«

»Du setzest mich in Staunen!« rief Arkad; »du, Bazaroff, kannst dich zum Verteidiger einer so engherzigen Moral aufwerfen, die ...«

»Was du für ein sonderbarer Kauz bist!« erwiderte Bazaroff nachlässig. »Weißt du nicht, daß in der Sprache von unsereinem ›verdächtig‹ das gerade Gegenteil sagen will, d.h. daß es da etwas zu naschen gibt? Hast du mir nicht selbst gesagt, daß sie eine sonderbare Heirat gemacht hat, obwohl es meines Erachtens keineswegs so sonderbar, sondern im Gegenteil höchst vernünftig ist, einen reichen alten Mann zu heiraten. Auf die Klatschereien gebe ich nicht viel; aber ich will gerne glauben, daß sie, wie unser gelehrter Gouverneur sagt, nicht ohne Grund sind.«

Arkad antwortete nichts und klopfte an die Zimmertür der Frau Odinzoff. Ein junger Livreebedienter führte die zwei Freunde in ein großes Zimmer, schlecht möbliert, wie sie's in den russischen *Hôtel garnis* gewöhnlich sind, aber mit Blumen geschmückt. Bald trat Frau Odinzoff selber im Morgennegligé ein. Sie erschien im Licht der Frühlingssonne noch jünger. Arkad stellte ihr Bazaroff vor und wurde zu seinem großen Erstaunen gewahr, daß dieser verlegen schien, während Frau Odinzoff so ruhig war wie am Abend zuvor. Bazaroff fühlte selbst, daß seine Haltung einige Verwirrung verriet, und war darüber ärgerlich.

»Das ist eine schöne Geschichte! Das Frauenzimmer macht mir bang!« dachte er, und nachdem er sich ungeniert, wie es Sitnikoff selber nicht besser hätte tun können, in einen Lehnstuhl geworfen hatte, fing er unter dem Blick der Frau Odinzoff, deren klare Augen ihn ruhig ansahen, mit übertriebener Sicherheit zu plaudern an.

Anna Sergejewna Odinzowa war die Tochter des Sergei Nikolaitsch Lokteff, eines durch seine Schönheit, seine Leidenschaft für das Spiel und seine Gewandtheit in Geldsachen berühmten Edelmanns, der, nachdem er etwa fünfzehn Jahre in Moskau und Petersburg von allem möglichen Schwindel glänzend gelebt hatte, sich schließlich gründlich ruinierte und auf das Land zurückzog, wo er bald starb und seinen beiden Töchtern Anna und Katharine, die eine zwanzig, die andere zwölf Jahre alt, ein höchst unbedeutendes Vermögen hinterließ. Ihre Mutter, der von ihrer alten Größe sehr herabgekommenen fürstlichen Familie N. entsprossen, war in Petersburg zu einer Zeit gestorben, wo sich ihr Mann noch in den besten Glücksumständen befand. Als Anna Lokteff Waise wurde, war ihre Lage sehr peinlich. Die vornehme Erziehung, welche sie in Petersburg genossen, hatte sie keineswegs für die häuslichen Sorgen und Verlegenheiten jeder Art vorbereitet, die ihrer im hintersten Winkel einer armen Provinz harrten. Sie kannte keinen ihrer Gutsnachbarn und hatte niemand, bei dem sie sich Rats erholen konnte. Ihr Vater hatte den Umgang mit den Gutsbesitzern gemieden; er verachtete sie, und sie gabens ihm heim, jeder in seiner Art. Dennoch verlor sie den Kopf nicht, schrieb sogleich an die Schwester ihrer Mutter, die Prinzessin Andotia Stepanowna N., eine böse, hochmütige alte Jungfer, und bat sie, zu ihr zu kommen; diese kam und richtete sich in den schönsten Zimmern des Hauses ein; sie keifte und zankte vom Morgen bis zum Abend und ging nie, selbst im Garten nicht, spazieren, ohne von ihrem eigenen Bedienten, einem schweigsamen, zum Kammerdiener hergerichteten Leibeigenen in einer alten gelblichen Livree mit blauen Aufschlägen und dreieckigem Hut, begleitet zu sein. Anna ertrug geduldig alle Launen ihrer Tante, beschäftigte sich nebenbei mit der Erziehung ihrer Schwester und schien darein ergeben, ihre Tage in dieser Vereinsamung zu beschließen. Aber das Schicksal fügte es anders. Ein gewisser Odinzoff, ein sehr reicher Mann in den Vierzigern, ein Sonderling und Hypochonder, dick und plump, aber nicht ohne Geist und im übrigen ein ehrenwerter Mann, machte ihre Bekanntschaft, verliebte sich in sie und hielt um ihre Hand an. Sie gab ihre Einwilligung; nach sechsjähriger Ehe starb er und vermachte ihr sein ganzes Vermögen.

Anna Sergejewna verließ ein Jahr lang die Provinz nicht; dann trat sie mit ihrer Schwester eine Reise durch Europa an, begnügte sich aber mit dem Besuch Deutschlands und kehrte reisemüde bald wieder in ihr liebes Dorf Nikolskoi, nahe bei der Stadt X..., zurück. Ihr Landhaus war geräumig, reich möbliert und von einem prachtvollen Garten mit Gewächshäusern umgeben. Ihr verstorbener Gatte liebte es, auf großem Fuße zu leben. Anna Sergejewna kam selten in die Stadt, und nur in Geschäften und auf kurze Zeit. Sie war im Gouvernement nicht beliebt, ihre Heirat hatte viel Geschrei gemacht. Die böse Welt wußte allerhand Geschichten von ihr zu erzählen, z.B. sie habe ihrem Vater bei seinen Kunststückchen im Spiel geholfen; die Reise außer Landes habe stattgefunden, um die traurigen Folgen zu verbergen ... »Sie verstehen mich schon,« setzten die gutmütigen Seelen hinzu. »Die ist schon durch Feuer und Wasser gegangen,« sagten andere; und ein Spaßmacher des Städtchens, der ein Patent auf Witze zu haben glaubte, setzte regelmäßig hinzu: d.h. »mitten durch alle Elemente«. All dieser Gerüchte waren ihr nicht unbekannt; aber sie gingen bei ihr zu einem Ohr hinein und zum andern hinaus; sie besaß eine große Freiheit des Geistes und nicht wenig Festigkeit.

In einen Lehnstuhl hingestreckt, die Hände übereinandergelegt, hörte Madame Odinzoff Bazaroff zu. Gegen seine Gewohnheit war dieser ziemlich redselig und sichtlich bestrebt, Anna Sergejewna zu interessieren. Dies war Arkad sehr auffallend; aber es wäre ihm unmöglich gewesen, zu entscheiden, ob es Bazaroff gelungen war oder nicht. Was Frau Odinzoff auch empfinden mochte, ihre Gefühle malten sich nicht deutlich in ihrem Gesicht; sie bewahrte stets denselben liebenswürdigen und feinen Ausdruck. Ihre schönen, klugen Augen waren immer aufmerksam; aber diese Aufmerksamkeit steigerte sich nie bis zur Lebhaftigkeit. Das ungewöhnliche Wesen Bazaroffs hatte ihr im Beginn der Unterhaltung einen unangenehmen Eindruck gemacht, etwa wie ein übler Geruch oder ein schriller Ton; aber sie merkte bald, daß er befangen war, und diese Entdeckung schmeichelte ihr. Nur Trivialität war ihr unerträglich, und trivial war an Bazaroff sicher nichts. Es stand geschrieben, daß Arkad heute von einem Erstaunen ins andere geraten sollte. Er dachte, Bazaroff werde mit einem so intelligenten und geistreichen Weibe wie Frau Odinzoff von seinen Überzeugungen und Ansichten reden; sie hatte zum voraus den

Wunsch ausgesprochen, mit einem Manne zu plaudern, »der nichts zu glauben wage«; statt dessen unterhielt sie Bazaroff von Medizin, Homöopathie und Botanik. Frau Odinzoff hatte die freien Stunden der Einsamkeit benützt, sie hatte manch gutes Buch gelesen und sprach ein sehr reines Russisch. Als sie mit einigen Worten die Musik berührte, bemerkte sie, daß Bazaroff kein Verehrer der Künste war, und so kam sie allmählich wieder auf die Botanik zurück, obschon sich Arkad zu einer Abhandlung über die Nationalmelodien verstiegen hatte. Madame Odinzoff fuhr fort, ihn wie einen jungen Bruder zu behandeln; sie schien an ihm die Güte und den Freimut der Jugend zu schätzen, weiter nichts.

Dieses ruhige, wechselnde und lebhafte Geplauder dauerte fast drei Stunden lang.

Die beiden Freunde erhoben sich endlich und machten Anstalt zu gehen. Madame Odinzoff bot dem einen wie dem andern auf das anmutigste ihre schöne weiße Hand und sagte ihnen nach kurzem Besinnen mit einem unentschiedenen, aber wohlwollenden Lächeln: »Wenn Sie, meine Herren, die Langeweile nicht fürchten, so besuchen Sie mich in Nikolskoi.«

»Können Sie glauben,« rief Arkad, »daß ich mich nicht überglücklich fühlen würde ...«

»Und Sie, Herr Bazaroff?«

Bazaroff beschränkte sich darauf, sich zu verneigen, und Arkad hatte noch einmal Gelegenheit zu einer letzten, ihn höchlich überraschenden Wahrnehmung: er bemerkte, daß sein Freund rot wurde.

»Nun,« fragte er ihn auf der Straße, »denkst du immer noch, sie sei ... hm, hm?«

»Wer weiß! Sie hält sich so zugeknöpft,« erwiderte Bazaroff, hielt einen Augenblick inne und setzte dann hinzu: »Eine wahre Herzogin, eine Fürstin! Es fehlt ihr nur eine Krone auf dem Kopf und eine Schleppe am Kleid.«

»Unsere Herzoginnen sprechen das Russische nicht so wie sie,« sagte Arkad.

»Sie hat eine schwere Schule durchgemacht, mein Lieber, sie hat dasselbe Brot gegessen wie wir.«

»Darum ist sie aber nicht weniger entzückend,« fügte Arkad hinzu.

»Ein herrlicher Körper!« erwiderte Bazaroff, »welch Prachtexemplar für einen Sektionstisch!«

»Schweig ums Himmels willen, Eugen! Du bist ein abscheulicher Mensch!«

»Sei nicht böse, zarte Seele! Ich geb ja zu, daß sie Primaqualität ist. Wir müssen sie besuchen.«

»Wann?«

»Übermorgen, wenn du willst. Was haben wir denn hier zu tun? Champagner trinken mit der Kukschin? Die Beredsamkeit deines Vetters, des liberalen Würdenträgers, bewundern? Machen wir uns übermorgen auf den Weg. Um so mehr, als das Nest meines Vaters ganz nahe dabei ist. Nikolskoi ist doch auf dem Weg nach D...?«

»Ja.«

»*Optime!* Man muß keine Zeit verlieren. Nur Schwachköpfe verlieren ihre Zeit ... Das ist ein herrlicher Körper! Den Bissen laß ich nicht fahren.«

Drei Tage später fuhren die beiden Freunde auf der Hauptstraße nach Nikolskoi dahin. Der Tag war schön, die Hitze mäßig, und die Pferde, von dem Kutscher, der sie führte, gut gefüttert, wedelten mit den kurzen geflochtenen und aufgebundenen Schweifen. Arkad blickte auf den Weg und lächelte, ohne zu wissen warum.

»Gratuliere mir,« rief plötzlich Bazaroff, »es ist heute der 22. Juni, der Tag meines Schutzheiligen. Wir wollen sehen, ob er sich für mich interessiert. Man erwartet mich heute daheim,« setzte er mit leiserer Stimme hinzu ... »Um so schlimmer, sie werden vergeblich warten! Das ist kein großes Malheur!«

Sechzehntes Kapitel.

Das Haus, welches Frau Odinzoff bewohnte, lag auf einem offenen kleinen Hügel in der Nähe einer steinernen Kirche mit grünem Dach und weißen Säulen, in deren Giebel ein Freskogemälde in italienischem Stil, eine Auferstehung, prangte. Ein dicker, sonnverbrannter Kriegsknecht, der, mit einem Panzerhemde angetan, im Vordergrund lag, erregte die Bewunderung der Bauern am meisten. Hinter der Kirche dehnten sich zwei Reihen Bauernhäuser aus, deren Schornsteine da und dort über die Strohdächer emporragten. Das Herrschaftshaus war im gleichen Stil wie die Kirche gebaut, in dem bei uns unter dem Namen des alexandrinischen bekannten; es war auch gelb angestrichen, hatte ebenfalls ein grünes Dach, weiße Säulen und einen mit einem Wappen bemalten Giebel. Der Gouvernementsbaumeister hatte die beiden klassischen Gebäude zur großen Zufriedenheit des Herrn Odinzoff gebaut, der die nichtsnutzigen, willkürlich ersonnenen Neuerungen, wie er zu sagen pflegte, nicht leiden konnte. Das Haus war von den Bäumen des alten Gartens umgeben; eine Allee von steifgeschnittenen Tannen führte nach dem Haupttor.

Die jungen Leute fanden im Vorzimmer zwei große Livreebediente, deren einer sofort den Hausmeister rufen ging. Dieser, ein dicker Mann in schwarzem Frack, erschien auf der Stelle und führte die Gäste über eine mit Teppichen belegte Treppe in ein geräumiges Zimmer, wo sich bereits zwei Betten und die nötigen Toilettengegenstände befanden. Das Haus war sichtlich gut gehalten; überall herrschte Reinlichkeit, und man atmete etwas wie den offiziellen Duft in den Empfangssalons der Ministerien.

»Anna Sergejewna läßt Sie bitten, in einer halben Stunde herunterzukommen,« sagte der Haushofmeister; »haben Sie für den Augenblick noch etwas zu befehlen?«

»Gar nichts, würdiger Diener!« antwortete Bazaroff, »es wäre denn, daß sie geruhten, uns ein Gläschen Schnaps bringen zu lassen.«

»Sehr wohl,« sagte der Haushofmeister etwas erstaunt und entfernte sich mit knarrenden Stiefeln.

»Das hat Genre!« sagte Bazaroff, »so nennt mans ja doch wohl bei euch Adeligen? Sie ist eine Großherzogin, ich muß es immer wieder sagen.«

»Eine famose Großherzogin!« sagte Arkad, »die nur so ohne weiteres zwei Aristokraten unseres Schlags zu sich einladet.«

»Einen Aristokraten wie mich besonders, einen künftigen Doktor, Sohn eines Doktors und Enkel eines Küsters! Denn, ich weiß nicht, ob ich dirs jemals gesagt habe, ich bin der Enkel eines Küsters ... wie Speranski,« fügte Bazaroff nach kurzem Schweigen halblaut hinzu. »Immerhin ist die werte Dame ein verwöhntes Glückskind; ja und wie verwöhnt! Müssen wir nicht gar den Frack anziehen?«

Arkad begnügte sich mit einem Achselzucken ... aber im Grunde fühlte er sich ebenfalls ein wenig eingeschüchtert. Eine halbe Stunde nachher gingen Bazaroff und er in den Salon hinab. Es war ein weites, hohes Zimmer, ziemlich reich verziert, aber ohne viel Geschmack. Die schweren, kostbaren Möbel, die mit herkömmlicher Regelmäßigkeit an den Wänden entlang standen, waren mit braunem, goldgesticktem Stoff überzogen. Herr Odinzoff hatte sie durch Vermittlung eines seiner Freunde, eines französischen Weinhändlers, von Moskau kommen lassen. Über dem Mittelsofa hing das Porträt eines blonden Mannes mit aufgedunsenem Gesicht, der die Besucher ziemlich bös anzublicken schien ...»Das muß der Selige sein,« flüsterte Bazaroff seinem Freund ins Ohr und fügte mit Nasenrümpfen hinzu:»Wie wärs, wenn wir wieder aufpackten.« In diesem Augenblicke aber trat die Herrin des Hauses ein. Sie trug ein leichtes Baregekleid; ihre Haare waren glatt hinters Ohr gestrichen, eine Art Coiffüre, die im Verein mit der Frische und Reinheit des Gesichts ihr das Aussehen eines jungen Mädchens gab.

»Ich danke Ihnen, daß Sie mir Wort halten,« sagte sie;»ich hoffe, Sie werden nicht so bald wieder fortgehen. Sie werden sehen, es lebt sich hier nicht schlecht. Ich werde Sie mit meiner Schwester bekannt machen, sie spielt sehr gut Klavier. Das wird Ihnen nicht sehr gefallen, Herr Bazaroff; aber Sie, Herr Kirsanoff, ich glaube Sie lieben die Musik. Außer meiner Schwester haben wir noch eine alte Tante hier, und einer unserer Nachbarn kommt manchmal zu einer kleinen Spielpartie; wir sind unserer nicht viele, wie Sie sehen. Nun, setzen wir uns, wenns gefällig ist.«

Dieser kleine »Speech« wurde mit vollendeter Leichtigkeit vorgetragen. Frau Odinzoff schien ihn auswendig gelernt zu haben. Sie fing sofort eine Unterhaltung mit Arkad an. Es ergab sich, daß ihre Mutter eine genaue Bekannte von Arkads Mutter gewesen war, und daß diese noch als junges Mädchen sie zur Vertrauten ihrer Liebe zu Nikolaus Petrowitsch gemacht hatte. Arkad sprach mit Begeisterung von seiner Mutter; während er so plauderte, blätterte Bazaroff in einem Album.

»Wie ich zahm geworden bin!« sagte er zu sich selbst.

Ein hübsches Windspiel mit hellblauem Halsband lief in das Zimmer, seine Klauen klappten auf dem Fußboden; gleich darauf erschien ein junges Mädchen von ungefähr achtzehn Jahren, braun, mit dunkeln Augen und schwarzen Haaren; ihr nicht sehr regelmäßiges Gesicht hatte doch etwas Angenehmes, sie hielt ein mit Blumen gefülltes Körbchen in der Hand.

»Das ist meine Katia,« sagte Frau Odinzoff, mit dem Kopf nach ihrer Schwester hinwinkend.

Das junge Mädchen setzte sich leicht an ihre Seite und fing an, die Blumen zu ordnen. Das Windspiel, das Fifi hieß, näherte sich den beiden Gästen nacheinander, wedelte mit dem Schwanz und drückte seine kalte Nase an ihre Hand an.

»Hast du das alles selbst gepflückt?« fragte Frau Odinzoff.

»Ja,« sagte Katia.

»Wird die Tante zum Tee kommen?«

»Sie wird sogleich erscheinen.«

Im Sprechen lächelte Katia mit einem schüchternen, aber offenen Ausdruck des Gesichts, wobei sie mit einer Art anmutiger Herbheit von unten nach oben blickte. Alles an ihr atmete die Frische der Jugend: die Stimme, der leichte Flaum ihres Gesichts, die rosigen Hände, deren innere Fläche mit weißlichen Ringen bedeckt war, und ihre etwas schmalen Schultern. Sie errötete beständig und atmete tief und rasch.

Frau Odinzoff wandte sich zu Bazaroff:

»Es geschieht aus lauter Artigkeit,« sagte sie zu ihm, »wenn Sie das Album ansehen Eugen Wassilitsch! Das kann Sie nicht interessieren. Setzen Sie sich doch zu uns und lassen Sie uns über irgend etwas streiten.«

Bazaroff trat hinzu.

»Sehr gerne, aber worüber wollen Sie streiten?«

»Das gilt mir gleich. Ich sage Ihnen vorher, daß ich den Widerspruch liebe.«

»Sie?«

»Ja. Das scheint Sie zu wundern? Warum das?«

»Weil Sie, soweit ich es beurteilen kann, von kaltem und ruhigem Charakter sind; zum Streiten gehört die Eigenschaft, sich hinreißen zu lassen.«

»Wie haben Sie's gemacht, mich in so kurzer Zeit kennen zu lernen? Sie müssen vor allem wissen, daß ich ungeduldig und hartnäckig bin; fragen Sie nur Katia. Und dann lasse ich mich sehr leicht hinreißen.«

Bazaroff blickte Frau Odinzoff schweigend an.

»Es kann sein,« antwortete er, »Sie müssen es besser wissen als ich. Sie wollen also durchaus streiten? Wohlan. Jetzt eben hab ich in Ihrem Album die Ansichten der Sächsischen Schweiz betrachtet, und Sie haben mir gesagt, daß mich das nicht interessieren könne. Sie sagten dies, weil Sie voraussetzen, daß ich keinen Kunstsinn habe, und Sie täuschen sich nicht; aber diese Ansichten können mich recht gut von einem geologischen Standpunkt aus, vom Standpunkt der Bergformation zum Beispiel, interessieren.«

»Das gebe ich nicht zu; als Geolog müßten Sie eher zu einem Buche Ihre Zuflucht nehmen, zu einem fachwissenschaftlichen Werk, nicht zu Zeichnungen.«

»Eine Zeichnung stellt mir das mit einmal vor die Augen, was zehn Seiten Beschreibung in einem Buche erfordert.«

Frau Odinzoff antwortete nichts.

»Sie haben also keinen Kunstsinn,« hob sie wieder an und lehnte den Arm auf den Tisch, so daß sich ihr Gesicht dem Bazaroffs näherte.

»Wie machen Sie's, um denselben missen zu können?«

»Wozu ist er gut, wenn ich fragen darf?«

»Wärs auch nur, um die Menschen studieren zu lernen.«

Bazaroff lächelte.

»Erstens«, fuhr er fort, »erreicht man das durch die Lebenserfahrung, und zweitens muß ich Ihnen sagen, daß ichs durchaus nicht für notwendig halte, jedes Individuum besonders kennen zu lernen. Alle Menschen gleichen sich, ebenso dem Leib als der Seele nach; jeder von uns hat ein Gehirn, ein Herz, eine Milz, Lungen, alles gleich gebaut. Die Eigenschaften, welche man ›moralische‹ nennt, sind ebenfalls identisch bei allen Menschen; sie zeigen nur unbedeutende Unterschiede. Ein einziges Menschenexemplar genügt, um alle andern zu beurteilen. Die Menschen sind wie die Birken des Waldes; keinem Botaniker wird es einfallen, jedes Muster besonders zu studieren.«

Katia, welche ihre Blumen langsam eine nach der andern ordnete, richtete die Augen erstaunt auf Bazaroff, wurde aber, als sie seinem unbefangenen, kühnen Blick begegnete, rot bis über die Ohren. Frau Odinzoff schüttelte den Kopf.

»Die Birken des Waldes!« wiederholte sie; »so ist also Ihrer Ansicht nach kein Unterschied zwischen einem dummen und einem geistreichen Menschen, zwischen Guten und Bösen?«

»O ja! wie zwischen einem gesunden und einem kranken Menschen. Die Lungen eines Schwindsüchtigen sind nicht in dem gleichen Zustande wie bei Ihnen oder bei mir, obgleich ihr Bau der gleiche ist. Die Gründe gewisser physischer Krankheiten kennen wir annähernd; was die moralischen Krankheiten betrifft, so kommen sie von schlechter Erziehung, von all den verschiedenen Dummheiten her, womit man uns die Köpfe vollpfropft, mit einem Wort, von dem unvernünftigen Zustand unseres sozialen Rechts. Reformieren Sie die Gesellschaft, und es gibt keine Krankheiten mehr!«

Bazaroff sprach diese Worte mit einem Ausdruck, als wollte er sagen: glauben Sie mir oder nicht, das ist mir vollkommen gleichgültig. Er fuhr sich mit seinen langen Fingern langsam durch den Bart, und seine Blicke schweiften von einer Seite des Zimmers auf die andere.

»Und Sie glauben,« nahm Frau Odinzoff das Wort, »daß, wenn die Gesellschaft reformiert ist, es weder Dumme noch Böse mehr geben wird?«

»Das ist jedenfalls sicher, daß es, wenn die Gesellschaft einmal vernünftig organisiert ist, vollkommen gleich sein wird, ob ein Mensch dumm oder gescheit, gut oder böse ist.«

»Ja, ich verstehe; sie werden alle die gleiche Milz haben.«

»Ganz richtig, Madame.«

Frau Odinzoff kehrte sich zu Arkad herum.

»Was denken Sie davon?« fragte sie ihn.

»Ich teile Eugens Meinung,« erwiderte dieser.

Katia sah ihn von unten herauf an.

»Sie setzen mich in Erstaunen, meine Herren,« sagte Frau Odinzoff; »aber wir werden auf all das zurückkommen. Ich erwarte meine Tante, die zum Tee kommt, man muß die alten Leute schonen.«

Anna Sergejewnas Tante, die Fürstin N..., eine kleine, hagere Alte mit ganz vertrocknetem Gesicht und strengen, starren Augen, trat ins Zimmer, grüßte die beiden jungen Männer kaum und ließ sich in einem weiten Samtfauteuil nieder, der ausschließlich für sie bestimmt war. Katia setzte ihr eine Fußbank unter die Füße; die Alte dankte nicht einmal mit dem Blick; sie bewegte ein wenig die Hände unter dem gelben Schal, der ihren dürren Leib beinahe ganz bedeckte. Die Fürstin liebte das Gelb; sie hatte auch goldgelbe Bänder auf der Haube.

»Wie hast du geschlafen, Tante?« fragte Frau Odinzoff mit erzwungener Freundlichkeit.

»Der Hund ist noch da,« antwortete die Alte mürrisch; und als sie bemerkte, daß Fifi ängstlich ein paar Schritte auf sie zu tat, schrie sie: »Geh fort, geh fort!«

Katia rief Fifi und öffnete die Tür. Der Hund sprang auf ihren Ruf lustig herbei, da er glaubte, es handle sich um einen Spaziergang; als er sich aber vor der Tür draußen allein sah, fing er an zu scharren und zu kläffen. Die Fürstin runzelte die Stirn; Katia stand im Begriff, hinauszugehen ...

»Der Tee wird fertig sein,« sagte Frau Odinzoff; »kommen Sie, meine Herren! Tante, willst du zum Tee kommen?«

Die Fürstin erhob sich schweigend und trat zuerst in den Speisesaal. Ein kleiner Bedienter in Kosakentracht schob mit Geräusch einen mit Kissen belegten Lehnstuhl an die Tafel, und die Fürstin nahm darin Platz; Katia, deren Amt es war, den Tee einzuschenken, bediente sie zuerst in einer mit ihrem Wappen geschmückten Tasse. Die Alte versüßte ihren Tee mit Honig (sie hätte geglaubt, eine Sünde zu begehen, wenn sie Zucker dazu genommen hätte, und zudem war ihrer Ansicht nach der Zucker zu teuer: doch kostete sie ihr Unterhalt keine Kopeke). Gleich darauf fragte sie mit heiserer Stimme:

»Was sagt der Fürst Iwan in seinem Briefe?«

Niemand antwortete ihr, und die jungen Männer merkten bald, daß man sich trotz all der Ehrenbezeigungen nicht viel um sie kümmerte. »Man hält sie als Schaustück hier ... Eine Fürstin ... das macht sich gut in einem Salon,« dachte Bazaroff. Nach dem Tee schlug Frau Odinzoff einen Spaziergang vor; es fing jedoch ein wenig zu regnen an, und die ganze Gesellschaft, die Fürstin ausgenommen, begab sich in den Salon zurück. Der Nachbar, der eine Partie Karten liebte, kam; er hieß Porphyr Platonitsch; ein kleiner Mann mit dickem Bauch und kahlem Kopf, dessen kurze Beine wie auf der Drehbank gemacht aussahen, im übrigen ein liebenswürdiger, heiterer Mann. Anna Sergejewna, welche fast beständig mit Bazaroff sprach, fragte ihn, ob er sich nicht mit ihnen in dem alten Kartenspiel »Preference« messen wollte. Bazaroff willigte mit der Bemerkung ein, daß er sich auf die Funktionen eines Landdoktors einüben müsse.

»Nehmen Sie sich in acht,« sagte Frau Odinzoff, »wir werden Ihnen Ihren Meister zeigen. Du, Katia,« setzte sie hinzu, »spiele Arkad Nikolajewitsch etwas vor. Er liebt die Musik, und wir hören dich auch.«

Katia beeilte sich eben nicht sehr, sich ans Klavier zu setzen, und Arkad, obgleich er die Musik wirklich liebte, folgte ihr widerwillig. Er sagte sich, daß Frau Odinzoff ihn offenbar loszuwerden suchte, und wie alle jungen Leute seines Alters, fühlte er sich von jenem unklaren und fast peinlichen Gefühl erfaßt, welches der Liebe vorausgeht. Katia öffnete das Klavier und fragte Arkad, ohne ihn anzusehen:

»Was soll ich Ihnen spielen?«

»Was Sie wollen,« antwortete Arkad in gleichgültigem Ton.

»Welcher Musik geben sie den Vorzug?« versetzte Katia, ohne sich umzuwenden.

»Der klassischen,« antwortete Arkad im selben Tone.

»Lieben Sie Mozart?«

»Ja.«

Katia nahm jenes Meisters C-Moll-Fantasie mit der Sonate. Sie spielte sehr gut, obgleich ihr Vortrag gemessen und sogar ein wenig trocken war. Sie hielt sich unbeweglich, starr auf die Noten sehend und mit gepreßten Lippen; doch gegen das Ende des Stückes belebte sich ihr Gesicht, und eine kleine Haarflechte, die sich gelöst hatte, fiel auf ihre schwarzen Augenbrauen nieder.

Arkad hörte mit Vergnügen den letzten Teil der Sonate, den, wo mitten in der reizenden Heiterkeit einer glücklichen Melodie plötzlich die Ergüsse eines herben, beinahe tragischen Schmerzes sich vernehmen lassen ...

Aber die Gedanken, welche Mozarts Musik in ihm weckte, bezogen sich keineswegs auf Katia. Bei ihrem Anblick kam ihm nur das eine in den Sinn: »Das junge Mädchen spielt gut und ist nicht übel.«

Als die Sonate zu Ende war, fragte ihn Katia, ohne die Hand von den Tasten zurückzuziehen:

»Ists genug?«

Arkad erwiderte, daß er ihre Güte nicht mißbrauchen wolle, und fing an, von Mozart zu sprechen; er fragte sie, ob sie diese Sonate selbst ausgewählt oder ob sie ihr jemand empfohlen habe. Allein Katia antwortete nur sehr einsilbig; sie hatte sich versteckt, sich sozusagen wieder in ihr Schneckenhaus zurückgezogen. Wenn sie diese Stimmung überfiel, währte es lange, ehe sie die Augen zu heben wagte, und ihre Züge nahmen den Ausdruck von Trotz an; man konnte sie dann für ein kleines, unbedeutendes Mädchen halten. Nicht als ob sie schüchtern gewesen wäre; sie war vielmehr ein wenig scheu gemacht durch ihre Schwester, die, wie wir gesehen, ihre Erziehung überwachte und doch keine Ahnung davon hatte, was in ihr vorging.

Arkad blieb nichts übrig, um seine Haltung zu bewahren, als Fifi, der wieder hereingekommen war, herbeizulocken, dem er gutmütig lächelnd den Kopf streichelte. Katia kehrte zu ihren Blumen zurück. Bazaroff seinerseits machte Bete auf Bete. Madame Odinzoff spielte ausgezeichnet und auch Porphyr Platonitsch sehr gut. Bazaroff verlor, und obgleich der Verlust klein war, berührte er ihn doch unangenehm. Beim Nachtessen brachte Frau Odinzoff das Gespräch wieder auf Botanik.

»Lassen Sie uns morgen früh spazierengehen!« sagte sie zu ihm; »ich möchte Sie bitten, mir die lateinischen Namen der Feldblumen und ihre Eigenschaften zu nennen.«

»Wozu wollen Sie lateinische Namen lernen?« fragte Bazaroff.

»Es muß in allem Ordnung sein,« antwortete sie.

»Welch bewundernswürdiges Weib, diese Odinzoff!« rief Arkad aus, als er mit seinem Freund auf dem ihnen angewiesenen Zimmer allein war.

»Ja,« antwortete Bazaroff, »es fehlt der Gevatterin nicht an Gehirn, und sie weiß sich auch zu helfen.«

»Wie verstehst du das?«

»Das läßt sich auf zweierlei Art verstehen, mein Bester! Ich bin gewiß, daß sie ihr Vermögen charmant verwaltet. Wenn hier jemand bewundernswürdig ist, so ists ihre Schwester.«

»Wie? Die kleine schwarze Hexe?«

»Ja, die kleine schwarze Hexe; die ist frisch und unberührt und schüchtern und schweigsam; die verdiente, daß man sich mit ihr beschäftigt. Aus dieser Natur könnte man noch machen, was man wollte, während die andere ...«

Arkad gab Bazaroff keine Antwort, und jeder von ihnen legte sich mit seinen eigenen Gedanken schlafen.

Frau Odinzoff dachte diesen Abend auch an ihre Gäste, Bazaroff gefiel ihr durch seine völlige Anspruchslosigkeit und selbst durch sein schneidendes Urteil. Er war für sie noch etwas ganz Neues, und sie war neugierig.

Frau Odinzoff war ein wunderbares Wesen. Ohne Vorurteil, ja sogar ohne festen Glauben, wich sie vor nichts zurück, und doch schritt sie nicht viel vorwärts. In vielem sah sie scharf, interessierte sich für vieles und nichts konnte sie befriedigen; ich weiß nicht einmal, ob sie eine volle Befriedigung wünschte. Ihr Geist war wißbegierig und gleichgültig zugleich; nie verschwanden ihre Zweifel, ohne eine Spur zu hinterlassen, und nie wurden sie stark genug, um sie zu beunruhigen. Wäre sie nicht reich und unabhängig gewesen, so hätte sie sich vielleicht ins Getümmel gewagt und die Leidenschaften kennen gelernt ... Aber so hatte sie ein ungetrübtes Dasein, obgleich sie manchmal ein Gefühl von Langeweile überkam, und sie fuhr fort, ohne sich je zu beeilen und nur selten erregt von Tag zu Tag zu leben. Manchmal traten nur allzu verführerische Bilder vor ihre Augen, aber wenn das Bild verschwunden war, sank sie in ihre Seelenruhe zurück und bedauerte nichts. Ihre Einbildungskraft überschritt oft die Grenzen des nach den gewöhnlichen Regeln der Moral Erlaubten; aber selbst dann floß das Blut in ihrem schönen, immer frischen und friedlichen Körper so ruhig wie gewöhnlich. Oft wenn sie morgens warm und schmachtend aus ihrem duftigen Bade stieg, konnte sie anfangen zu träumen über die Eitelkeit des Lebens, über seine Freudlosigkeit und seine Müh und Arbeit ... Ein plötzlicher Aufschwung erfaßte sie; sie fühlte ein edles Streben in ihrem Innern erwachen; da drang ein Zug durch ein halboffenes Fenster, und Frau Odinzoff schauerte, beklagte sich, sie bezwang sogar nur mühsam eine Zornesregung und verlangte für den Augenblick nur das eine, daß der garstige Wind aufhöre. Wie alle Frauen, denen es nicht gegeben ist, zu lieben, wünschte sie beständig etwas, ohne selbst recht zu wissen was. In der Tat wünschte sie nichts, obgleich es ihr vorkam, als ob sie alles in der Welt wünsche. Kaum hatte sie ihren Gatten ertragen mögen. Sie hatte sich aus Berechnung vermählt; sie hätte wahrscheinlich nicht eingewilligt, Herrn Odinzoff zu heiraten, wenn sie ihn nicht für einen galanten Mann gehalten hätte; aber sie hatte sich getäuscht, und es war ihr ein geheimer Widerwille gegen die Männer überhaupt geblieben, die sie sich alle unreinlich, plump, träg, beständig gelangweilt und energielos vorstellte. Doch war sie auf ihrer Reise einem jungen, schönen Schweden begegnet, einem Mann von ritterlichem Aussehen, mit blauen, ehrlichen Augen und hoher, freier Stirne; er hatte einen tiefen Eindruck auf sie gemacht, aber das hatte sie nicht abgehalten, nach Rußland zurückzukehren.

»Dieser Doktor ist ein sonderbarer Mensch!« sagte sie, in ihrem prächtigen Bett auf Spitzenkissen unter einer leichten seidenen Decke liegend. Anna Sergejewna hatte etwas von ihres Vaters Liebe für den Luxus geerbt. Sie hatte ihren Vater sehr lieb gehabt, so lasterhaft er war, und er betete seine Tochter an, scherzte mit ihr wie mit einem Freund, bewies ihr ein grenzenloses Vertrauen und zog sie oft zu Rat. Von ihrer Mutter war ihr bloß eine dunkle Erinnerung geblieben. »Dieser Doktor ist ein sonderbarer Mensch!« sagte sie sich wiederholt im Gedanken an ihn. Sie streckte sich in ihrem Bette, lächelte, legte den Arm unter den Kopf; dann, nachdem sie zwei oder drei Seiten eines schlechten französischen Romans überflogen hatte, ließ sie das Buch fallen und schlief, weiß, rein und kalt, in ihrem duftenden Bette ein.

Am andern Morgen nach dem Frühstück ging Frau Odinzoff mit Bazaroff botanisieren und kam erst zum Mittagessen wieder; Arkad, der nicht ausgegangen war, hatte fast eine Stunde mit Katia verbracht. Er hatte sich nicht gelangweilt, sie hatte sich erboten, ihm die Sonate vom Tag zuvor zu spielen; als aber endlich Frau Odinzoff zurückkehrte, als er sie wiedersah, zog sich sein Herz unwillkürlich zusammen. Sie kam sichtlich etwas müde den Garten herauf; ihre Wangen waren gerötet und ihre Augen glänzten mehr als gewöhnlich unter ihrem runden Strohhut. Sie drehte den zarten Stiel einer Feldblume zwischen den Fingern; ihre leichte Mantille war von den Schultern auf die Arme geglitten, und die langen Bänder ihres Huts schmiegten sich an ihre Brust. Bazaroff ging festen Schritts, unbefangen wie immer, hinter ihr. Aber der Ausdruck ihres Gesichts, obgleich er heiter und sogar herzlich war, gefiel Arkad nicht. Bazaroff warf ihm einen »Guten Morgen« zu und ging auf sein Zimmer. Frau Odinzoff drückte ihm zerstreut die Hand und schritt ebenfalls an ihm vorüber. »Guten Morgen?« dachte Arkad ... »haben wir uns denn heute nicht schon gesehen?«

Siebzehntes Kapitel.

Die Zeit, die oft fliegt wie ein Vogel, schleicht ein andermal dahin wie eine Schildkröte; aber sie scheint nie angenehmer, als wenn man nicht weiß, ob sie schnell oder langsam geht. Und gerade so verbrachten Bazaroff und Arkad fast vierzehn Tage bei Frau Odinzoff. Die Ordnung, die sie in ihrem Hause und in ihrer Lebensweise eingeführt hatte, trug ohne Zweifel viel hierzu bei. Sie ihresteils beobachtete dieselbe streng, und wenn es galt, die andern dazu zu bringen, griff sie nötigenfalls zum Despotismus. Alles im Hause hatte seine festgesetzte Stunde. Morgens Punkt acht Uhr versammelte sich die ganze Gesellschaft zum Tee, nachher mochte jedes bis zum Frühstück tun, was ihm beliebte; die Herrin des Hauses erledigte während der Zeit die Geschäfte mit dem Verwalter, Haushofmeister und dem Oberschaffner. Vor Tisch versammelte man sich wieder zum Plaudern und Lesen; der Abend war den Spaziergängen, dem Spiel und der Musik gewidmet; Frau Odinzoff zog sich um zehneinhalb Uhr zurück, gab ihre Befehle für den folgenden Tag und legte sich schlafen. Dies regelmäßige und einigermaßen feierliche Leben behagte Bazaroff nicht sonderlich; er sagte, man meine auf Eisenbahnschienen dahinzurollen. Die Livreebedienten, die majestätischen Haushofmeister verletzten sein demokratisches Bewußtsein. Er war der Ansicht, daß man konsequenterweise auch nach englischer Sitte in Frack und weißer Halsbinde bei Tisch erscheinen müßte. Er erklärte sich eines Tages darüber gegen Anna Sergejewna, die jedem gestattete, seine Meinung offen auszusprechen. Sie ließ ihn ausreden und sagte: »Von Ihrem Standpunkte aus ist es wahr, daß ich ein wenig die Schloßherrin spiele. Allein auf dem Lande ist es unmöglich, ohne Ordnung zu leben; man würde rettungslos der Langeweile verfallen«. Sie fuhr nach ihrer Art fort; Bazaroff brummte, aber gerade deshalb, weil das Leben »wie auf Eisenbahnschienen« rollte, schien es ihm und Arkad so angenehm. Übrigens war seit ihrer Ankunft eine bemerkenswerte Änderung mit ihnen vorgegangen. Bazaroff, den Frau Odinzoff sichtlich bevorzugte, obgleich sie selten seiner Meinung war, zeigte nachgerade eine an ihm ungewohnte Aufregung; er brauste leicht auf, sprach ungern, sah oft verdrießlich aus und konnte nirgends ruhig bleiben, als ob ihn fortwährend etwas umhertrieb. Arkad seinerseits, der sich sofort gesagt hatte, daß er in Frau Odinzoff verliebt sei, überließ sich ohne weiteres einer stillen Schwermut, die ihn durchaus nicht hinderte, sich Katia zu nähern, sondern ihn einigermaßen mit dazu bestimmte. »Sie schätzt mich nicht! Nun wohl! ... aber hier ist ein gutes Geschöpf, das mich nicht von sich stößt,« sagte er zu sich, und sein Herz genoß aufs neue das süße Glück, sich edelmütig zu fühlen, wie er es gegen seinen Vater gewesen war. Katia ahnte dunkel, daß er einigen Trost in ihrem Umgang suchte; sie versagte ihm die wohltuende Befriedigung nicht, welche eine schüchterne und doch vertrauende Freundschaft gewährt, und gab sich selber diesem Gefühl hin. Sie sprachen in Gegenwart der Frau Odinzoff nicht miteinander. Katia wich dem hellsehenden Blick ihrer Schwester gewissermaßen aus, und Arkad konnte, wie's einem Liebenden wohl ansteht, in Gegenwart seiner Flamme für irgend etwas anderes auch nicht die mindeste Aufmerksamkeit haben; behaglich fühlte er sich aber nur in Katias Gesellschaft. Er war so bescheiden, sich nicht für würdig zu halten, Frau Odinzoff zu beschäftigen; er kam aus der Fassung, wenn er mit ihr allein war, und wußte ihr nichts zu sagen; Arkad war zu jung für sie. Bei Katia dagegen fühlte er sich ganz behaglich; er behandelte sie mit Nachsicht, wehrte ihr nicht, ihm die Eindrücke mitzuteilen, welche Musik, Romane, Gedichte und andere »Albernheiten« auf sie machten, ohne zu bemerken oder sich gestehen zu wollen, daß diese »Albernheiten« ihn selber auch beschäftigten. Katia ihrerseits wehrte ihm nicht, den Melancholischen zu spielen. Arkad war es in Katias, Frau Odinzoff in Bazaroffs Gesellschaft wohl ... und deshalb trennten sich, wenn alle vier zusammentrafen, die beiden Paare gewöhnlich nach wenigen Augenblicken wieder, und jedes ging, besonders auf den Spaziergängen, seiner Wege. Katia betete die Natur an, und Arkad liebte sie auch, obgleich ers nicht zu gestehen wagte; Frau Odinzoff war ziemlich gleichgültig dagegen, ganz so wie Bazaroff. Dies fast beständige Getrenntsein der beiden Freunde hatte zur Folge, daß ihr Verhältnis etwas von der früheren Innigkeit verlor. Bazaroff sprach mit Arkad nicht mehr von Frau Odinzoff und kritisierte sogar ihre »aristokratischen Manieren« nicht mehr; er fuhr fort, Katia zu loben, und riet Arkad nur, die sentimentale Richtung, die er an ihr bemerkte, etwas zu mäßigen; aber sein Lob war kurz, sein Rat etwas trocken; er unterhielt sich mit Arkad viel seltener als ehedem ... er vermied ihn sogar; es schien fast, als schäme er sich vor ihm ... Arkad bemerkte das alles ganz wohl; er vertraute es aber niemand.

Der wahre Grund dieser ganzen Veränderung war das Gefühl, welches Frau Odinzoff Bazaroff eingeflößt hatte, ein Gefühl, das ihn quälte und rasend machte, wogegen er sich aber mit verächtlichem Lächeln und zynischen Schimpfworten verwahrt haben würde, wenn sichs jemand hätte beikommen lassen, auch nur von ferne darauf anzuspielen. Bazaroff liebte die Weiber und wußte die Schönheit zu schätzen, aber er erklärte die ideale oder, wie ers hieß, romantische Liebe für eine unverzeihliche Narrheit, für eine Dummheit, und stellte die ritterlichen

Gefühle mit physischen Krankheiten und Mißbildungen so ziemlich auf eine Stufe. Oft drückte er sein Erstaunen darüber aus, daß man den Ritter Toggenburg samt allen Minnesängern und Troubadours nicht ins Narrenhaus gesperrt habe ... »Behagt euch ein Weib,« sagte er, »so sucht zu eurem Zweck zu kommen; weist sie euch ab, so lasset sie in Frieden und wendet euch woanders hin; die Erde ist groß genug.« Frau Odinzoff gefiel ihm; die Gerüchte, die über sie umliefen, ihr freies und unabhängiges Wesen, das Wohlwollen, das sie ihm bezeigte, alles schien wie gemacht, ihn zu ermutigen; aber er merkte bald, daß er mit ihr nicht zum Ziele komme, und doch fühlte er zu seinem großen Erstaunen nicht den Mut, sich woanders hinzuwenden. Sobald er an sie dachte, wallte sein Blut; er wäre leicht mit seinem Blut fertig geworden, aber er empfand noch etwas anderes, was er nie zugegeben, etwas, worüber er sich stets lustig gemacht hatte und was seinen Stolz empörte. In seinen Unterhaltungen mit Frau Odinzoff legte er stärker als je seine Verachtung und Geringschätzung für jede Art von Romantik an den Tag, und wenn er mit sich allein war, erkannte er mit finsterm Unmut, daß sich die Romantik seiner selbst bemächtigt hatte. Er floh in die Wälder, durchlief sie im Sturmschritt, brach die Zweige, die ihm in den Weg kamen, und murmelte Verwünschungen über sich und über sie; ein andermal legte er sich in einen Heuschober, schloß die Augen mit Gewalt und versuchte, sich zum Schlafen zu zwingen, was ihm natürlich nicht immer gelang. Er durfte sich nur vorstellen, daß diese keuschen Arme eines Tages seinen Hals umschlingen, diese stolzen Lippen seine Küsse erwidern, diese intelligenten Augen mit Zärtlichkeit, ja mit Zärtlichkeit auf den seinen ruhen würden ... so fühlte er sich vom Schwindel ergriffen, und er vergaß sich einen Augenblick, bis der Unmut von neuem in seinem ganzen Wesen ausbrach.

Er ertappte sich selbst über weibischen Gedanken, als ob der Böse ihn versuchen wollte. Bisweilen schien es ihm, daß mit Frau Odinzoff eine Veränderung vorgegangen sei, daß ihr Gesicht einen andern Ausdruck habe, daß vielleicht ... Aber dann stampfte er plötzlich mit dem Fuß auf den Boden oder bedrohte sich zähneknirschend mit der eigenen Faust. Dennoch war Bazaroff nicht ganz im Irrtum. Er hatte auf Frau Odinzoffs Phantasie Eindruck gemacht; er beschäftigte sie sehr. Nicht bloß, daß sie sich fern von ihm langweilte oder ihn mit Ungeduld erwartete, sondern seine Ankunft belebte sie plötzlich, sie war gern mit ihm allein und hatte Gefallen an seiner Unterhaltung, selbst wenn er ihr widersprach oder gegen ihre eleganten Gewohnheiten und Neigungen verstieß. Sie schien sich selber dadurch kennen lernen zu wollen, daß sie ihn auf die Probe stellte.

Eines Tages, als er im Garten mit ihr spazierenging, kündigte er ihr kurz und barsch seine nah bevorstehende Abreise auf das Landgut seines Vaters an ... Sie erbleichte, als ob sie einen Stich ins Herz erhalten hätte, und ihre Aufregung war so lebhaft, daß sie selbst darüber erstaunt war; sie verlor sich in Gedanken darüber, was das bedeuten könne. Bazaroff hatte ihr von seiner Abreise durchaus nicht deshalb gesprochen, um sie auf die Probe zu stellen und zu sehen, wie sie sich dabei benähme; er war nicht der Mann, um jemals zu solchen Mitteln, zu Lügen, seine Zuflucht zu nehmen. Der Verwalter seines Vaters, sein ehemaliger Gouverneur Timofeitsch, hatte ihn frühmorgens besucht. Dieser Timofeitsch, ein gewandter, schlauer Alter, mit gelbschimmernden Haaren, luftgerötetem Gesicht und kleinen tränenden Augen, war unerwartet zu ihm gekommen, in einer Jacke von grobem blauem Tuch mit Ledergürtel und geschmierten Stiefeln.

»Ah! guten Morgen, Alter!« rief Bazaroff.

»Guten Morgen, Väterchen Eugen Wassilitsch,« sagte der Greis mit freundlichem Lächeln, das sein ganzes Gesicht mit kleinen Runzeln durchzog.

»Was führt dich her? Suchst du mich?«

»Wie könnt Ihr das glauben?« stammelte Timofeitsch (Bazaroffs Vater hatte ihm ausdrücklich befohlen, nicht merken zu lassen, daß er ihn schickte).»Ich hatte für den Herrn Kommissionen in der Stadt zu besorgen, und da ich hörte, daß Ihr da seid, machte ich den kleinen Umweg, um Euer Ehren zu sehen. Ich wäre Euch sonst nicht lästig gefallen!«

»Geh, lüg nicht!« antwortete Bazaroff.»Das Dorf liegt durchaus nicht auf deinem Weg.« – Timofeitsch wandte sich etwas zur Seite, ohne zu antworten.

»Ist mein Vater wohl?«

»Gott Lob und Dank, es geht ihm gut.«

»Und meine Mutter?«

»Arina Vlassiewna ebenfalls, Gott sei gelobt.«

»Sie erwarten mich, nicht wahr?«

Der Alte neigte seinen Kopf auf die Seite.

»Ach, Eugen Wassilitsch, wie sollten sie Euch nicht erwarten? Glaubt mir, das Herz blutet einem, wenn man Eure Eltern ansieht ...«

»'s ist, 's ist gut, keine Schilderungen! sag ihnen, daß ich bald komme!«

»Ich werde nicht ermangeln,« antwortete Timofeitsch mit einem Seufzer. Vor dem Hause zog er seine Mütze mit beiden Händen über die Ohren, stieg auf ein kleines Fuhrwerk, das er vor dem Tore gelassen hatte, und fuhr in kurzem Trab davon, aber nicht in der Richtung der Stadt.

Am Abend desselben Tages saß Frau Odinzoff mit Bazaroff im Salon, während Arkad auf und ab ging und Katia zuhörte, die Klavier spielte. Die Fürstin war auf ihr Zimmer gegangen; sie konnte die Besuche nicht leiden, und namentlich nicht diese hergelaufenen Burschen neuesten Datums, wie sie sie nannte. Solange sie sich im Salon befand, war ihre Laune noch erträglich; aber vor ihrer Kammerfrau überließ sie sich solchen Zornausbrüchen, daß ihre Haube und ihre Haartour auf dem Kopfe tanzten. Frau Odinzoff wußte es.

»Wie können Sie daran denken, abzureisen?« sagte sie zu Bazaroff; »und Ihr Versprechen?«

Bazaroff zitterte ...

»Welches Versprechen?«

»Haben Sie's vergessen? Sie wollten mich ein wenig in der Chemie unterrichten.«

»Unglücklicherweise erwartet mich mein Vater. Ich kann unmöglich länger zögern. Übrigens brauchen Sie ja nur Pelouse und Fremys ›Anfangsgründe der Chemie‹ zu lesen, das ist ein gutes Buch und leicht zu verstehen. Sie werden dort alles finden, was Sie wissen wollen.«

»Sie haben mir aber doch vor wenigen Tagen selbst gesagt, daß ein Buch nie an die Stelle ... ich erinnere mich nicht mehr des Ausdrucks, dessen Sie sich bedient haben, aber Sie wissen schon, was ich sagen will ...; nicht wahr?«

»Wie soll ichs machen?« antwortete Bazaroff.

»Warum abreisen?« fragte Frau Odinzoff mit gedämpfter Stimme. Er sah sie an, sie lag zurückgelehnt in ihrem Sessel, die bis zum Ellenbogen bloßen Arme über die Brust gekreuzt. Das Licht der mit einem Schirm von ausgeschnittenem Papier bedeckten Lampe machte sie noch bleicher. Ein langes weißes Kleid umhüllte sie mit kleinen weichen Falten; kaum sah man die Spitzen ihrer Füße, welche sie ebenfalls übereinandergeschlagen hatte.

»Und warum soll ich bleiben?« antwortete Bazaroff.

Frau Odinzoff wandte ein wenig den Kopf.

»Wie, warum? Gefällt es Ihnen hier nicht? Denken Sie, daß man Sie hier nicht vermissen wird?«

»Ich zweifle.«

»Sie haben unrecht, so zu denken,« antwortete Frau Odinzoff nach kurzem Schweigen. »Übrigens glaube ich Ihnen nicht. Sie können das unmöglich im Ernste meinen.« – Bazaroff blieb immer unbeweglich. – »Eugen Wassilitsch, warum antworten Sie nicht?«

»Was soll ich Ihnen sagen? Niemand ist wert, daß man ihn vermißt, und ich noch weniger als ein anderer.«

»Warum das?«

»Ich bin ein nüchterner, uninteressanter Mensch, ich verstehe nicht, liebenswürdig zu sein.«

»Sie wollen Komplimente haben?«

»Das ist nicht meine Art; wissen Sie nicht selber, daß die elegante Seite des Lebens, gerade die, auf welche Sie so großen Wert legen, mir fremd ist?«

Frau Odinzoff biß in ihr Taschentuch.

»Denken Sie, was Sie wollen, aber ich werde mich langweilen, wenn Sie fort sind.«

»Arkad bleibt,« sagte Bazaroff. Frau Odinzoff zuckte ein wenig die Achseln.

»Ich werde mich langweilen,« wiederholte sie.

»Wahrhaftig? Nun, Sie werden sich nur kurze Zeit langweilen.«

»Woraus schließen Sie das?«

»Sie haben mir selbst gesagt, daß, um sich gelangweilt zu fühlen, Sie in Ihren Gewohnheiten gestört werden müßten. Ihr Leben ist so vollkommen geregelt, daß es weder der Langeweile, noch dem Kummer, noch sonst einem schmerzlichen Gefühl Raum gibt.«

»Sie finden, daß ich ganz ... oder wenigstens, daß mein Leben sehr geregelt und geordnet ist?«

»Gewiß! Da wird es z.B. in wenig Minuten zehn Uhr schlagen, und ich weiß zum voraus, daß Sie mich dann wegschicken.«

»Nein, ich werde Sie nicht wegschicken, Sie können bleiben. Öffnen Sie das Fenster, es scheint mir zum Ersticken heiß.«

Bazaroff stand auf und öffnete das Fenster. Es ging plötzlich und mit Geräusch auf. Er hatte nicht gedacht, daß es sich so leicht öffnen würde, denn seine Hände zitterten. Die weiche, laue Nacht mit ihrem dunkeln Himmel wurde sichtbar, und das leise Rauschen der Bäume mischte sich mit dem stärkenden Hauch einer frischen, reinen Luft.

»Lassen Sie den Vorhang herab und setzen Sie sich,« fuhr Frau Odinzoff fort, »ich möchte vor Ihrer Abreise mit Ihnen plaudern. Erzählen Sie mir etwas aus Ihrem Leben; Sie sprechen nie von sich selbst.«

»Ich versuche, von nützlichen Dingen mit Ihnen zu sprechen.«

»Sie sind bescheiden ... indessen möchte ich gerne etwas von Ihnen, Ihrer Familie und Ihrem Vater hören, dem zulieb Sie uns verlassen wollen.«

»Warum sagt sie mir dies alles?« fragte sich Bazaroff. »Das alles«, setzte er laut hinzu, »würde Sie sehr wenig interessieren. Gerade Sie; wir sind kleine Leute.«

»Ich bin also Ihrer Ansicht nach eine Aristokratin?«

Bazaroff blickte Frau Odinzoff an.

»Ja,« sagte er mit starkem Nachdruck.

Sie lächelte.

»Ich, sehe, Sie kennen mich schlecht,« erwiderte sie; »obgleich Sie behaupten, daß alle Naturen gleich sind, und daß man sich nicht die Mühe zu geben brauche, sie einzeln zu studieren. Ich erzähle Ihnen vielleicht einmal mein Leben ... aber zuerst müssen Sie mir das Ihrige erzählen.«

»Sie sagen, ich kenne Sie schlecht,« antwortete Bazaroff. »Das ist möglich; vielleicht ist jeder Mensch wirklich ein Rätsel. Um z.B. von Ihnen zu sprechen, so fliehen Sie die Gesellschaft, sie ermüdet Sie; und doch laden Sie sich zwei Studenten ein. Warum wohnen Sie, schön und gescheit wie Sie sind, auf dem Lande?«

»Wie, was haben Sie da gesagt?« erwiderte Frau Odinzoff lebhaft, »ich bin ... schön ...«

Bazaroff zog die Brauen zusammen.

»Das tut nichts zur Sache,« antwortete er nicht ohne Verwirrung, »ich wollte sagen, ich begreife nicht, warum Sie Ihren Wohnsitz auf dem Lande aufgeschlagen haben.«

»Sie begreifen es nicht, und doch erklären Sie sichs auf die eine oder andere Art?«

»Ja, ich nehme an, daß Sie auf der Stelle bleiben, weil Sie verwöhnt sind, weil Sie den Komfort lieben und weil Ihnen alles übrige höchst gleichgültig ist.«

Frau Odinzoff lächelte von neuem.

»Sie wollen also durchaus nicht zugeben, daß ich fähig sei, mich von meiner Einbildungskraft leiten zu lassen?«

»Aus Neugierde vielleicht,« antwortete Bazaroff, indem er sie von unten herauf anblickte, »aber anders nicht.«

»Wahrhaftig, nun begreife ich, warum wir uns so gut verstehen. Sie sind mir in dieser Beziehung ganz und gar ähnlich.«

»Wir uns verstehen? ...« wiederholte Bazaroff dumpf.

»Im Grunde, ja! Ich hatte vergessen, daß Sie abreisen wollen.«

Bazaroff erhob sich, die Lampe brannte schwach inmitten des halbdunkeln, von Wohlgeruch erfüllten Zimmers. Der Vorhang hob sich von Zeit zu Zeit und ließ die wollüstige Frische und die geheimnisvollen Laute der Nacht ins Zimmer dringen. Frau Odinzoff saß vollkommen unbeweglich; aber nach und nach bemächtigte sich ihrer eine geheime Aufregung, die auch Bazaroff ergriff. Es kam ihm plötzlich zum Bewußtsein, daß er sich mit einer schönen und jungen Frau allein befand ...

»Wohin?« fragte sie gedehnt.

Er antwortete nicht und sank auf seinen Sessel zurück.

»Also halten Sie mich für glücklich, verwöhnt vom Schicksal,« fuhr sie im selben Tone fort, die Augen auf das Fenster gerichtet. »Und ich weiß im Gegenteil, daß ich das Recht habe, mich für sehr unglücklich zu halten.«

»Sie unglücklich? Wieso? Wärs möglich, daß Sie gegen dummen Klatsch empfindlich wären?«

Über Frau Odinzoffs Gesicht zog eine Wolke des Mißvergnügens. Es verdroß sie, so schlecht verstanden worden zu sein.

»Dieser Klatsch kann mich nicht einmal lachen machen, Eugen Wassilitsch, und ich bin zu stolz, um davon verwundet zu sein. Ich bin unglücklich, weil das Leben ... nichts hat, was mich reizt, was mich anzieht. Sie sehen mich zweifelnd an, Sie sagen sich: ›Da sitzt eine mit Spitzen bedeckte Aristokratin in ihrem Samtsessel und spricht so?‹ Ich leugne es nicht, ich liebe das, was Sie Komfort nennen, und doch liegt mir nichts am Leben. Vereinigen Sie diese Widersprüche, wie Sie wollen; übrigens müssen Sie all das für Romantik halten.«

»Sie sind gesund, unabhängig, reich,« erwiderte Bazaroff mit Kopfschütteln, »was wollen Sie mehr?«

»Was ich will?« sagte Frau Odinzoff seufzend; »ich fühle mich sehr müde, ich bin alt; es scheint mir, daß ich schon seit langer, langer Zeit lebe. Ja, ich bin alt,« wiederholte sie und zog langsam die Enden ihrer Mantille über die bloßen Arme. Ihre Augen begegneten denen Bazaroffs, und sie errötete ein wenig.

»Ich habe schon so viele Erinnerungen hinter mir; ein glänzendes Leben in Petersburg; dann die Armut, dann den Tod meines Vaters, meine Ehe, meine Reise durch Deutschland ... und all das, was danach kam ... wieviel Erinnerungen, und keine, bei der man verweilen möchte! und vor mir ein langer Weg, und kein Ziel und Zweck ... auch habe ich keine Lust, weiterzugehen.«

»Das Leben hat keinen Reiz mehr für Sie?« fragte Bazaroff.

»Das nicht,« antwortete Frau Odinzoff nach kurzem Besinnen, »aber es hat mir keine Befriedigung gewährt. Es scheint mir, daß, wenn ich mich mit Macht an etwas anklammern könnte ...«

»Sie möchten lieben,« antwortete Bazaroff ... »und Sie könnens nicht. Das ist Ihr ganzes Unglück!«

Frau Odinzoff spielte mit dem Saum ihrer Mantille.

»Kann ich wirklich nicht lieben?« fragte sie.

»Ich bezweifle es! Nur hatte ich unrecht, das ein Unglück zu nennen. Mit dem im Gegenteil muß man Mitleid haben, dem ein solcher Unfall zustößt.«

»Welcher Unfall?«

»Zu lieben.«

»Woher wissen Sie das?«

»Vom Hörensagen,« antwortete Bazaroff bitter. »Du spielst die Kokette,« dachte er, »du hast Langeweile, und zum Zeitvertreib machst du mich rasend; aber ich ...«

Sein Herz schlug in der Tat heftig.

»Zudem sind Sie vielleicht zu wählerisch,« fügte er hinzu und spielte vorgeneigt mit den Quasten des Sessels.

»Vielleicht! Alles oder nichts, das ists, was ich will. Einen vollkommenen Austausch der Gefühle; wenn ich gebe, so ists, um zu empfangen, und das ohne Reue, ohne Umkehr. Sonst lieber nichts.«

»Im ganzen«, erwiderte Bazaroff, »scheinen mir die Bedingungen verständig, und ich bin erstaunt, daß Sie bisher noch nicht gefunden haben, was Sie suchen.«

»Sie glauben also, daß sich leicht Gelegenheit findet, diesen loyalen Tausch zu machen?«

»Leicht? nein, wenn man kalt überlegt, wenn man berechnet, auswählt und sich selber hoch anschlägt; aber es ist sehr leicht, sich ohne Überlegung hinzugeben.«

»Warum sollte man sich nicht ein wenig hoch anschlagen? Wenn man nichts wert ist, wozu sich geben?«

»Das ist nicht die Sache dessen, der sich gibt, der andere muß schätzen, was man wert ist. Das Wesentliche ist, daß man sich zu geben weiß.«

Madame Odinzoff zuckte ein wenig mit den Achseln.

»Sie sprechen ganz, wie wenn Sie all das an sich selber erfahren hätten,« sagte sie zu Bazaroff.

»Reiner Zufall, Anna Sergejewna; denn derartige Angelegenheiten schlagen, wie Sie wissen, nicht in mein Fach.«

»Aber Sie verstünden, sich zu geben?«

»Ich weiß das nicht; ich will mich nicht rühmen.«

Frau Odinzoff antwortete nicht, und Bazaroff schwieg. Die Töne des Klaviers trafen ihr Ohr.

»Wie spät Katia heut abend noch spielt,« sagte Frau Odinzoff.

Bazaroff erhob sich.

»Es ist in der Tat sehr spät; Sie sollten schlafen gehen.«

»Warten Sie, warum so eilen ... Ich habe Ihnen noch ein Wort zu sagen.«

»Welches Wort?«

»Warten Sie,« wiederholte Frau Odinzoff halblaut, und ihre Augen ruhten auf Bazaroff. Sie schien ihn aufmerksam zu prüfen.

Bazaroff machte einige Schritte durchs Zimmer, dann näherte er sich plötzlich Frau Odinzoff, sagte rauh zu ihr: »Adieu!« und verließ das Zimmer, indem er ihr die Hand drückte, daß sie fast geschrien hätte. Sie führte ihre noch aneinandergepreßten Finger zum Munde und blies darauf; dann erhob sie sich plötzlich und ging rasch nach der Türe, als ob sie Bazaroff zurückrufen wollte. Eine Kammerfrau trat mit einer Flasche auf silberner Platte ins Zimmer. Frau Odinzoff blieb stehen, hieß sie gehen, warf sich wieder in den Sessel und versank von neuem in Nachdenken. Eine Flechte ihres Haares löste sich und rollte sich wie eine schwarze Schlange über ihre Schulter.

Die Lampe brannte noch lange im Salon, und Frau Odinzoff blieb immer unbeweglich; zuweilen nur fuhr sie über die nackten Arme, da sie die frische Nachtluft zu fühlen begann.

Fast zwei Stunden später kam Bazaroff auf sein Zimmer, mit wildem Blick, die Haare in Unordnung, die Stiefel feucht vom Tau. Arkad saß noch an seinem Tische, ein Buch in der Hand und den Rock bis ans Kinn zugeknöpft.

»Du schläfst noch nicht?« fragte Bazaroff fast ärgerlich.

»Du bist diesen Abend sehr lange bei Frau Odinzoff geblieben,« antwortete Arkad, ohne auf die Frage zu antworten.

»Ja, ich bin so lange geblieben, als du mit Katharina Sergejewna Klavier gespielt hast.«

»Ich habe nicht gespielt,« erwiderte Arkad und sagte nichts weiter. Er fühlte, daß seine Augen feucht wurden, und er wollte vor seinem Freund, dessen spöttische Launen er fürchtete, nicht weinen.

Achtzehntes Kapitel.

Am andern Morgen, als Frau Odinzoff zum Tee kam, saß Bazaroff lange über seine Tasse geneigt da; dann plötzlich heftete er die Augen auf sie ... sie wandte sich gegen ihn, als ob er sie gestoßen hätte, und er glaubte zu bemerken, daß sie noch bleicher sei als tags zuvor. Er ging bald auf sein Zimmer zurück und zeigte sich erst wieder beim Frühstück. Der Vormittag war regnerisch. Die ganze Gesellschaft war im Salon beisammen. Arkad nahm die neueste Nummer einer Revue und las laut vor. Die Fürstin, nach ihrer Gewohnheit, schien darüber erst höchlich erstaunt, als ob er etwas sehr Unschickliches begangen hätte; dann maß sie ihn mit bösen Blicken, was er aber nicht beachtete.

»Eugen Wassilitsch,« sagte Frau Odinzoff, »kommen Sie auf mein Zimmer ... Ich möchte Sie fragen ... Sie haben mir gestern den Titel eines Werkes genannt ...«

Sie erhob sich und ging nach der Türe. Die Fürstin blickte rund umher, und in ihrem Gesicht stand deutlich geschrieben: »Seht, seht, wie ich darüber erstaune!« Sie blickte Arkad wiederholt an, aber er wechselte einen raschen Blick mit Katia, die neben ihm saß, und las mit erhobener Stimme weiter. Frau Odinzoff ging raschen Schrittes nach ihrem Zimmer. Bazaroff folgte ihr, ohne die Augen aufzuschlagen, und hörte das leichte Rauschen der seidenen Robe, die vor ihm hinglitt. Anna Sergejewna setzte sich in denselben Sessel wie tags zuvor, und Bazaroff nahm auch den gleichen Platz wieder ein.

»Wie nannten Sie das Buch? ...« sagte sie nach einem Augenblicke Schweigen.

»Pelouse und Fremy, Anfangsgründe,« antwortete Bazaroff. »Übrigens kann ich Ihnen auch noch Ganots ›Handbuch der Experimentalphysik‹ empfehlen; die Zeichnungen sind detaillierter, und das Buch ist im ganzen ...«

»Entschuldigen Sie, Eugen Wassilitsch,« sagte Frau Odinzoff und streckte die Hand aus; »ich habe Sie nicht hierher eingeladen, um über Handbücher zu reden. Ich möchte unsere Unterredung wieder aufnehmen. Sie haben mich so rasch verlassen ... es wird Ihnen doch nicht langweilig sein?«

»Ich stehe zu Dienst ... aber wovon sprachen wir doch gestern abend?« Frau Odinzoff sah Bazaroff ein wenig von unten herauf an.

»Ich glaube,« sagte sie, »wir sprachen vom Glück. Ich unterhielt Sie von mir. Aber weil ich eben das Wort Glück gebraucht habe, muß ich Ihnen eine Frage vorlegen. Warum, selbst wenn wir z.B. den Genuß einer Musik, eines schönen Abends, einer Unterhaltung mit irgend jemand, der uns sympathisch ist, gehabt haben, warum scheint uns dieser Genuß vielmehr eine Andeutung irgendeines unbekannten Glücks, das sich irgendwo findet, als ein wirkliches Glück, ein Glück, das wir selber genießen? Antworten Sie mir ... aber möglicherweise haben Sie ein ähnliches Gefühl noch gar nicht gehabt.«

»Sie kennen das Sprichwort: ›Uns ist es nur da wohl, wo wir nicht sind‹,« antwortete Bazaroff; »übrigens haben Sie mir gestern selbst gesagt, daß Sie sich unbefriedigt fühlen. Auch ist es sehr wahr, daß mir dergleichen Gedanken nie in den Sinn kommen.«

»Sie erscheinen Ihnen vielleicht lächerlich?«

»Das nicht, aber sie sind mir nie in den Kopf gekommen.«

»Wirklich? ich möchte wohl wissen, an was Sie denken?«

»Wieso? ich verstehe Sie nicht.«

»Hören Sie; längst schon wünschte ich, mich mit Ihnen auszusprechen. Ich brauche Ihnen nicht zu sagen, daß Sie kein gewöhnlicher Mensch sind, Sie wissen es sehr gut. In Ihrem Alter hat man noch einen langen

Weg vor sich. Auf was bereiten Sie sich vor? welche Zukunft erwartet Sie? auf welches Ziel steuern Sie los? wohin gehen Sie? was haben Sie auf dem Herzen? mit einem Wort, wer sind Sie, und was sind Sie?«

»Sie setzen mich in Erstaunen, Madame, Sie wissen ja, daß ich mich mit den Naturwissenschaften beschäftige; und was meine Person betrifft ...«

»Ja, wer sind Sie?«

»Ich habe bereits die Ehre gehabt, Ihnen zu sagen, daß ich ein künftiger Distriktsarzt bin.«

Frau Odinzoff machte ein Zeichen von Ungeduld.

»Warum sprechen Sie so mit mir?« sagte sie; »Sie glauben selber nicht an das, was Sie sagen. Arkad hätte mir so antworten können, aber Sie?«

»Aber worin ist Arkad ...«

»Gehen Sie doch; ist es möglich, daß ein so bescheidener Wirkungskreis Sie befriedigen kann? Gestehen Sie nicht selber, daß Sie nicht an die Medizin glauben? Ein Distriktsarzt? Sie! mit Ihrem Selbstgefühl! Sie antworten mir nur so, um meiner Frage auszuweichen. Ich flöße Ihnen kein Vertrauen ein, doch, Eugen Wassilitsch, darf ich Sie versichern, daß ich Sie zu verstehen vermocht hätte; ich war selber arm und voll Selbstgefühl wie Sie; ich habe vielleicht dieselben Prüfungen durchgemacht wie Sie.«

»Das alles ist sehr schön, Anna Sergejewna, aber Sie müssen entschuldigen ... ich bin nicht gewöhnt, andern mein Herz zu erschließen, und zudem ist zwischen uns beiden eine solche Kluft ...«

»Gehen Sie! wollen Sie mir noch einmal sagen, daß ich eine Aristokratin bin! Ich glaube Ihnen bewiesen zu haben ...«

»Außerdem«, erwiderte Bazaroff, »begreife ich das Vergnügen nicht, welches man darin finden kann, von der Zukunft zu sprechen, die im allgemeinen nicht von uns abhängt. Zeigt sich eine Gelegenheit, etwas zu leisten, um so besser, im andern Falle wird man sich wenigstens sehr glücklich schätzen, sich keinem unnützen Geschwätz hingegeben zu haben.«

»Sie nennen freundschaftliches Geplauder Geschwätz ... Nach allem halten Sie mich vielleicht als Weib Ihres Vertrauens nicht würdig? Sie haben eine geringe Meinung von unserem Geschlecht!«

»Ich habe keine geringe Meinung von Ihnen, Anna Sergejewna, und Sie wissen das sehr gut.«

»Nein, ich weiß nichts ...; aber gesetzt, es wäre so. Ich begreife, daß Sie nicht von Ihrer Zukunft sprechen wollen; aber das, was heute in Ihnen vorgeht ...«

»Vorgeht?« wiederholte Bazaroff, »bin ich zufällig ein Staat oder eine Gesellschaft! Jedenfalls scheint mir das nicht sehr interessant; und zudem, soll denn jeder von uns laut verkünden, was in ihm ›vorgeht‹?«

»Ich wüßte in der Tat nicht, warum man nicht alles, was man auf dem Herzen hat, gestehen sollte?«

»Könnten Sie das?«

»Ja,« antwortete Frau Odinzoff nach kurzem Besinnen.

Bazaroff verneigte sich.

»Sie sind glücklicher als ich,« sagte er.

Anna Sergejewna sah ihn an, als ob sie eine Erklärung von ihm fordern wollte.

»Sie haben gut reden,« erwiderte sie, »aber ich fühle mich darum nicht weniger geneigt, zu glauben, daß wir uns nicht umsonst begegnet sind, daß wir gute Freunde sein werden. Ich bin gewiß, daß Ihre, wie soll ich sagen, – Ihre Starrheit, Ihre Verschlossenheit auf die Dauer schwinden wird.«

»Sie finden mich also verschlossen ... oder wie doch? starr.«

»Ja.«

Bazaroff stand auf und trat ans Fenster.

»Und Sie wollen die Beweggründe dieser Verschlossenheit kennen lernen, Sie möchten wissen, was in mir vorgeht?«

»Ja,« antwortete Frau Odinzoff mit einem Schrecken, über den sie sich noch keine Rechenschaft gab.

»Und Sie wollen nicht böse werden?«

»Nein!«

»Nein?« Bazaroff drehte ihr den Rücken. – »So wissen Sie denn, daß ich Sie unvernünftig, bis zum Wahnsinn liebe ... das ists, was Sie mich Ihnen zu sagen zwingen.«

Frau Odinzoff streckte die Hände aus, und Bazaroff drückte seine Stirne an die Fensterscheibe. Er erstickte fast, ein krampfhaftes Zittern durchlief alle seine Glieder, aber es war weder die Aufregung, wie sie die Schüchternheit der Jugend hervorruft, noch der süße Schrecken, den eine erste Liebeserklärung erzeugt; es war die Leidenschaft, die in ihm kämpfte, jene starke, drückende Leidenschaft, die der Bosheit gleicht und vielleicht nicht weit davon entfernt ist ... Frau Odinzoff empfand Furcht und Mitleid zugleich.

»Eugen Wassilitsch!« sagte sie, und in ihrer Stimme verriet sich eine unwillkürliche Zärtlichkeit.

Er kehrte sich rasch um, warf ihr einen verzehrenden Blick zu und zog sie, ihre beiden Hände mit Macht ergreifend, an seine Brust.

Sie konnte sich ihm nicht sogleich entwinden ... Einige Augenblicke nachher hatte sie sich in die entlegenste Ecke des Zimmers geflüchtet. Er stürzte auf sie los ...

»Sie haben mich nicht verstanden!« stieß sie mit leiser, vor Schreck erstarrter Stimme hervor. Einen Schritt weiter, und sie hätte wahrscheinlich einen Schrei ausgestoßen; ihre ganze Haltung kündete es an. Bazaroff biß sich in die Lippen und verließ das Zimmer.

Eine halbe Stunde später übergab ein Stubenmädchen Anna Sergejewna ein Billett von Bazaroff. Es enthielt nur eine Zeile: »Muß ich heute noch abreisen, oder kann ich bis morgen bleiben?« Frau Odinzoff antwortete: »Warum abreisen? ich habe Sie nicht verstanden, und Sie haben mich nicht verstanden.« Indem sie diese Worte schrieb, sagte sie zu sich: »Ich habe mich in der Tat selber nicht verstanden.«

Sie zeigte sich erst beim Mittagessen wieder und ging den ganzen Morgen mit gekreuzten Armen in ihrem Zimmer auf und ab, blieb von Zeit zu Zeit bald vor dem Spiegel, bald vor dem Fenster stehen und strich beständig mit einem Taschentuch über den Hals; sie glaubte da einen glühenden Flecken zu spüren. Sie fragte sich, warum sie Bazaroff, wie er selbst sagte, »gezwungen« habe, sich zu erklären, und ob sie es nicht schon längst geahnt habe ... »Ich bin schuldig,« sagte sie mit lauter Stimme, »aber ich kann ja das alles nicht vorhersehen.« Sie wurde nachdenklich und errötete in der Erinnerung an den beinahe wilden Ausdruck, den Bazaroffs Gesicht angenommen hatte, als er auf sie losstürzte. »Oder doch ...« sagte sie plötzlich wieder, indem sie stehenblieb und ihre Locken schüttelte. Als sie im Spiegel den leicht zurückgesunkenen Kopf, das geheimnisvolle Lächeln in den halbgeschlossenen Augen und auf den halboffenen Lippen bemerkte, schien ihr das Bild etwas zu sagen, was sie tief bewegte.

»Nein, nein,« sagte sie endlich, »Gott weiß, wohin das führen würde; mit dergleichen soll man nicht spaßen. Die Ruhe ist doch noch das Beste, was es auf der Welt gibt.«

Ihre Ruhe war nicht gestört, aber sie wurde traurig und vergoß sogar einige Tränen, ohne recht zu wissen warum. Es war nicht Scham über die Demütigung, was sie weinen machte, sie fühlte sich nicht einmal gedemütigt, sie fühlte sich vielmehr schuldig. Unter dem Einfluß verschiedener unklarer Gefühle, des Bewußtseins ihres verrauschenden Lebens und des Verlangens nach etwas Neuem war sie bis an eine gewisse Grenze vorgegangen, und als sie über diese hinaus noch einen Blick warf, hatte sie drüben zwar keinen Abgrund, aber die Leere oder die Häßlichkeit gewahrt.

Neunzehntes Kapitel.

Obgleich sich Frau Odinzoff sehr in der Gewalt hatte und über viele Vorurteile erhaben war, konnte sie doch ein unbehagliches Gefühl nicht ganz unterdrücken, als sie im Speisesaal erscheinen mußte. Übrigens ging die Mahlzeit ohne Zwischenfall vorüber. Porphyr Platonitsch erschien und erzählte verschiedene Anekdoten. Er kam aus der Stadt zurück. Unter anderen Neuigkeiten hatte er gehört, daß der Gouverneur den Beamten in seiner unmittelbaren Umgebung vorgeschrieben habe, Sporen zu tragen, damit es schneller gehe, falls er einen zu Pferde fortschicken sollte. Arkad plauderte leise mit Katia und erwies, als feiner Diplomat, der Fürstin kleine Aufmerksamkeiten. Bazaroff war beharrlich schweigsam und finster. Frau Odinzoff warf, als er so mit niedergeschlagenen Augen dasaß, zwei- oder dreimal einen verstohlenen Blick auf sein strenges, gallichtes Gesicht mit dem Gepräge verächtlicher Festigkeit und sagte sich: »Nein, nein, nein!« Nach Tische begab sie sich mit der ganzen Gesellschaft in den Garten, ging, da sie merkte, daß Bazaroff sie zu sprechen wünschte, einige Schritte voraus und blieb dann stehen. Er trat zu ihr hin und sagte, die Augen fortwährend niedergeschlagen, mit dumpfer Stimme: »Ich muß mich bei Ihnen entschuldigen. Es ist unmöglich, daß Sie mir nicht zürnen.«
»Nein, ich bin Ihnen nicht böse,« antwortete Frau Odinzoff; »aber ich bin betrübt.«
»Um so schlimmer. Jedenfalls bin ich gestraft genug. Meine Stellung ist, wie Sie zugeben werden, so albern als möglich. Sie haben mir

geschrieben: ›Warum abreisen?‹ Und ich kann und will nicht bleiben. Morgen werde ich abreisen.«

»Eugen Wassilitsch, warum ...«

»Warum ich abreise?«

»Nein, das wollte ich nicht sagen.«

»Die Vergangenheit kehrt nicht wieder, Anna Sergejewna, und früher oder später mußte es so kommen. Sie sehen, ich muß durchaus fort. Ich könnte nur unter einer Bedingung hierbleiben. Diese Bedingung wird nie erfüllt werden. Verzeihen Sie meine Kühnheit; aber nicht wahr, Sie lieben mich nicht und werden mich nie lieben?«

Bazaroffs Augen funkelten einen Augenblick unter den schwarzen Brauen.

Anna Sergejewna antwortete ihm nicht – »Dieser Mensch macht mir angst,« sagte sie sich in diesem Augenblick.

»Adieu!« sagte Bazaroff, als ob er in ihrer Seele gelesen hätte, und lenkte seine Schritte gegen das Haus.

Anna Sergejewna folgte ihm langsam. Sie rief Katia zu sich und nahm ihren Arm, den sie bis zum Abend nicht wieder losließ. Sie setzte sich nicht zum Spiel und lächelte gezwungen bei jedem Anlaß, was keineswegs zu ihrem bleichen, müden Gesicht paßte. Arkad verstand von alledem nichts und beobachtete wie alle jungen Leute, d.h. er fragte sich beständig: »Was bedeutet das?« Bazaroff hatte sich auf seinem Zimmer eingeschlossen; doch erschien er beim Tee. Frau Odinzoff hätte gern einige freundliche Worte an ihn gerichtet; aber sie wußte nicht, was sie ihm sagen sollte. Ein unerwarteter Umstand kam ihr zu Hilfe: der Haushofmeister meldete Sitnikoff an. Es wäre schwer, das sonderbare Benehmen des jungen Fortschrittsmannes bei seinem Eintritt genau zu schildern. Mit der ihm eigenen Unverschämtheit hatte er sich zwar entschlossen, eine Frau zu besuchen, die er kaum kannte, und die ihn nie eingeladen hatte, bei der aber, wie er wußte, augenblicklich geistvolle Männer seiner Bekanntschaft zu Besuch waren; gleichwohl war er furchtbar verlegen, und anstatt seine auswendig gelernten Entschuldigungen und Komplimente loszulassen, stotterte er allerlei närrisches Zeug, wie: Eudoxia Kukschin schicke ihn, um sich nach dem Befinden Anna Sergejewnas zu erkundigen, und Arkad Nikolajewitsch habe sich über letztere stets in der schmeichelhaftesten Weise geäußert. Mitten in diesen Dummheiten blieb er stecken und verlor den Kopf derart, daß er sich auf seinen eigenen Hut setzte. Da ihn jedoch niemand fortjagte, und Anna Sergejewna ihn sogar ihrer Tante und ihrer Schwester vorstellte, gewann er bald so viel Fassung, um in gewohnter Weise zu schwatzen.

Die Erscheinung der menschlichen Dummheit hat manchmal ihr Gutes in dieser Welt; sie lockert allzu straff gespannte Saiten und beruhigt allzu stolze und eitle Gefühle, indem sie uns erinnert, daß Dummheit und Geist einen gemeinsamen Ursprung und fast etwas von Ähnlichkeit haben. Die Ankunft Sitnikoffs gab allem im Hause eine gewöhnlichere und einfachere Wendung. Alle aßen sogar mit größerem Appetit zu Nacht, und man trennte sich eine halbe Stunde früher als gewöhnlich.

»Jetzt«, sagte Arkad vom Bett aus zu Bazaroff, der sich anschickte, sich gleichfalls niederzulegen, »kannst du dir wiederholen, was du mir einmal gesagt hast: ›Warum bist du so traurig? Wahrscheinlich hast du irgendeine heilige Pflicht erfüllt?‹«

Seit einiger Zeit hatten die jungen Leute die Gewohnheit angenommen, sich in dieser bittersüßen Weise zu hänseln, was immer ein Zeichen von geheimem Verdruß und Verdacht ist, die man verbergen will.

»Ich gehe morgen fort zum Vater,« sagte Bazaroff.

Arkad kehrte sich um und lehnte sich auf den Ellbogen. Diese Nachricht überraschte und erfreute ihn zu gleicher Zeit.

»O,« antwortete er, »bist du deshalb traurig?«

»Viel Wissen macht Kopfweh,« sagte Bazaroff gähnend.

»Und Anna Sergejewna?« fragte Arkad.

»Nun was? Anna Sergejewna?«

»Ich wollte sagen: Läßt sie dich fort?«

»Ich bin ihr nicht verpfändet.«

Arkard wurde nachdenklich, und Bazaroff drehte sich mit dem Gesicht gegen die Wand.

Die beiden Freunde schwiegen mehrere Minuten lang.

»Eugen!« rief Arkad plötzlich.

»Was?«

»Ich werde morgen mit dir abreisen.«

Bazaroff gab keine Antwort.

»Aber ich kehre nach Hause zurück,« fuhr Arkad fort; »wir fahren zusammen bis zum Dörfchen Koklow, wo du dich mit Fedote über deine Weiterreise verständigen kannst. Ich hätte gerne die Bekanntschaft deiner Eltern gemacht, aber ich fürchte, sie und dich selbst zu genieren. Und dann hoffe ich doch, daß du später nochmals einen Augenblick bei uns einkehrst?«

»Ich habe mein Gepäck bei dir gelassen,« antwortete Bazaroff, ohne sich umzuwenden.

»Wie kommts, daß er mich nicht fragt, warum ich abreise? Und dazu noch so unvermutet, wie ich?« fragte sich Arkad. »Im Grunde, warum reisen wir ab, er und ich?« Diese Fragen blieben ungelöst in Arkads Kopf, und sein Herz war von geheimer Bitterkeit erfüllt. Er fühlte, daß es ihm schwerfallen werde, dies Leben, an das er sich gewöhnt, zu verlassen, aber nach Bazaroffs Abreise allein zu bleiben, schien ihm noch schwerer. »Ohne Zweifel ist etwas zwischen ihnen vorgefallen,« sagte er sich; »warum aber sollte ich nach seiner Abreise ihr vor Augen bleiben? Ich würde ihr entschieden mißfallen und es ganz bei ihr verderben.« Anna Sergejewnas Gestalt trat lebhaft vor seine Seele, dann aber verdrängten andere Züge nach und nach das Bild der jungen Witwe ...

»Katia macht mir auch Kummer!« flüsterte Arkad in sein Kopfkissen, auf das er eine Träne fallen ließ ... Plötzlich aber strich er sich die Haare zurück und rief:

»Warum zum Teufel ist nur der Dummkopf von Sitnikoff hergekommen?«

Bazaroff rührte sich in seinem Bett.

»Ich sehe, mein Lieber, daß du noch sehr dumm bist,« sagte er endlich. »Die Sitnikoffs sind uns unentbehrlich. Idioten seiner Art sind mir absolut notwendig. Verstehst du mich? Die Götter sind nicht dazu da, Töpfe zu machen.«

»Ei, ei!« dachte Arkad; und zum erstenmal erschien ihm Bazaroffs Eigenliebe in ihrer ganzen Größe.

»Wir sind also Götter, du und ich? oder vielmehr du; denn ich, sollte ich zufällig nicht auch ein Idiot sein?«

»Ja,« erwiderte Bazaroff, »du bist noch dumm.«

Frau Odinzoff zeigte keine große Überraschung, als ihr Arkad am nächsten Morgen ankündigte, daß er mit Bazaroff abreisen werde; sie sah zerstreut und müde aus. Katia blickte ihn ernst an und sagte nichts; die Fürstin bekreuzte sich unter ihrem Schal derart, daß ers bemerken mußte; Sitnikoff aber kam bei der Nachricht gänzlich außer Fassung. Er hatte soeben zum Frühstück einen neuen Frack angelegt, der diesmal nichts vom Slawophilen verriet; tags zuvor schien der

Bediente, der ihm aufzuwarten hatte, ganz erstaunt, als er die Masse Weißzeug sah, die der neue Gast mitgebracht; und da verließen ihn seine Genossen! Er lief angstvoll und unentschlossen hin und her wie ein verfolgter Hase am Saum des Waldes; ganz außer sich, erklärte er plötzlich fast mit einem Schrei, daß auch er entschlossen sei, abzureisen. Frau Odinzoff drang nicht in ihn, zu bleiben.

»Mein Wagen ist sehr bequem,« sagte der unglückliche Jüngling zu Arkad, »ich kann Sie nach Hause fahren. Eugen Wassilitsch darf dann nur Ihren Tarantaß nehmen; so macht sichs sogar viel bequemer.«

»Wo denken Sie hin, unser Gut liegt durchaus nicht auf Ihrem Wege; Sie müßten einen großen Umweg machen.«

»Das hat nichts zu sagen; ich habe viel Zeit übrig, und zudem rufen mich Geschäfte in jene Gegend.«

»Branntweingeschäfte?« fragte Arkad in fast zu verächtlichem Ton. Aber Sitnikoff war so bestürzt, daß er nicht einmal nach seiner Gewohnheit zu lachen anfing.

»Ich versichere Sie, daß mein Wagen sehr bequem ist,« fuhr er fort, »und daß er für alle Platz hat.«

»Kränken Sie Herrn Sitnikoff nicht durch eine Weigerung,« sagte Anna Sergejewna.

Arkad blickte sie an und verneigte sich tief.

Die Abreise fand nach dem Frühstück statt. Beim Abschied gab Frau Odinzoff Bazaroff die Hand und sagte:

»Auf Wiedersehen! Nicht wahr?«

»Wie Sie es wünschen!«

»In diesem Fall sehen wir uns wieder.«

Arkad ging zuerst die Treppe hinab und nahm in Sitnikoffs Wagen Platz. Der Haushofmeister half ihm ehrerbietig einsteigen, er aber hatte nicht übel Lust, ihn zu prügeln oder zu weinen. Bazaroff setzte sich in den Tarantaß. Als sie in dem Dörfchen Koklow angekommen waren, wartete Arkad, bis der Wirt Fedote seine Pferde an den Tarantaß gespannt hatte; dann näherte er sich dem Fuhrwerk und sagte mit der früheren Herzlichkeit zu Bazaroff:

»Eugen, nimm mich mit, ich habe Lust, dich zu begleiten.«

»Steig ein,« murmelte Bazaroff.

Als Sitnikoff, der pfeifend um den Wagen herumging, dieser Worte hörte, sperrte er vor Erstaunen den Mund weit auf; Arkad nahm ruhig seinen Koffer, setzte sich neben Bazaroff, grüßte Sitnikoff höflich und rief:»Fort!«

Die Pferde zogen an, und der Tarantaß war bald aus dem Gesicht verschwunden ... Sitnikoff, der sich von seinem Erstaunen gar nicht erholen konnte, warf dem Kutscher, der dem Laufpferd eben leicht die Peitsche gab, einen grimmigen Blick zu, sprang in den Wagen, schrie zwei vorübergehenden Bauern zu:»Setzt die Hüte auf, ihr Esel!« und fuhr nach der Stadt zurück, wo er sehr spät ankam. Andern Tags aber, im Salon der Madame Kukschin, behandelte er »die beiden hochmütigen, groben Burschen«, die er soeben verlassen, wie's ihr Benehmen verdiente.

Arkad drückte Bazaroff kräftig die Hand, als er sich neben ihn setzte, und sprach lange nichts. Bazaroff schien diesen Händedruck und dies Schweigen zu verstehen. Die vorhergehende Nacht hatte er weder geschlafen noch geruht; seit mehreren Tagen aß er auch beinahe nichts mehr. Sein finsteres, eingefallenes Gesicht zeichnete sich scharf ab unter dem Schirm seiner Reisemütze.

»Nun, Freund,« sagte er endlich, »gib mir eine Zigarre ... Ich muß eine belegte Zunge haben? Sieh mal!«

»Ja,« antwortete Arkad.

»Dacht ichs doch ... Deshalb schmeckt mir auch die Zigarre nicht. Die Maschine ist in Unordnung.«

»In der Tat, du hast dich in letzter Zeit sehr verändert,« meinte Arkad.

»Hat nichts zu sagen, ich werde mich schon wieder erholen. Nur eins beunruhigt mich, die Zärtlichkeit meiner Mutter. Wenn man sich nicht den Bauch vollpfropft und zehnmal des Tages ißt, dann muß man sehen, wie sie sich quält. Mein Vater ist nicht so, gottlob! Er ist in der Welt herumgekommen, er ist, was man so nennt, gesiebt und gebeutelt.«

»Unmöglich, zu rauchen!« sagte er ärgerlich und warf seine Zigarre mitten in den Straßenstaub.

»Euer Gut ist etwa fünfundzwanzig Werst von hier?« fragte Arkad.

»Ja! Da ist übrigens ein Philosoph, ders uns sagen kann.« Dabei zeigte er auf den Bauern, der auf dem Bock saß und dem Fedote seine Pferde anvertraut hatte.

Der Bauer beschränkte sich zu antworten:»Wer weiß? die Werste sind hier nicht gemessen,« dann schien er wieder halblaut mit seinem

Gabelpferde zu brummen, das den Kopf schüttelte und sich in den Zügel legte.

»Ja! Ja!« sagte Bazaroff, »das sollte uns zur Lehre dienen, mein junger Freund; ich glaube wahrhaftig, der Teufel hat die Hand im Spiel. Der Mensch hängt an einem Fädchen, jeden Augenblick kann sich ein Abgrund unter seinen Füßen öffnen, und an dieser traurigen Aussicht hat er nicht genug, er ersinnt noch Gott weiß welche Dummheiten, die sein Leben noch elender machen.«

»Worauf spielst du an?« fragte Arkad.

»Auf nichts, wie ich auch ohne alle Beziehung sage, daß wir uns beide wie rechte Esel benommen haben. Übrigens habe ich in unserer Klinik schon öfters bemerkt, daß die Kranken, welche ihr Zustand ungeduldig machte, stets davonkamen.«

»Ich verstehe dich nicht ganz,« erwiderte Arkad, »mir scheint, du hast keinen Grund gehabt, dich zu beklagen.«

»Weil du mich nicht recht verstehst, will ich dirs folgendermaßen erklären: Meiner Meinung nach tut man besser, Steine auf der Straße zu klopfen, als einer Frau auch nur die Spitze vom kleinen Finger zu geben. All das ist ...« Bazaroff war im Begriff, seinen Lieblingsausdruck »Romantik« zu gebrauchen, aber er hielt an sich. – »Du wirst mir jetzt nicht glauben,« fuhr er fort, »und doch ists vollkommen wahr, was ich dir sage. Wir sind beide zusammen in Weibergesellschaft geraten, und dieses Leben schien uns sehr behaglich; aber es ist ebenso angenehm, diese Gesellschaft zu verlassen, als sich bei heißem Wetter mit kaltem Wasser zu begießen. Ein Mann hat Besseres zu tun, als sich mit solchen Lappalien abzugeben. Ein Mann muß wild sein, sagt ein höchst weises spanisches Sprichwort. Du zum Beispiel, Freund!« wandte er sich an den Kutscher, »hast du ein Weib?«

Der Bauer wandte sich um und zeigte den beiden Freunden sein plattes, schlitzäugiges Gesicht.

»Ein Weib? freilich, wie sollt ich keins haben?«

»Schlägst du sie?«

»Mein Weib? Da kanns allerhand geben ... Ohne Grund schlägt man sie nicht.«

»Das versteht sich! Und sie, schlägt sie dich auch?«

Der Bauer tat einen Ruck mit dem Zügel.

»Was sagst du da, Herr?« fragte er. »Ich glaube, du beliebst zu scherzen.«

Die Frage hatte ihn offenbar verletzt.

»Hörst du, Arkad Nikolajewitsch, und doch sind wir beide geschlagen worden. Das haben wir davon, zivilisierte Menschen zu sein!«

Arkad lächelte gezwungen, Bazaroff aber kehrte sich um und tat während der ganzen übrigen Reise den Mund nicht mehr auf.

Die fünfundzwanzig Werst kamen Arkad so lang wie fünfzig vor. Das kleine Dorf, wo Bazaroffs Eltern wohnten, zeigte sich endlich an dem Abhang eines niedern Hügels. Nicht weit davon erhob sich aus einer Gruppe junger Birken das Herrenhaus mit seinem Strohdach. Am Eingang des Dorfes standen, die Mützen auf dem Kopf, zwei Bauern, die sich stritten.

»Du bist ein dickes Schwein,« sagte der eine zum andern.

»Und du bist nichts als ein Ferkel, und dein Weib ist eine Hexe,« erwiderte der andere.

»Diese liebenswürdige Vertraulichkeit«, sagte Bazaroff zu Arkad, »und der heitere Ton dieses Wortwechsels können dir beweisen, daß meines Vaters Bauern nicht allzustreng gehalten werden. Doch da streckt er selbst die Nase ins Freie; wahrscheinlich hat er die Schellen klingeln hören; er ists richtig, ich kenne seinen Schädel. Ei, ei, wie er weiß geworden ist, der arme Teufel!«

Zwanzigstes Kapitel.

Bazaroff lehnte sich aus dem Tarantaß; Arkad bemerkte über die Schultern seines Freundes weg auf der Vortreppe des Herrenhauses einen großen, magern Mann mit emporstehenden Haaren und kleiner Stülpnase in einem alten Soldatenpaletot. Er stand mit ausgespreizten Beinen, eine lange Pfeife in der Hand, da und blinzte mit den Augen, als ob er sich vor der Sonne schützen wollte. Die Pferde hielten.

»Da wärst du endlich,« rief Bazaroffs Vater und rauchte beharrlich weiter, obgleich das Pfeifenrohr zwischen seinen Fingern zu tanzen schien. – »Komm, steig aus, steig aus, damit wir uns ordentlich umarmen können!«

Er schloß den Sohn in seine Arme.

»Eniucha! Eniucha!« (Eugenchen) rief eine zitternde Stimme im Innern des Hauses. Die Vortüre ging auf und ließ eine kleine Matrone in weißer Haube und kurzer, großgemusterter Jacke erscheinen. Sie stieß einen Schrei aus, wankte und wäre unfehlbar gefallen, wenn sie Bazaroff nicht gehalten hätte. Ihre kleinen rundlichen Hände schlangen sich alsbald um den Hals des letzteren, und sie drückte das Gesicht an seine Brust. Es trat eine tiefe Stille ein. Man hörte nur noch halberstickte Seufzer und heftiges Schluchzen ... Bazaroffs Vater blinzte mit den Augen noch mehr als vorhin.

»Geh, Aricha! hör auf, es ist genug jetzt,« sagte er endlich zu seiner Frau und warf Arkad, der unbeweglich am Wagen stand, einen Blick zu, während selbst der Bauer auf dem Bock sich gerührt abwandte. »Das ist ganz unnötig, ich bitte dich, hör doch auf!«

»Aber Wassili Iwanowitsch!« erwiderte die Alte fortschluchzend, »wenn ich denke, daß er da ist, unser Eniuchenka, unser Herzblatt!« – Und ohne ihn aus den Armen zu lassen, hob sie das tränenfeuchte Gesicht, sah Bazaroff mit einem komisch-glücklichen Ausdruck an und drückte ihn noch einmal an sich.

»Nun ja! das ist alles natürlich,« sagte Wassili Iwanitsch, »nur wärs besser, wir gingen ins Haus hinein. Eugen hat uns einen Besuch mitgebracht. Entschuldigen Sie uns,« fügte er hinzu und wandte sich mit leichter Verbeugung gegen Arkad. »Sie verstehen, weibliche Schwäche ... überdem das Mutterherz ...«

Während er so sprach, war er selbst dermaßen gerührt, daß ihm Lippen, Augenbrauen und Kinn zitterten. Er bemühte sich jedoch sichtlich, kalt zu bleiben, ja eine gleichgültige Miene anzunehmen.

Arkad verbeugte sich.

»Komm, Mutter!« sagte Bazaroff, »wir wollen hineingehen.« Und damit führte er die gute Alte, die in Tränen zerfloß, in das Besuchszimmer. Er setzte sie in einen bequemen Lehnstuhl, umarmte noch einmal rasch seinen Vater und stellte ihm Arkad vor.

»Sehr erfreut, Ihre Bekanntschaft zu machen,« sagte Wassili Iwanitsch, »aber Sie müssen vorliebnehmen; bei uns ist alles einfach, auf militärischem Fuß. – Arina Vlassiewna, beruhigen Sie sich doch in Gottes Namen, tun Sie mir den Gefallen! Welche Schwäche! Unser verehrter Gast wird eine armselige Meinung von Ihnen bekommen.«

»Väterchen,« sagte die Alte mit weinerlicher Stimme, »ich habe nicht die Ehre, Ihren Vor- oder Vatersnamen zu kennen.«

»Arkad Nikolaitsch,« erwiderte Wassili Iwanowitsch halblaut mit gemessener Haltung.

»Verzeihen Sie mir einfältigem Weibe.« – Die Alte schneuzte sich und trocknete, den Kopf bald rechts, bald links geneigt, ein Auge nach dem andern. – »Entschuldigen Sie. Ich glaubte ja sterben zu müssen, ohne meinen ... meinen armen Sohn wiedergesehen zu haben!«

»Und nun haben Sie ihn also wiedergesehen, Madame!« fiel Wassili Iwanowitsch lebhaft ein. – »Taniucha!« wandte er sich jetzt an ein Mädchen von zwölf bis dreizehn Jahren, die barfuß, in einem türkischroten Kattunrock, furchtsam blickend an der Türe stand. – »Bring deiner Herrin ein Glas Wasser auf einem Teebrett, verstehst du wohl! Und ihr, meine Herren!« fuhr er mit einer gewissen Ungeniertheit, die nach der alten Schule schmeckte, fort, »erlaubt mir, daß ich euch einlade, in das Kabinett des Veteranen zu treten.«

»Laß mich dich nur noch ein letztes Mal umarmen, Eniuchenka,« sagte Arina Vlassiewna seufzend. Bazaroff neigte sich zu ihr herab. – »Was bist du für ein schöner Bursche geworden!«

»Das nun zwar nicht,« versetzte Wassili Iwanowitsch, »aber, wie der Franzose sagt, ein ›hommefé‹ ist er geworden. Übrigens jetzt, Arina Vlassiewna, nachdem du dein mütterliches Herz gesättigt hast, wirst du dich hoffentlich mit der Speisung unserer teuren Gäste beschäftigen, denn du weißt ja, die Nachtigall lebt nicht vom Singen.«

Die alte Mutter erhob sich.

»Der Tisch wird gleich gedeckt sein, Wassili Iwanowitsch; ich eile selber in die Küche und sorge, daß aufgetragen wird. Im Augenblick wird alles fertig sein, alles. Drei Jahre ists, daß ich ihn nicht gesehen, daß ich ihm nichts zu essen und zu trinken gegeben habe. Das will was heißen!«

»Spute dich, du Schaffnerin! schaffe für vier, daß du mit Ehren bestehst. Und ihr, meine Herren, folgt mir. Da kommt Timofeitsch, Eugen, und will dich begrüßen. Der wird auch froh sein, der alte Pudel. Nicht wahr, alter Pudel? Meine Herren, haben Sie die Güte, mir zu folgen.«

Wassili Iwanowitsch eröffnete den Zug mit wichtiger Miene und schlürfte mit seinen alten Pantoffeln über den Boden hin.

Sein ganzes Haus bestand aus sechs kleinen Zimmern. Das, wohin Wassili Iwanowitsch unsere jungen Freunde führte, hieß das Kabinett. Ein schwerer hölzerner Tisch, mit vom Staub fast schwarz geräuchert aussehenden Papieren bedeckt, stand am Pfeiler zwischen zwei Fenstern; an den Wänden hingen Türkenflinten, Kosakenpeitschen, ein Säbel, zwei große Landkarten, anatomische Zeichnungen, das Bildnis Hufelands, eine aus Haaren geflochtene Krone in schwarzem Rahmen und ein Diplom, ebenfalls unter Glas; zwischen zwei riesigen Bücherschränken aus Birkenwurzel stand ein ganz abgeschabtes, mehrfach zerrissenes Ledersofa; Bücher, Schächtelchen, ausgestopfte Vögel, Arzneigläser, Retorten standen durcheinander in den Fächern; in einer Ecke des Zimmers endlich sah man eine Elektrisiermaschine außer Dienst.

»Ich habe euch vorher gesagt, meine teuren Gäste,« sagte Wassili Iwanowitsch,»daß wir hier sozusagen wie im Biwakleben ...«

»Hör doch auf mit deinen Entschuldigungen!« antwortete Bazaroff;»Kirsanoff weiß recht gut, daß wir keine Krösusse sind, und daß unser Haus kein Palast ist. Wo sollen wir logieren? das ist die Frage.«

»Sei ruhig, Eugen, ich hab im Flügel ein prächtiges Zimmer, dein Freund wird sich dort sehr behaglich fühlen.«

»Du hast also in meiner Abwesenheit einen Flügel gebaut?«

»Wie denn! Da, wo das Bad ist,« sagte Timofeitsch.

»Das heißt neben dem Bad,« fiel Wassili Iwanowitsch rasch ein;»überdies, im Sommer ... Ich gehe gleich hin, um das Nötige anzuordnen; Timofeitsch, es wird gut sein, wenn du indessen das Gepäck der Herren holen gehst. Dich, Eugen, werde ich selbstverständlich in meinem Studierzimmer unterbringen: *suum cuique.*«

»Ein komischer Kerl!« sagte Bazaroff, als sein Vater sich entfernt hatte.»Er ist so merkwürdig wie der deine, nur in anderer Art. Er schwatzt ein wenig zuviel.«

»Deine Mutter scheint auch eine vortreffliche Frau zu sein,« antwortete Arkad.

»Ja, sie ist nicht bösartig. Du sollst sehen, was für Mittagessen sie uns auftragen wird.«

»Man erwartete Euch heute nicht, Väterchen, wir haben kein Fleisch,« sagte Timofeitsch, der eben Bazaroffs Koffer brachte.

»Man wird sich ohne Fleisch behelfen; wo nichts ist, da hat der Kaiser sein Recht verloren. Armut ist keine Sünde, sagt man.«

»Wieviel Bauern hat dein Vater,« fragte Arkad.

»Das Gut ist nicht sein Eigentum, es gehört meiner Mutter, und ich glaube, daß es höchstens so an fünfzehn Seelen hat.«

»Zweiundzwanzig, mit Erlaubnis,« sagte Timofeitsch in gekränktem Ton.

Das Klappen der Pantoffeln ließ sich aufs neue vernehmen und Wassili Iwanowitsch erschien wieder im Kabinett.

»Noch einige Minuten,« rief er triumphierend »und das Zimmer wird bereit sein, Sie zu empfangen, Arkad ... Nikolaitsch ...? das ist doch, wenn ich nicht irre, Ihr werter Name? Und dieser hier wird Sie bedienen,« fügte er hinzu und wies auf einen Diener, der mit ihm ins Zimmer getreten war, einen jungen Burschen mit kurzgeschnittenen Haaren, in einer blauen Bluse mit Löchern in den Ellenbogen und mit Stiefeln, die nicht ihm gehörten, an den Füßen. – »Er heißt Fedka. Haben Sie Nachsicht mit uns, ich muß Sie wiederholt darum bitten, obgleich mirs mein Sohn verboten hat. Übrigens versteht der Bursche sehr gut eine Pfeife zu stopfen. Sie rauchen doch?«

»Ich rauche meist Zigarren,« antwortete Arkad.

»Und Sie tun sehr wohl daran. Ich ziehe auch die Zigarre vor, aber es hält außerordentlich schwer, sich in dieser von der Hauptstadt so weit entfernten Provinz gute zu verschaffen.«

»Hör doch auf mit den Klageliedern,« sagte Bazaroff, »setz dich lieber aufs Sofa und laß mich dich betrachten.«

Wassili Iwanowitsch setzte sich lachend aufs Sofa. Er glich seinem Sohn sehr; nur war seine Stirn niedriger und schmäler, sein Mund etwas breiter, auch hatte er die Gewohnheit, fortwährend mit den Achseln zu zucken, als ob der Ärmelausschnitt seines Rockes zu eng wäre; er blinzelte mit den Augen, hustete und spielte anhaltend mit den Fingern, während sein Sohn sich durch eine gewisse sorglose Unbeweglichkeit auszeichnete.

»Klagelieder!« versetzte Wassili Iwanowitsch. »Bilde dir nicht ein, daß ich das Mitleid unseres Gastes erregen will. Namentlich fällt mirs nicht ein, ihm zu verstehen geben zu wollen, daß wir hier darauf beschränkt sind, in einer Wüste zu leben. Ja ich denke im Gegenteil, daß es für einen denkenden Menschen gar keine Wüste gibt. Auf alle Fälle tu ich mein möglichstes, kein Moos auf mir wachsen zu lassen, wie man zu sagen pflegt, nicht hinter dem Jahrhundert zurückzubleiben.«

Wassili Iwanowitsch zog ein nagelneues, gelbseidenes Taschentuch heraus, das er sich geholt hatte, als er auf Arkads Zimmer ging, und fuhr, dasselbe in der Luft schwenkend, fort:

»Ich will mich zum Beispiel nicht rühmen, daß ich mir meine Bauern zu Dank verpflichtet habe, indem ich ihnen die Hälfte meiner Ländereien abtrat, obgleich mir das bedeutenden Verlust verursacht. Ich hielt es für eine Pflicht, der einfache Menschenverstand befiehlt es, so zu handeln; ich wundere mich, daß nicht alle Grundbesitzer das einsehen. Was ich sagte, bezieht sich auf die Wissenschaften und die Bildung im allgemeinen.«

»Wahrhaftig, ich sehe, du hast den ›Gesundheitsfreund‹ für das Jahr 1855,« sagte Bazaroff.

»Ein alter Freund hat ihn mir zum Andenken geschickt,« antwortete Wassili Iwanowitsch rasch.

»Wir haben aber auch einige Ideen von der Phrenologie, zum Beispiel –« fuhr er, übrigens hauptsächlich zu Arkad gewendet, fort und zeigte auf einen kleinen Gipskopf, der auf dem Schrank stand und oben in eine Menge Felder eingeteilt war – »die Namen Schönlein und Rademacher sind uns nicht unbekannt.«

»Man glaubt im Gouvernement X... noch an Rademacher?« fragte Bazaroff.

Wassili Iwanowitsch hustete.

»Im Gouvernement X...,« wiederholte er. »Ohne Zweifel müßt ihr Herren mehr davon wissen als wir; wir dürfen nicht daran denken, euch einzuholen. Ihr seid bestimmt, uns zu ersetzen. Ja zu meiner Zeit, erinnere ich mich, kamen uns der ›Humeralpatholog‹ Hoffmann oder Browe mit seinem ›Vitalismus‹ sehr spaßig vor, und doch hatten sie zu ihrer Zeit Aufsehen erregt. Irgendein neuer Gelehrter wird Rademacher ersetzt haben, und ihr nehmt ihn an, aber möglicherweise spottet man in zwanzig Jahren über ihn.«

»Ich kann dir zum Trost sagen,« versetzte Bazaroff, »daß wir jetzt über die ganze Medizin im allgemeinen lachen und keinen Meister anerkennen.«

»Wie das? Du widmest dich aber doch der Medizin?«

»Ja, aber das eine schließt das andere nicht aus.«

Wassili Iwanowitsch stieß den Finger in die Pfeife, in der noch ein wenig warme Asche war.

»Mag sein, mag sein,« sagte er, »ich will nicht streiten. Was bin ich am Ende? Ein pensionierter Regimentsarzt ›volatou‹. Jetzt bin ich Landmann geworden. Ich stand bei der Brigade Ihres Großvaters,« fügte er, wieder zu Arkad gewendet, hinzu. »Ja ja! Ich hab gar vieles gesehen in meinem Leben. In welchen Gesellschaften war ich nicht, wem bin ich nicht alles begegnet! Ich selber, ich, wie ich da vor euch stehe, habe den Fürsten Wittgenstein und Jublovsky den Puls gefühlt. Ebenso hab ich in der Südarmee die Männer des Vierzehnten gekannt; ihr versteht mich!«

Wassili Iwanowitsch begleitete diese Worte mit einem höchst bedeutungsvollen Einkneifen der Lippen.

»Ich wußte sie alle an den Fingern herzuzählen. Übrigens mische ich mich nicht in Dinge, die mich nichts angehen; man versteht sich auf seine Lanzette, und damit Punktum. Ich muß Ihnen sagen, daß Ihr Großvater ein sehr würdiger Mann, ein echter Soldat war.«

»'s war ein echter Klotz, gestehts nur,« warf Bazaroff hin.

»Aber Eugen! wie kannst du solche Ausdrücke gebrauchen! Das ist unverzeihlich ... Sicherlich gehörte der General Kirsanoff nicht zu den ...«

»Geh! Laß ihn in Ruh!« erwiderte Bazaroff. »Im Hereinfahren hab ich mit Vergnügen bemerkt, daß dein Birkenwäldchen hübsch herangewachsen ist.«

Wassili Iwanowitsch belebte sich plötzlich.

»Das ist noch nichts; du mußt den Garten sehen. Ich hab ihn mit eigener Hand gepflanzt! Wir haben da Obstbäume, alle möglichen Sträucher und Arzneipflanzen. Ihr habt gut schwatzen, ihr jungen Leute, aber der alte Paracelsus hat darum doch eine große Wahrheit verkündigt: *In herbis, verbis et lapidibus* ... Ich meinesteils hab, wie du weißt, die Praxis aufgegeben; doch kommts noch zwei- oder dreimal die Woche vor, daß ich mein altes Handwerk wieder aufnehme. Man kommt, mich zu konsultieren; da kann ich doch die Leute nicht aus dem Hause werfen. Oft melden sich Arme; zudem ist kein Arzt im Ort. Ich hab einen Nachbar, einen Major, der mir ins Handwerk pfuscht. Ich frage ihn einmal, ob er Medizin studiert habe. Da gibt man mir zur Antwort: ›Nein, er hat nicht Medizin studiert, er tuts aus Menschenliebe ...‹ Ha! ha! ha! aus Menschenliebe! Ha! ha! wie findst du das? Ha! ha! ha!«

»Fedka! stopf mir eine Pfeife,« rief Bazaroff brüsk.

»Wir haben noch einen andern Doktor,« nahm Wassili Iwanowitsch wieder das Wort, und seine Stimme verriet eine gewisse Ängstlichkeit. »Stell dir vor, daß er eines Tages zu einem Kranken kommt, der schon *ad patres* gegangen war. Der Bediente will ihn nicht hereinlassen und sagt: ›Man braucht Sie jetzt nicht mehr.‹ Der Doktor, der auf diese Antwort nicht gefaßt war, kommt in Verwirrung und fragt den Diener: ›Hat der Kranke den Schlucken gehabt, ehe er starb?‹ – ›Ja.‹ – ›Sehr heftig?‹ – ›Ja.‹ – ›Ah! das ist sehr gut!‹ Und damit entfernte er sich, ha! ha! ha!«

Der Alte lachte allein; Arkad lächelte aus Gefälligkeit, Bazaroff blies eine Tabakswolke in die Luft. Die Unterhaltung dauerte so fast eine Stunde; Arkad begab sich dann auf sein Zimmer, das, wie es sich herausstellte, als Badevorzimmer diente, gleichwohl aber ganz wohnlich war. Endlich erschien Taniucha und meldete, daß das Essen fertig sei.

Wassili Iwanowitsch erhob sich zuerst.

»Kommt, ihr Herren, und entschuldigt gütigst, wenn ich euch gelangweilt habe. Ich hoffe, meine Hausfrau wird euch besser zufriedenstellen als ich.«

Das Essen, obgleich in der Eile zubereitet, war sehr gut, sogar reichlich; nur der Wein ließ zu wünschen übrig; der Xeres von fast schwarzer Farbe, den Timofeitsch bei einem Weinhändler in der Stadt, einem seiner Bekannten, gekauft hatte, hatte einen Nachgeschmack von Kolophonium und Kupfer. Auch die Mücken waren sehr lästig; gewöhnlich wehrte sie ein kleiner Diener mit einem Baumzweig ab; aber Wassili Iwanowitsch hatte ihn von diesem Amte dispensiert, um sich der Kritik der jungen Fortschrittsmänner nicht auszusetzen. Arina Vlassiewna hatte Zeit gefunden, Toilette zu machen; sie trug eine große Bänderhaube und einen blauen geblümten Schal. Sie fing aufs neue zu weinen an, sobald sie ihren Eniucha erblickte, aber es war nicht nötig, daß ihr Gatte behilflich war, sie zu beruhigen; sie selber trocknete eiligst die Tränen, da sie fürchtete, ihren Schal zu verderben. Die jungen Leute taten dem Essen alle Ehre an; die Wirte, die schon zu Mittag gespeist hatten, aßen nicht mit. Die Aufwartung besorgten Fedka, den seine Stiefeln sehr inkommodierten, und ein einäugiges Weib mit männlichen Zügen, namens Anfisuschka, welche die Verrichtungen des Kellermeisters, der Wäscherin und des Hühnermädchens in ihrer Person vereinigte.

Während des ganzen Essens ging Wassili Iwanowitsch mit einem glücklichen, wahrhaft verzückten Gesicht im Zimmer auf und ab, wobei er die grausamen Befürchtungen auseinandersetzte, welche ihm die Politik des Kaisers Napoleon und die Dunkelheit der italienischen Frage verursachten. Arina Vlassiewna schien Arkad gar nicht zu sehen: das Kinn auf die Hand gestützt, zeigte sie ihr ganzes rundes Gesicht, dem kleine, aufgequollene kirschrote Lippen und Schönheitsmale auf den Wangen und über den Augenbrauen einen ganz eigentümlichen Ausdruck von naiver Güte gaben. Die Augen auf ihren Sohn geheftet, seufzte sie fortwährend; sie hätte für ihr Leben gern gewußt, auf wie lange er gekommen sei, wagte es aber nicht, ihn drum zu fragen. »Wenn er mir antwortete: nur auf zwei Tage?« sagte sie sich, und ihr Herz schlug vor Furcht. Nach dem Braten verschwand Wassili Iwanowitsch auf einen Augenblick, kam aber bald wieder mit einer halben Flasche Champagner, die er geöffnet hatte.

»Obgleich wir in einer wilden Gegend leben,« sagte er, »so fehlt es uns doch nicht an Stoff zur Erheiterung bei den großen Gelegenheiten.« Er füllte drei große und ein kleines Glas, erklärte, daß er aufs Wohl der »teuern Besucher« trinke, leerte sein Glas nach Soldatenart auf einen Zug und zwang Arina Vlassiewna, das kleine Glas bis auf den letzten Tropfen auszutrinken. Als man ans Eingemachte kam, hielt es Arkad, der die süßen Speisen nicht vertragen konnte, doch für schicklich, dreierlei frischbereitete Arten zu kosten, um so mehr, als es Bazaroff rundweg abschlug und seine Zigarre anzündete. Nach dem Dessert kam Tee mit Rahm, Brezeln und Butter; alsdann führte Wassili Iwanowitsch seine Gesellschaft in den Garten, um den Abend zu genießen, der prachtvoll war. An einer Bank vorbeigehend, flüsterte er Arkad ins Ohr:

»An diesem Platze hier lieb ichs, zu philosophieren im Anblick des Sonnenuntergangs, das schickt sich für den Einsiedler. Ein wenig weiter vorn hab ich Horazens Lieblingsbäume gepflanzt.«

»Was für Bäume?« fragte Bazaroff brüsk.

»Aber ... Akazien, ich denke ...«

Bazaroff gähnte.

»Ich glaube, daß unsere Reisenden gut daran täten, in Morpheus' Arme zu sinken,« sagte Wassili Iwanowitsch.

»Das heißt, daß es Zeit ist, ins Bett zu gehen,« nahm Bazaroff das Wort. »Ich billige den Vorschlag. Kommt!«

Und damit sagte er seiner Mutter »Gute Nacht!« und küßte sie auf die Stirn; sie aber machte, während sie ihn umarmte, dreimal das Zeichen des Kreuzes hinter seinem Rücken. Wassili Iwanowitsch geleitete Arkad auf sein Zimmer und verließ ihn, nachdem er ihm »die süße Ruhe, deren er selbst in diesem glücklichen Alter genossen«, gewünscht hatte. In der Tat schlief Arkad sehr gut in seinem kleinen Stübchen; es roch nach frischen Hobelspänen, und zwei hinter dem Ofen versteckte Grillen machten eine einschläfernde Musik. Wassili Iwanowitsch ging von Arkads Zimmer in sein eigenes Kabinett, setzte sich unten aufs Bett seines Sohnes, d.h. auf das Sofa, und schickte sich an, ein wenig zu plaudern; aber Bazaroff hieß ihn sofort wieder gehen, weil er schläfrig sei; gleichwohl schloß er die ganze Nacht kein Auge. Er ließ seinen mürrischen Blick durch die Finsternis schweifen; die Jugenderinnerungen hatten keine Macht über ihn, und die traurigen Eindrücke vom Tag zuvor erregten noch immer seinen Geist. Arina Vlassiewna betete andächtig vor ihren Heiligenbildern; dann blieb sie noch lange bei Anfisuschka, welche gleich einer Bildsäule vor ihrer Herrin stand und sie mit ihrem einen Auge anstarrte, während sie ihr geheimnisvoll und leise eine Menge Bemerkungen und Vermutungen über Eugen Wassiliewitsch mitteilte. Freude, Wein und Tabaksrauch hatten das Hirn Arinas so erschüttert, daß ihr der Kopf schwindelte; ihr Gatte wollte noch mit ihr plaudern, bald aber verzichtete er darauf und ging mit einer resignierten Handbewegung ab.

Arina Vlassiewna war ein wahrer Typus des kleinen russischen Adels der alten Zeit; sie hätte zwei Jahrhunderte früher, zur Zeit der Großfürsten von Moskau, auf die Welt kommen sollen. Leicht erregbar und von großer Frömmigkeit, glaubte sie an alle Vorbedeutungen, Ahnungen, Zaubereien und Träume; sie glaubte an die »Jurodivi«, an Haus- und Waldgeister, an Unglück bringende Begegnungen, an das böse Auge, an Hausmittel, an die Kraft des am Gründonnerstag auf den Altar gelegten Salzes und an den baldigen Untergang der Welt; sie glaubte, daß es eine gute Buchweizenernte bedeute, wenn die Kerzen in der Ostermitternachtsmesse nicht erlöschen, daß die Champignons nicht mehr wachsen, sobald sie vom Blick des Menschen getroffen werden, daß der Teufel sich gern an wasserreichen Orten aufhalte und daß alle Juden einen Blutflecken auf der Brust haben; sie fürchtete die Mäuse, die Nattern, die Frösche, die Sperlinge, die Blutegel, den Donner, das kalte Wasser, die Zugluft, die Pferde, die Böcke, die rothaarigen Menschen und die schwarzen Katzen, und hielt die Grillen und Hunde für unreine Geschöpfe; sie aß weder Kalbfleisch, noch Tauben, noch Krebse, noch Käse, noch Spargel, noch Topinambur, noch Hasen, noch Wassermelonen (weil eine angeschnittene Melone an das abgeschlagene Haupt Johannes des Täufers erinnert), und der bloße Gedanke an Austern, die sie nicht einmal vom Sehen kannte, machte sie schaudern; sie aß gern viel und gut und fastete streng; sie schlief zehn Stunden täglich und legte sich gar nicht zu Bett, wenn Wassili Iwanowitsch über Kopfweh klagte. Das einzige Buch, das sie gelesen hatte, führte den Titel:»Alexis oder die Hütte im Walde«; sie schrieb einen, allerhöchstens zwei Briefe des Jahres, und verstand sich vortrefflich auf eingemachte Früchte und Gemüse, obgleich sie nirgends selbst Hand anlegte und sich überhaupt nicht gern von der Stelle rührte.

Arina Vlassiewna war übrigens sehr gut und gar nicht ohne einen gewissen gesunden Menschenverstand. Sie wußte, daß es in der Welt Herren gebe zum Befehlen und Volk zum Gehorchen; deshalb hatte sie auch nichts gegen die Unterwürfigkeit der Untergebenen und ihre Verneigungen bis zur Erde einzuwenden; aber sie behandelte sie mit großer Milde, ließ keinen Bettler ohne Almosen gehen und kritisierte niemand, ohne darum dem Klatsch abhold zu sein. Sie hatte in ihrer Jugend ein angenehmes Gesicht gehabt, spielte Klavier und sprach etwas Französisch. Aber während der langen Reisen ihres Mannes, den sie wider Willen geheiratet hatte, war sie dick geworden und hatte Musik und Französisch verlernt. Ihren Sohn betete sie an, fürchtete ihn aber gewaltig; ihr Gut verwaltete Wassili Iwanowitsch, und sie ließ ihm in dieser Beziehung vollkommene Freiheit; sie seufzte, fächelte sich mit ihrem Taschentuch Luft zu und zog die Augenbrauen in die Höhe vor lauter Angst, wenn ihr alter Mann von den in der Ausführung begriffenen Reformen und von seinen eigenen Plänen zu sprechen anfing. Sie war mißtrauisch, erwartete beständig irgendein großes Unglück und fing gleich zu weinen an, sobald sie sich an etwas Trauriges erinnerte ... Frauen dieser Art fangen an, selten zu werden; Gott weiß, ob man sich darüber freuen soll.

Sobald Arkad aufgestanden war, öffnete er das Fenster, und sein erster Blick fiel auf Wassili Iwanowitsch, der, in einem tatarischen Schlafrock und mit einem Taschentuch umgürtet, im Küchengarten arbeitete. Als er seinen jungen Gast erblickte, stützte er sich auf seinen Spaten und rief ihm zu:

»Guten Morgen! wie haben Sie geschlafen?«

»Sehr gut,« antwortete Arkad.

»Sie sehen eine Art Cincinnatus vor sich,« fuhr der Alte fort; »ich richte ein Beet für Herbstrüben her. Wir leben in einer Zeit (und ich bin weit entfernt, mich darüber zu beklagen), wo sich jeder durch seiner Hände Arbeit erhalten muß; man darf sich nicht auf andere verlassen; man muß selber angreifen. Mag man immerhin das Gegenteil behaupten, Jean Jacques Rousseau hatte recht. Vor einer halben Stunde, mein lieber Herr, hätten Sie mich bei einer ganz anderen Beschäftigung getroffen, als bei der Sie mich jetzt sehen. Eine Bäuerin war da, um mich wegen eines Ruhranfalls zu konsultieren; ich habe ihr ... wie soll ich sagen? ... ich habe ihr eine Dosis Opium ›eingeführt‹; einer anderen hab ich einen Zahn ausgezogen. Ich hatte der letzteren vorgeschlagen, sich chloroformieren zu lassen, aber sie wollte nicht. Selbstverständlich tue ich das alles umsonst – ›an amater‹. Übrigens brauch ich mich dessen nicht zu schämen; ich bin ein Plebejer, *homo novus;* ich habe kein Wappenschild wie meine vielgeliebte Gattin ... Aber wärs Ihnen nicht gefällig, hier im Schatten vor dem Frühstück die Frische des Morgens zu atmen?«

Arkad ging zu ihm hinaus.

»Seien Sie mir willkommen,« fuhr Wassili Iwanowitsch fort, indem er militärisch grüßend die Hand an das fettige Käppchen legte, das seinen Kopf bedeckte; – »ich weiß, Sie sind an jeden ausgesuchtesten Luxus gewöhnt, aber selbst die Großen dieser Erde verschmähen es nicht, einige Zeit unter dem Dache einer Hütte zu leben.«

»Wie können Sie mich einen Großen dieser Erde nennen!« rief Arkad aus; »und dann bitte ich Sie zu glauben, daß ich durchaus nicht an Luxus gewöhnt bin.«

»Erlauben Sie, erlauben Sie,« erwiderte Wassili Iwanowitsch mit lächelnder Miene, »obgleich ich jetzt zum alten Eisen gehöre, hab ich mich doch einst in der Welt umgetan, und ich kenne den Vogel am Fluge. Auch bin ich ein wenig Psycholog und Physiognomiker. Ohne diese Gabe, wie ichs nennen möchte, wäre ich längst verloren; man hätte mich zertreten, mich armes Erdenwürmchen, das ich bin. Ich sags Ihnen ohne Kompliment: Die Freundschaft, die, soviel ich sehe, zwischen Ihnen und meinem Sohn besteht, erfreut mich außerordentlich. Ich komme eben erst von ihm her; er ist nach seiner Gewohnheit, die Sie kennen, sehr früh aufgestanden und durchstreift die Umgegend. Erlauben Sie mir eine Frage: Ist es lange her, daß Sie meinem Sohne nahestehn?«

»Wir lernten uns vergangenen Winter kennen.«

»Wahrhaftig? Erlauben Sie mir noch eine Frage ... Aber wir könnten uns setzen? Erlauben Sie mir, Sie mit der Offenherzigkeit eines Vaters zu fragen, was Sie von meinem Eugen halten?«

»Ihr Sohn ist einer der hervorragendsten Männer, die mir je vorgekommen sind,« antwortete Arkad lebhaft.

Die Augen Wassili Iwanowitschs öffneten sich plötzlich weit, und eine leichte Röte färbte seine Wangen. Er ließ den Spaten fallen, den er in der Hand hatte.

»Also Sie glauben ...« nahm er wieder das Wort.

»Ich bin gewiß,« fuhr Arkad fort, »daß Ihr Sohn eine große Zukunft vor sich hat; er wird Ihren Namen berühmt machen. Davon war ich gleich bei unserer ersten Begegnung überzeugt.«

»Wie ... Wie das? ...« brachte Wassili Iwanowitsch mühsam heraus. Ein verzücktes Lächeln legte sich auf seine breiten Lippen und verließ sie nicht mehr.

»Sie wollen wissen, wie wir Bekanntschaft gemacht haben?«

»Ja ... und überhaupt ...«

Arkad fing an, noch begeisterter von Bazaroff zu sprechen, als an dem Abend, wo er mit Frau Odinzoff eine Mazurka tanzte.

Wassili Iwanowitsch hörte ihm zu, schneuzte sich, ballte sein Taschentuch mit beiden Händen zusammen, hustete, fuhr sich durchs Haar, endlich aber konnte er sich nicht länger halten, neigte sich gegen Arkad und küßte ihn auf die Schulter.

»Sie haben mich zum Glücklichsten der Menschen gemacht,« sagte er, immerfort lächelnd; »ich muß Ihnen gestehen, daß ich ... daß ich meinen Sohn vergöttere. Ich spreche nicht von meiner armen Frau, sie ist Mutter und fühlt als solche. Aber ich, ich wags nicht, meinem Sohn auszudrücken, wie sehr ich ihn liebe, das würde ihm unangenehm sein. Er kann derartige Herzensergießungen nicht leiden; viele tadeln ihn sogar wegen dieser Charakterfestigkeit und schreiben sie dem Stolz und der Gefühllosigkeit zu; aber Männer wie er dürfen nicht mit derselben Elle gemessen werden wie gemeine Sterbliche, nicht wahr? Ein anderer z.B. hätte an seiner Stelle des Vaters Geldbeutel fortwährend zur Ader gelassen. Er aber hat nie eine Kopeke zuviel von uns verlangt, das kann ich Sie versichern.«

»Er ist ein uneigennütziger, makelloser Mensch,« sagte Arkad.

»Wie Sie sagen, ein Muster von Uneigennützigkeit. Was mich betrifft, Arkad Nikolaitsch, ich bet ihn nicht bloß an, ich bin stolz auf ihn, und was meinem Stolz am meisten schmeichelt, ist der Gedanke, daß man einst in seiner Lebensbeschreibung folgende Zeilen lesen wird: ›Sohn eines einfachen Regimentsarztes, der jedoch frühzeitig sein Talent erkannte und für seine Ausbildung alles tat ...‹« die Stimme des Greises erlosch.

Arkad drückte ihm die Hand.

»Was meinen Sie?« fragte Wassili Iwanowitsch nach kurzem Schweigen; »in der medizinischen Karriere wird er sich wohl nicht den Ruhm holen, den Sie ihm prophezeien?«

»Ohne Zweifel nicht, obgleich er auch in diesem Fach bestimmt ist, zu den Gelehrtesten zu gehören.«

»Welches ist dann die Karriere, in der ...«

»Das kann ich Ihnen jetzt gleich nicht sagen, aber er wird ein berühmter Mann sein.«

»Ein berühmter Mann!« wiederholte der Greis und versank in tiefe Träumerei.

»Arina Vlassiewna läßt Sie bitten, zum Tee zu kommen,« sagte Anfisuschka, die mit einer ungeheuren Platte Himbeeren vorüberging.

Wassili Iwanowitsch fuhr zusammen, richtete sich aber wieder auf.

»Gibt es Rahm zu den Himbeeren?« fragte er.

»Ja, das gibts.«

»Daß er nur ja recht kalt ist, hörst du! Machen Sie keine Umstände, Arkad Nikolaitsch, nehmen Sie mehr. Wo bleibt Eugen so lange?«

»Ich bin hier,« antwortete Bazaroff aus Arkads Zimmer.

Wassili Iwanowitsch wandte sich rasch um.

»Ah! Du wolltest unsern Gast überraschen; aber du kommst zu spät, *amice,* denn wir plaudern schon seit einer Stunde zusammen. Nun komm zum Tee, deine Mutter erwartet uns. Apropos! ich muß dich etwas fragen.«

»Was?«

»Es ist hier ein Bauer, der an einem *icterus* leidet.«

»Das heißt, er hat die Gelbsucht.«

»Ja, er hat einen Anfall von chronischem und hartnäckigem *icterus*. Ich habe ihm Tausendgüldenkraut und Quecken verschrieben; auch hieß ich ihn gelbe Rüben essen und Sodawasser trinken. Aber das sind lauter ›Polliative‹; man sollte ihm etwas Kräftigeres verabreichen. Obgleich du dich über die Medizin lustig machst, kannst du mir doch gewiß einen guten Rat geben.«

»Wir wollen später darüber reden. Kommt zum Tee.«

Wassili Iwanowitsch sprang leicht von der Bank auf und stimmte das Lied aus »Robert der Teufel« an:

Der Wein, der Wein, das Spiel, die Schönen,
Sie lieb, sie lieb, sie lieb ich nur allein.

»Welche Lebenskraft!« sagte Bazaroff, während er vom Fenster trat.

Es war um die Mittagszeit. Trotz des feinen Vorhangs weißlicher Wolken, die den Himmel bedeckten, war es erstickend heiß. Ringsum herrschte Stille, nur die Hähne im Dorfe krähten, und die langgezogenen Töne verursachten allen, die sie hörten, ein sonderbares Gefühl von Faulheit und Langerweile. Von Zeit zu Zeit erhob sich aus dem Gipfel eines Baumes wie ein Klageruf der durchdringende Schrei eines jungen Sperbers. Arkad und Bazaroff lagen im Schatten eines kleinen Heuschobers auf einem Haufen Gras, welches bei der geringsten Bewegung raschelte, obgleich es noch grün und duftig war.

»Diese Espe da«, sagte Bazaroff, »ruft mir meine Kindheit zurück; sie steht am Rand eines Grabens, der sich auf dem Platz einer ehemaligen Ziegelei gebildet hat. Ich war damals überzeugt, daß dieser Baum und dieser Graben die Kraft eines Talismans haben: ich langweilte mich nie in ihrer Nähe. Ich begriff damals noch nicht, daß ich mich nur darum nicht langweilte, weil ich ein Kind war. Jetzt, da ich groß geworden bin, hat der Talisman seine Kraft verloren.«

»Wie viele Jahre hast du im ganzen hier verbracht?« fragte Arkad.

»Zwei Jahre hintereinander; später kamen wir von Zeit zu Zeit hierher. Wir führten ein Nomadenleben und zogen fast immer von einer Stadt zur andern.«

»Ist das Haus schon lange gebaut?«

»Ja ... Mein Großvater hat es gebaut, der Vater meiner Mutter.«

»Was war er, dein Großvater?«

»Der Teufel soll mich holen, wenn ichs weiß! Ich glaube Major zweiter Klasse. Er hat unter Suworow gedient und erzählte beständig von ihrem Übergang über die Alpen, wahrscheinlich schnitt er gehörig auf.«

»Deshalb hängt in eurem Wohnzimmer das Bildnis Suworows? Ich liebe solche alte warme Häuschen wie das eure sehr; sie haben auch einen ganz eigentümlichen Geruch.«

»Ja, nach Öl und Wäsche,« erwiderte Bazaroff. »Und die Menge Mücken in diesen niedlichen Wohnungen! Pah!«

»In deiner Kindheit«, fuhr Arkad nach kurzem Schweigen fort, »hat man dich nicht streng gehalten?«

»Du kennst meine Eltern, sie sind keine Menschenfresser.«

»Du liebst sie sehr, Eugen?«

»O ja, Arkad!«

»Sie hängen sehr an dir!«

Bazaroff antwortete nichts.

»Weißt du, an was ich denke?« sagte er endlich, indem er die Hand unter den Kopf schob.

»Nein, sprich!«

»Ich denke, daß das Leben für meine Eltern sehr süß ist! Mein Vater interessiert sich für alles, obgleich er seine sechzig Jahre hinter sich hat; er spricht von ›Polliativ‹ mitteln, behandelt Kranke, spielt den Großmütigen bei den Bauern und ist dabei seelenvergnügt. Meine Mutter kann sich auch nicht beklagen; ihr Tag ist von so vielerlei Geschäften, ›Ohs!‹ und ›Ahs!‹ ausgefüllt, daß sie gar keine Zeit hat, zu sich selber zu kommen; und ich ...«

»Und du?«

»Und ich, ich sage mir: Da lieg ich neben diesem Schober ... Der Platz, den ich einnehme, ist so unendlich klein im Vergleich zu dem übrigen Raum, wo ich nicht bin und wo man sich aus mir nichts macht, und die Zeit, die mir zu leben vergönnt sein wird, ist so kurz neben der Ewigkeit, in der ich nicht war und in der ich nie sein werde.. und doch in diesem Atom, in diesem mathematischen Punkt kreist das Blut, arbeitet das Gehirn und will auch etwas ... Welcher Unsinn! Welche Albernheit!«

»Erlaub mir, dir eine Bemerkung zu machen: was du da sagst, paßt im ganzen für alle Menschen ...«

»Das ist richtig,« erwiderte Bazaroff, »ich wollte sagen, daß diese braven Leute, ich meine nämlich meine Eltern, sich beschäftigen und nicht an ihr Nichts denken; es ekelt und stinkt sie nicht an, während ich nur Langeweile und Haß zu empfinden vermag.«

»Haß? warum das?«

»Warum? welche Frage! Hast du denn vergessen?«

»Ich erinnere mich an alles, aber ich glaube nicht, daß es dir ein Recht gibt, zu hassen ... Du bist unglücklich, ich gebe es zu, aber ...«

»Ei! ei! Arkad Nikolaitsch, ich sehe, du verstehst die Liebe, wie alle jungen Leute von heut; du lockst die Henne put, put, put! und sobald die Henne kommt, nimmt man Reißaus! Das ist die Art nicht, wie ich es mache. Doch lassen wir das. Wenn einer Sache nicht zu helfen ist, so ist es eine Schande, sich mit ihr abzugeben.« – Er legte sich auf die Seite und fuhr fort: »Ah, da ist eine Ameise, welche lustig eine halbtote Mücke schleift. Immerzu, Alte, immerzu! Mach dir nichts aus ihrem Sträuben. Du kannst in deiner Eigenschaft als Tier jedes Gefühl von Erbarmen verschmähen. Das ist nicht wie unsereiner, die wir uns freiwillig vernichtet und zerbrochen haben.«

»Du solltest nicht so sprechen, Eugen! wann hast du dich zerbrochen, wie du sagst?«

Bazaroff richtete den Kopf auf.

»Ich glaube das Recht zu haben, stolz darauf zu sein. Ich habe mich nicht selbst zerbrochen, und einem Weib wird das sicher nie gelingen. Amen! es ist aus! Du wirst kein einziges Wort mehr über diesen Gegenstand von mir hören.«

Die beiden Freunde lagen einige Augenblicke da, ohne zu sprechen.

»Ja,« nahm Bazaroff wieder das Wort, »der Mensch ist ein sonderbares Wesen. Wenn man so von der Seite und von weitem das dunkle Leben betrachtet, welches hier die ›Väter‹ führen, so scheint es, als ob alles vollkommen sei. Iß, trinke und lebe deiner Meinung nach so weise und regelmäßig als möglich. Es ist doch nichts; die Langeweile packt dich bald. Man empfindet das Verlangen, unter andere Menschen zu gehen, wärs auch nur, um mit ihnen zu streiten – gleichviel, man muß eben unter sie gehen.«

»Man müßte das Leben so einrichten, daß jeder Augenblick eine Bedeutung hätte,« sagte Arkad nachdenklich.

»Gewiß! es ist immer angenehm, etwas zu bedeuten, selbst wenn es mit Unrecht geschähe. Man würde sich zur Not sogar die unbedeutenden Dinge gefallen lassen ... Aber die Kleinigkeiten, die Erbärmlichkeiten ... das ist das Übel!«

»Es gibt keine Kleinigkeiten für den, der keine anerkennen will.«

»Hm! Du hast da einen umgekehrten Gemeinplatz ausgesprochen.«

»Wie? Was meinst du damit?«

»Die Versicherung zum Beispiel, daß die Zivilisation nützlich sei, ist ein Gemeinplatz, die Behauptung aber, daß die Zivilisation schädlich sei, ist ein umgekehrter Gemeinplatz. Das lautet ein wenig vornehmer, aber im Grund ist es absolut ein Ding.«

»Aber die Wahrheit, wo muß man sie denn suchen?«

»Wo? Ich antworte dir wie das Echo; wo?«

»Du bist heute zur Schwermut aufgelegt, Eugen!«

»Wahrhaftig? es scheint, die Sonne hat mir auf den Kopf gebrannt, und dann, wir haben zuviel Himbeeren gegessen.«

»Da wärs gut, einen Schlaf zu tun,« sagte Arkad.

»Sei's, nur schau mich nicht an ... man sieht immer dumm aus, wenn man schläft.«

»Es ist dir also nicht gleichgültig, was man von dir denkt?«

»Ich weiß nicht recht, was man darauf antworten soll. Ein Mann, der dieses Namens wahrhaftig würdig ist, dürfte sich um das, was man von ihm denkt, nicht kümmern; der wahre Mann ist der, der andern nichts zu denken gibt, sondern sie zwingt, ihm zu gehorchen oder ihn zu verabscheuen.«

»Das ist sonderbar! ich verabscheue niemand,« sagte Arkad nach kurzem Besinnen.

»Und ich verabscheue viele Leute! Du hast eine milde Seele, ein wahres Pflaumenkompott, wie könntest du verabscheuen? ... Du bist furchtsam, hast kein Selbstvertrauen ...«

»Und du,« erwiderte Arkad, »du hast noch viel Selbstvertrauen? Du schätzst dich sehr hoch?«

Bazaroff antwortete ihm nicht sogleich.

»Wenn ich einmal einem Menschen begegne, der in meiner Gegenwart nicht die Ohren hängen läßt,« versetzte Bazaroff langsam, »dann werde ich meine Meinung über mich selber ändern. – Verabscheuen?« fuhr er fort ... »aber halt einmal, du hast vor kurzem gesagt, als wir an der großen und saubern Isba eures Starosten Philipp vorübergingen: Rußland werde so lange nicht auf seiner Höhe angekommen sein, bis der letzte Bauer eine solche Wohnung habe, und jeder von uns müsse dazu beitragen ... Nun wohlan, ich habe sofort diesen Bauer verabscheut, heiß er Philipp oder Jakob, für dessen Wohl ich schanzen soll, ohne daß er mirs im mindesten Dank wüßte. Und doch, was sollt ich mit seiner Dankbarkeit tun? Wenn er in seiner guten Isba wohnt, dann werde ich die Nesseln auf dem Kirchhof düngen. Und was dann?«

»Schweig, Eugen, wenn man dich heute hört, ist man fast versucht, denen recht zu geben, die uns vorwerfen, daß wir keine Grundsätze haben.«

»Du sprichst wie dein würdiger Onkel. Es gibt keine Grundsätze. Hast du das bisher noch nicht gewußt? Es gibt nur Sensationen. Alles hängt von Sensationen ab.«

»Wieso?«

»Jawohl. Nimm mich zum Beispiel: Wenn ich vom Geist der Verneinung und des Widerspruchs beherrscht bin, so hängt das von meinen Sensationen ab. Es ist mir angenehm, zu verneinen, mein Hirn ist so gebaut und damit Punktum! Warum habe ich Gefallen an der Chemie? Warum ißt du gerne Äpfel? Alles kraft der Sensationen. Da liegt die Wahrheit, und nie werden die Menschen tiefer dringen. Man gesteht sichs nicht gerne, und selbst ich werde dirs nicht mehr wiederholen.«

»Aber von diesem Standpunkte aus wäre die Tugend selber nichts als eine Sensation?«

»Ohne allen Zweifel!«

»Eugen!« erwiderte Arkad in betrübtem Ton.

»Ah! Wahrhaftig? Der Bissen ist nicht nach deinem Geschmack,« sagte Bazaroff. »Nein, mein Lieber, wenn man entschlossen ist, alles abzumähen, muß man seine eigenen Beine nicht schonen. Aber wir haben nun in dieser Weise genug philosophiert. Die Natur ladet uns zur Ruh des Schlummers ein, sagt Puschkin.«

»Er hat nie etwas Ähnliches gesagt,« erwiderte Arkad.

»Wenn ers nicht gesagt hat, hätte ers in seiner Eigenschaft als Dichter sagen können oder sollen. Apropos, er war doch Soldat?«

»Puschkin war nie Soldat.«

»Geh doch! auf jeder Seite ruft er aus: ›Zu den Waffen! zu den Waffen! für die Ehre Rußlands!‹«

»Woher nimmst du alle diese Erfindungen? ich nenne das verleumden.«

»Verleumden? wie hübsch! Glaubst du mich mit diesem Worte zu erschrecken? Welche Verleumdungen man immer über einen Menschen verbreitet, er verdient noch zwanzigmal mehr.«

»Suchen wir lieber zu schlafen,« sagte Arkad verletzt.

»Mit dem größten Vergnügen,« antwortete Bazaroff. Aber sie konnten beide nicht einschlafen, ein Gefühl von Feindseligkeit hatte sich in ihr Herz geschlichen. Nach wenigen Minuten öffneten sie die Augen und blickten sich schweigend an.

»Sieh,« sagte plötzlich Arkad, »sieh dies verdorrte Blatt, welches sich eben von einer Platane löste und zur Erde fällt, es flattert in der Luft, ganz wie ein Schmetterling. Ist das nicht sonderbar? Das Traurigste und Toteste was es gibt, gleicht dem Heitersten und Lebendigsten!«

»Mein teurer Arkad Nikolajewitsch,« rief Bazaroff aus, »ich bitte dich um Gottes willen, sprich nicht poetisch.«

»Ich spreche, wie ichs verstehe ... Aber wahrhaftig, das streift an Tyrannei. Wenn mir ein Gedanke kommt, warum soll ich ihn nicht ausdrücken?«

»Das ist richtig; aber warum soll ich nicht gleichfalls sagen, was ich denke? Ich finde es unanständig, poetisch zu sprechen.«

»Es ist deiner Meinung nach ohne Zweifel anständiger, Grobheiten zu sagen?«

»Heh! heh! ich seh, du bist entschlossen, in die Fußstapfen deines Onkels zu treten. Wie glücklich wär dieser Idiot, wenn er dich hören könnte!«

»Wie hast du Paul Petrowitsch genannt?«

»Wie er es verdient: einen Idioten.«

»Das wird unerträglich!« rief Arkad aus.

»Ah! der Familiensinn ist erwacht,« sagte Bazaroff ruhig. »Ich habe bemerkt, daß er bei allen Menschen tief eingewurzelt ist. Sie sind fähig, auf alles zu verzichten, alle Vorurteile abzulegen; aber anzuerkennen zum Beispiel: daß ein Bruder, der Taschentücher gestohlen hat, ein Dieb ist, das geht über ihre Kräfte. In der Tat, eine Person, die mir so nahe steht, ›mein‹ Bruder, könnte er nicht ein Genie sein?«

»Ich habe einzig dem Sinn für Gerechtigkeit und keineswegs dem für die Familie gehorcht,« antwortete Arkad lebhaft. »Aber da du für diesen Sinn kein Verständnis hast, da diese ›Sensation‹ dir fehlt, solltest du gar nicht davon sprechen.«

»Das kommt darauf hinaus: Arkad Kirsanoff ist mir zu hoch, als daß ich ihn verstehen könnte; ich beuge mich und verurteile mich zum Stillschweigen.«

»Hör doch auf, Eugen! ich bitte dich; wir bekommen schließlich noch Händel.«

»Ach, ich beschwöre dich, Arkad, wir wollen Händel anfangen, wir wollen uns tüchtig prügeln, bis zur Vertilgung der tierischen Wärme.«

»Das führt am Ende in Wirklichkeit zu ...«

»Zu Faustschlägen?« fiel Bazaroff ein, »warum nicht? hier auf diesem Heuhaufen, in dieser ganzen idyllischen Umgebung, entfernt von der Welt und den Blicken der Menschen, es könnte gar nicht schöner sein. Aber du bist nicht imstande, dich mit mir zu messen. Ich werde dich bei der Kehle packen ...«

Bazaroff streckte seine knochigen Finger aus ... Arkad wandte sich lachend um und schickte sich zur Verteidigung an ... Aber das Gesicht seines Freundes, das Grinsen, welches seine Lippen verzog, und das düstere Feuer, das in seinen Augen glühte, schien ihm eine solch ernste Drohung auszudrücken, daß ihn unwillkürlich ein Gefühl von Furcht überkam ...

»Ah! find ich euch endlich!« rief in diesem Augenblick Wassili Iwanowitsch, welcher in einem Wams von zu Hause gewebter Leinwand und mit einem Strohhut aus derselben Fabrik auf dem Kopf vor den jungen Leuten erschien. »Ich habe euch gesucht und gesucht ... Aber ihr habt einen prächtigen Platz gewählt und überlaßt euch einem süßen Zeitvertreib. ›Auf der Erde liegend den Himmel betrachten‹ ... wißt ihr, daß diese Lage eine ganz eigentümliche Bedeutung hat?«

»Ich betrachte den Himmel nur, wenn ich niesen will,« sagte Bazaroff mürrisch, und zu Arkad tretend, fügte er leise hinzu: »Es tut mir leid, daß er uns verhindert hat.«

»Geh! es ist genug!« sagte Arkad und drückte ihm verstohlen die Hand.

»Ich schau euch an, meine jungen Freunde,« fuhr Wassili Iwanowitsch kopfschüttelnd fort, wobei er seine gefalteten Hände auf einen Stock stützte, den er selbst kunstvoll spiralförmig gewunden und oben mit einem Türkenkopf verziert hatte, »ich schau euch an und kann es nicht satt bekommen. Wieviel Kraft, Jugend, Fähigkeit, Talent steckt in euch ... Kastor und Pollux!«

»Gut!« rief Bazaroff aus, »jetzt stürzt er sich in die Mythologie! Man sieht sofort, daß er seinerzeit im Latein stark war. Hast du nicht eine silberne Medaille für deine Schularbeiten erhalten?«

»Dioskuren! Dioskuren!« wiederholte Wassili Iwanowitsch.

»Geh, Vater! sei vernünftig, etwas weniger Zärtlichkeit.«

»Einmal von Zeit zu Zeit macht noch keine Gewohnheit,« stotterte der Greis. »Übrigens bin ich nicht gekommen, meine Herren, um euch Komplimente zu machen, sondern erstens, um euch anzukündigen, daß wir bald essen werden, und zweitens, um dich zu benachrichtigen, Eugen ... Du bist ein Bursche von Geist, du kennst die Männer und die Frauen, wirst also verzeihen ... deiner Mutter lag sehr daran, Dankgebete für deine Ankunft lesen zu lassen. Bilde dir nicht ein, daß ich dich auffordern will, denselben anzuwohnen, die Zeremonie ist schon vorüber. Aber der Pater Alexis ...«

»Der Pope?«

»Ja! der Priester ist drinnen ... und wird zum Essen bleiben ... Ich hab es selber nicht vermutet und riet ihm sogar ab ... aber ich weiß nicht, wie es kam.. er hat mich nicht verstanden ... zudem, Arina Vlassiewna ... immerhin aber ist er ein sehr gescheiter und in jeder Hinsicht angenehmer Mann.«

»Ich hoffe, er wird mir meine Portion bei Tische nicht wegessen?« fragte Bazaroff.

Wassili Iwanowitsch lachte.

»Nein! gewiß nicht!« erwiderte er.

»Mehr verlange ich nicht, meinethalben kannst du zu uns an den Tisch setzen, wen du willst.«

»Ich wußte ja wohl, daß du über alle Vorurteile erhaben bist. Es wär auch etwas stark. Hab doch ich, der ich bereits mein dreiundsechzigstes angetreten, gleichfalls keine. (Wassili Iwanowitsch wagte nicht zu gestehen, daß es ihm um die Gebete nicht minder zu tun war als seiner Frau, denn er war so religiös wie sie.) Aber der Pater Alexis wünschte sehr, deine Bekanntschaft zu machen. Ich bin überzeugt, daß er dir gefallen wird. Er macht sehr gern ein Spielchen und ... doch das bleibt unter uns ... raucht sogar seine Pfeife wie ein anderer.«

»Nun, wir werden nach Tisch eine Partie Jeralasch machen, und ich werd euch das Geld abnehmen.«

»He! he! he! Das wollen wir sehen.«

»Wie! willst du von gewissen Talenten Gebrauch machen?« fragte Bazaroff mit ganz besonderer Betonung.

Eine leichte Röte überzog die bronzefarbenen Wangen Wassili Iwanowitschs.

»Schämst du dich nicht, Eugen ... was vorbei ist, ist vorbei. Nun ja, ich wills vor unserem jungen Freund bekennen, daß ich in meiner Jugend diese Leidenschaft hatte, aber ich habs teuer bezahlt! Wie heiß es heute ist! Erlaubt mir, neben euch Platz zu nehmen, wenn ich euch nicht störe?«

»Keineswegs!« antwortete Arkad.

Wassili Iwanowitsch setzte sich auf das Heu und hob mit weinerlicher Stimme an:

»Dies Lager da, meine teuern Herren, erinnert mich an mein Soldatenleben, an Biwak und Ambulanzen; das spielte auch so neben einem Schober, wenn noch einer da war!« – er tat einen Seufzer – »ach, ich hab gräßliche Szenen gesehen in meinem Leben! ich will euch, wenn ihrs erlaubt, eine Episode von der Pest erzählen, die uns in Bessarabien dezimiert hat.«

»Und die dir den St. Wladimirorden eingetragen hat,« sagte Bazaroff, »ich kenns! ich kenns! ... Apropos, warum trägst du ihn nicht?«

»Ich sagte dir ja eben, daß ich keine Vorurteile habe,« antwortete Wassili Iwanowitsch verlegen (er hatte das rote Band erst tags zuvor aus dem Knopfloch trennen lassen). Und er fing an, die fragliche Episode zu erzählen.

»Sehen Sie den! er ist eingeschlafen,« flüsterte er plötzlich Arkad ins Ohr, indem er auf Bazaroff zeigte und vertraulich mit den Augen blinzte.

»Eugen, auf!« setzte er laut hinzu, »wir wollen zum Essen gehen!«

Pater Alexis, ein kräftiger, hochgewachsener Mann mit dichtem, sorgfältig gekämmtem Haar und breitem gesticktem Gürtel über dem lilaseidenen Rock, benahm sich mit viel Verstand und Takt. Er schüttelte den jungen Leuten zuerst die Hand, als ob er zum voraus gewußt hätte, daß ihnen keineswegs etwas daran gelegen sei, seinen Segen zu empfangen, und ohne seinem Stand etwas zu vergeben, verstand er es sehr gut, niemanden zu verletzen. Er scheute sich nicht, gelegentlich über das Latein, das man in den Seminarien lehrt, einige Scherze zu machen, und nahm sich gleich darauf wieder seines Erzbischofs an; nachdem er zwei Glas Wein getrunken hatte, schlug er das dritte aus; er nahm die Zigarre an, die ihm Arkad gab, rauchte sie aber nicht, sondern sagte, daß er sie mitnehmen wolle. Doch hatte er die weniger angenehme Gewohnheit, jeden Augenblick die Hand langsam und vorsichtig dem Gesicht zu nähern, um die Mücken zu fangen, die sich daraufgesetzt hatten, wobei es ihm manchmal widerfuhr, daß er sie zerquetschte.

Er setzte sich an den Spieltisch, ohne besonderes Vergnügen dabei zu verraten, und gewann Bazaroff schließlich zwei Rubel fünfzig Kopeken Papier ab (von »Rubel Silber« hatte man in dem Hause der Arina Vlassiewna keine Vorstellung). Arina, die nie spielte, saß neben ihrem Sohn, das Kinn nach ihrer Gewohnheit auf die Hand gestützt, und stand nur auf, um weitere Erfrischungen zu bestellen. Sie fürchtete, zuviel Aufmerksamkeit für Bazaroff zu haben, und er ermunterte sie keineswegs dazu; überdies hatte ihr Wassili Iwanowitsch eingeschärft, ihn nicht zu quälen. »Die jungen Leute lieben das nicht,« sagte er ihr wiederholt. (Wir dürfen nicht vergessen, zu bemerken, daß für das Mittagessen nichts gespart war. Timofeitsch hatte sich mit Tagesanbruch in Person nach der Stadt begeben, um dort Fleisch erster Qualität zu kaufen; der Starost verfügte sich anderswohin, um Nalimes, Barsche und Krebse aufzutreiben; den Bauernweibern bezahlte man bis vierzig Kopeken für die Champignons.) Die Augen Arinas, beständig auf Bazaroff geheftet, drückten jedoch nicht bloß Hingebung und Zärtlichkeit aus; man las darin auch eine mit Neugier und Furcht und selbst mit einer Art stillen Vorwurfs gemischte Traurigkeit. Übrigens bekümmerte sich Bazaroff sehr wenig um das, was die Augen seiner Mutter ausdrücken mochten, er sprach fast nichts mit ihr und beschränkte sich darauf, ganz kurze Fragen an sie zu richten, doch bat er sie um ihre Hand, in der Hoffnung, daß ihm das Glück bringen werde. Arina Vlassiewna legte ihr zartes, weiches Händchen in die breite, rauhe Hand des Sohnes.

»Nun,« fragte sie ihn einen Augenblick darauf, »hilft es?«

»Es geht noch schlechter,« antwortete er mit sorglosem Lächeln.

»Der Herr spielt viel zu verwegen,« sagte Pater Alexis in bedauerndem Ton und streichelte seinen schönen Bart.

»So machte es Napoleon,« versetzte Wassili Iwanowitsch und spielte ein As aus.

»Und so muß Napoleon auf der Insel St. Helena gestorben sein,« erwiderte der Pater Alexis und stach das As mit einem Trumpf.

»Eniuchenka! willst du ein Glas Johannisbeerwein?« fragte Arina Vlassiewna ihren Sohn.

Bazaroff zuckte bloß die Achseln.

»Nein!« sagte Bazaroff am andern Morgen zu Arkad, »ich muß wieder fort von hier. Ich langweile mich hier, ich möchte arbeiten, und doch ist mirs unmöglich, etwas zu tun. Ich will zu euch zurückkehren, wo ich all mein Material gelassen habe. In eurem Hause kann man doch wenigstens allein sein, wenn man will. Aber hier wiederholt mir mein Vater beständig: Du kannst über mein Studierzimmer verfügen; da stört dich kein Mensch; und er selbst verläßt mich nicht mit einem Schritt. Auch würde ich mir doch einigermaßen ein Gewissen daraus machen, ihm meine Tür zu verschließen. Meine Mutter stört mich kaum weniger; ich höre sie beständig in ihrem Zimmer seufzen, und wenn ich zu ihr hineingehe, weiß ich ihr nichts zu sagen.«

»Deine Abreise wird sie sehr betrüben, und deinen Vater auch,« antwortete Arkad.

»Ich komme wieder.«

»Wann?«

»Auf der Rückreise nach Petersburg.«

»Deine Mutter besonders dauert mich.«

»Warum das? Etwa weil sie dir so gute Früchte zu essen gegeben hat?«

Arkad schlug die Augen nieder.

»Du kennst deine Mutter nicht,« sagte er zu Bazaroff, »sie hat nicht nur ein vortreffliches Herz, sie ist auch sehr gescheit. Wir haben diesen Morgen mehr als eine halbe Stunde zusammen geplaudert, und ihre Unterhaltung ist höchst verständig und interessant.«

»Ohne Zweifel war ich der Gegenstand derselben?«

»Wir haben auch von anderen Dingen gesprochen.«

»Es ist möglich, daß du recht hast, man sieht so etwas als Zuschauer oft besser; wie beim Billard. Wenn eine Frau imstande ist, eine halbe Stunde die Kosten der Unterhaltung zu tragen, so ist das schon ein gutes Zeichen. All das kann mich aber nicht abhalten, abzureisen.«

»Ich weiß nicht, wie du's angreifen willst, ihnen diese Nachricht beizubringen? Sie scheinen zu glauben, daß wir wenigstens noch vierzehn Tage hierbleiben.«

»Das kommt mir sehr ungelegen. Zudem hatte ich heute den dummen Einfall, meinen Vater zu necken, weil er neulich einen Bauern hat peitschen lassen, und zwar mit Recht. Ja ja, mit Recht, sieh mich nicht mit so großen Augen an; er hat sehr wohl daran getan, ihn zu strafen, weils ein unverbesserlicher Dieb und Trunkenbold ist; nur glaubte mein Vater nicht, daß ich in dieser Sache so gut unterrichtet sei, wie man zu sagen pflegt. Er ist darüber ganz betroffen gewesen; und gerade jetzt muß ich ihm den Kummer verursachen ... Doch was liegt daran! Das heilt bis zur Hochzeit.«

Obgleich Bazaroff diese letzteren Worte in ziemlich entschiedenem Tone gesprochen hatte, konnte er sich doch nicht entschließen, die Abreise seinem Vater früher anzukündigen, als im Augenblick, wo er ihm in seinem Studierzimmer gute Nacht wünschte. Mit gezwungenem Gähnen sagte er:

»Noch eins ... Fast hätte ich vergessen, dirs mitzuteilen ... Man wird morgen unsere Pferde zu Fedote vorausschicken müssen.«

Wassili Iwanowitsch blieb wie betäubt.

»Will uns Herr Kirsanoff verlassen?« fragte er endlich.

»Ja, und ich reise mit ihm.«

Wassili Iwanowitsch fuhr betroffen zurück.

»Du willst uns verlassen?«

»Ja ... ich habe zu arbeiten. Habe die Güte, die Pferde vorauszuschicken.«

»'s ist gut,« stammelte der Greis, »zum Relais ... ganz gut, recht ... nur ... nur ... ists möglich?«

»Ich muß auf einige Tage zu Kirsanoff. Ich komme dann wieder.«

»So? auf einige Tage ... es ist gut.«

Wassili Iwanowitsch nahm sein Taschentuch und schneuzte sich, indem er sich fast bis auf den Boden bückte.

»Gut! nun ja ... es soll besorgt werden. Aber ich dachte, daß du ... länger ... drei Tage ... nach drei Jahren Abwesenheit, das ist nicht ... das ist nicht viel, Eugen!«

»Ich sagte dir ja eben, daß ich bald wiederkomme, es ist unumgänglich notwendig ...«

»Unumgänglich ... Nun ja! Seine Pflicht muß man vor allem erfüllen ... Du willst, daß ich die Pferde vorausschicke? Es ist gut, aber wir waren nicht darauf gefaßt, Arina und ich! sie hat jetzt eben bei einer Nachbarin Blumen geholt, um dein Zimmer damit zu schmücken.«

Wassili Iwanowitsch sagte nicht, daß er jeden Morgen mit Tagesanbruch barfuß und in Pantoffeln Timofeitsch aufsuchte und ihm eine ganz zerrissene Banknote einhändigte, die er mit zitternden Händen aus dem untersten Säckel hervorholte; diese Banknote war zum Einkauf verschiedener Vorräte bestimmt, hauptsächlich von Eßwaren und rotem Wein, dem die jungen Leute stark zusprachen.

»Es gibt nichts Köstlicheres als die Freiheit; das ist mein Grundsatz ...
man muß den Leuten keinen Zwang antun ... man muß ...«
Wassili Iwanowitsch verstummte plötzlich und ging nach der Türe.
»Wir sehen uns bald wieder, Vater, ich verspreche dirs.«
Aber Wassili Iwanowitsch wandte sich nicht um, er verließ das
Zimmer mit einer Handbewegung. Beim Eintritt ins Schlafzimmer
fand er seine Frau schon eingeschlafen; er betete leise, um sie nicht zu
stören, dennoch wachte sie auf.
»Bist du's, Wassili Iwanowitsch?« fragte sie.
»Ja, Mutter!«
»Du kommst gerade von Eniucha? Ich fürchte, daß er auf seinem Sofa
nicht gut liegt. Ich habe übrigens Anfisuschka gesagt, daß sie ihm deine
Feldmatratze und die neuen Kissen gibt; ich hätt ihm gern unser
Federbett abgetreten, aber ich glaube mich zu erinnern, daß er nicht
gern weich liegt.«
»Das tut nichts, Mutter, beruhige dich. Er hat über nichts zu klagen.
›Herr, vergib uns unsere Sünden!‹« fuhr er in seinem Gebet fort. Mehr
sagte Wassili Iwanowitsch nicht; er wollte seiner armen Frau die
Nachricht nicht mitteilen, welche ihre Ruhe gestört hätte.
Am anderen Morgen reisten die beiden jungen Leute ab. Alles im
Hause hatte von früh an ein trauriges Ansehen gewonnen; Anfisuschka
ließ die Platten fallen, die sie trug; Fedka sogar kam aus der Fassung
und fuhr schließlich aus seinen Stiefeln. Wassili Iwanowitsch machte
sich noch mehr zu schaffen als sonst; er zwang sich, seinen Kummer
zu verbergen, sprach sehr laut und trat mit Geräusch auf; aber sein
Gesicht war eingefallen, und seine Augen suchten dem Sohn immer
auszuweichen. Arina Vlassiewna weinte still; sie hätte den Kopf ganz
verloren, wenn ihr der Mann nicht in aller Frühe eine lange Vorlesung
gehalten hätte. Als Bazaroff sich endlich mit der wiederholten
Versicherung, daß er vor Ablauf eines Monats wiederkommen werde,
den Armen, die ihn zurückhielten, entwunden hatte und in dem
Tarantaß saß, als die Pferde anzogen und der Ton der Glocke sich mit
dem Rollen der Räder mischte, als es vergeblich war, dem Wagen
länger nachzublicken, als der Staub sich gänzlich gelegt hatte und
Timofeitsch wankend und ganz gebrochen sein Lager wieder suchte,
als endlich die beiden Alten sich wieder allein in ihrem Hause
befanden, das ihnen noch enger und älter vorkam ... warf sich Wassili
Iwanowitsch, der wenige Minuten zuvor von der Treppe herab so stolz

mit dem Tuch gewinkt hatte, in einen Sessel und ließ das Haupt auf die Brust sinken. »Er hat uns verlassen!« sagte er mit zitternder Stimme. »Verlassen! er langweilte sich bei uns. Da bin ich nun wieder allein, allein!« sagte er wiederholt und streckte jedesmal den Zeigefinger der rechten Hand aus. Arina Vlassiewna trat zu ihm, legte ihr weißes Haupt auf das weiße Haupt des Greises und sagte: »Was ist da zu machen, Wassili! Ein Sohn ist wie ein Lappen, der sich losreißt; er gleicht dem jungen Falken; es beliebt ihm zu kommen, und er kommt; es beliebt ihm zu gehen, und er fliegt davon; wir zwei aber, du und ich, wir sind wie zwei kleine Schwämme in einem hohlen Baume; eins neben dem andern, bleiben wir da für alle Zeit. Ich allein, ich werde nicht von dir lassen, wie du von deiner alten Frau nicht lassen wirst!«

Wassili Iwanowitsch erhob das Gesicht, welches er mit beiden Händen bedeckt hatte, und drückte seine Frau, seine Lebensgefährtin, inniger an sich, als ers je, selbst in seiner Jugend, getan; sie hatte ihm Trost gegeben in seinem Leid.

Einundzwanzigstes Kapitel.

Die beiden Freunde wechselten beinahe kein Wort, bis sie an Fedotes Haus angekommen waren. Bazaroff war mit sich selber nicht zufrieden, und Arkad war ärgerlich auf seinen Freund. Er fühlte überdies jene unbestimmte Traurigkeit, welche nur jungen Leuten beim ersten Eintritt in das Leben bekannt ist. Als umgespannt war und der Kutscher wieder auf dem Bock saß, fragte er, ob er rechts oder links fahren solle.

Arkad erbebte. Der Weg zur Rechten führte nach der Stadt und von da auf das Gut seines Vaters, der zur Linken führte zu Frau Odinzoff. Er sah Bazaroff an.

»Links, Eugen?« sagte er.

Bazaroff wandte sich ab.

»Welche Dummheit!« murmelte er zwischen den Zähnen.

»Ich weiß wohl, daß es eine Dummheit ist,« antwortete Arkad. »Aber was tuts, 's ist nicht die erste, die wir begehen.«

Bazaroff schlug den Schirm seiner Mütze herunter.

»Tu wie du willst!« sagte er zuletzt.

»Fahr links!« rief Arkad dem Kutscher zu.

Der Tarantaß rollte in der Richtung von Nikolskoi dahin. Die beiden Freunde aber, nachdem sie jetzt entschlossen waren, eine Dummheit zu machen, beobachteten ein noch hartnäckigeres Schweigen als zuvor: sie schienen beinahe ergrimmt.

Aus der Art, wie der Haushofmeister der Frau Odinzoff sie auf der Treppe des Hauses empfing, merkten unsere jungen Reisenden gleich, daß es unbesonnen gewesen war, ihrem Einfall Folge zu leisten. Es war leicht zu bemerken, daß man sie durchaus nicht erwartete. Eingeladen, in den Salon zu treten, mußten sie längere Zeit warten und spielten da eine traurige Figur. Frau Odinzoff erschien endlich; sie redete sie mit ihrer gewöhnlichen Liebenswürdigkeit an, schien aber über ihre schnelle Wiederkehr erstaunt; sie war nicht besonders entzückt, sie wiederzusehen, soviel sich nach ihren gemessenen Worten und Bewegungen urteilen ließ. Sie beeilten sich, ihr mitzuteilen, daß sie nur im Vorbeikommen angesprochen hätten, und daß sie in zwei oder drei Stunden nach der Stadt zurückzukehren gedächten. Ihre ganze Antwort war ein schwacher Ausruf der Überraschung; sie bat Arkad, seinen Vater von ihr zu grüßen, und schickte nach ihrer Tante; die Fürstin kam ganz verschlafen an, was den gewöhnlich bösen Ausdruck ihres gelben und welken Gesichts noch erhöhte. Katia war unwohl und verließ ihr Zimmer nicht. Arkad empfand in diesem Augenblick, daß er Katia ebensosehr wie die Herrin des Hauses zu sehen gewünscht hätte.

So vergingen vier Stunden in gleichgültigem Gespräch; Frau Odinzoff sprach und hörte zu, ohne zu lächeln. Nur im Augenblick der Abreise schien ihre alte Freundlichkeit wieder aufzuleben.

»Sie müssen mich recht mürrisch finden,« sagte sie, »aber bekümmern Sie sich nicht darum, und besuchen Sie mich beide bald wieder; hören Sie?«

Bazaroff und Arkad antworteten nur mit einer Verbeugung, stiegen wieder in den Wagen und ließen sich direkt nach Marino zurückfahren, wo sie ohne Aufenthalt am Abend des anderen Tages ankamen. Während der Fahrt sprach weder der eine noch der andere den Namen der Frau Odinzoff aus; Bazaroff beobachtete sogar ein beständiges Schweigen und starrte hartnäckig ins Weite.

In Marino wurden sie mit offenen Armen empfangen. Die lange Abwesenheit seines Sohnes fing an, Kirsanoff zu beunruhigen; er stieß einen Schrei aus, sprang auf das Sofa und stampfte mit den Füßen, als Fenitschka mit freudestrahlenden Augen ins Zimmer trat und ihm die

»jungen Herren« meldete. Selbst Paul empfand eine angenehme Überraschung und lächelte mit Gönnermiene, als er den Neuangekommenen die Hand drückte. Man plauderte von der Reise; Arkad war der, welcher am meisten sprach, besonders beim Abendessen, und das Mahl zog sich weit über Mitternacht hinaus. Kirsanoff hatte mehrere Flaschen Porter auftragen lassen, der von Moskau kam, und er mundete ihm so vortrefflich, daß seine Wangen purpurrot wurden und er aus einem kindlichen und zugleich nervösen Lachen nicht herauskam. Diese allgemeine gute Laune ergriff sogar die Dienerschaft. Duniascha tat nichts, als wie närrisch hin und her laufen und die Türen hinter sich zuschlagen, und Peter versuchte es noch morgens zwei Uhr vergeblich, einen Kosakenwalzer auf der Gitarre zu spielen. Die Saiten des Instruments ließen in der ländlichen Stille wehmütigliebliche Töne durch die Nacht erklingen. Aber der gebildete Kammerdiener kam nie über die ersten Läufe hinaus. Die Natur hatte ihm das musikalische Talent versagt, wie überhaupt jedes Talent.

Gleichwohl waren die Bewohner Marinos nicht frei von jeder Sorge, und der arme Kirsanoff hatte sein gut Teil davon. Die Farm verursachte ihm jeden Tag mehr Ärger, kleinen, erbärmlichen Ärger. Die gedungenen Arbeiter bereiteten ihm wahrhaft unerträgliche Verlegenheiten. Die einen forderten eine Lohnerhöhung und verlangten Abrechnung, die anderen liefen davon, nachdem sie Vorschuß erhalten hatten; die Pferde wurden krank, die Fuhrwerke waren jeden Augenblick dienstuntüchtig, die Arbeit wurde schlecht bestellt. Eine Dreschmaschine, die man von Moskau hatte kommen lassen, wurde zu schwer für den Gebrauch befunden; eine Putzmühle zerbrach am ersten Tage, wo man sie probierte; der Viehhof brannte zur Hälfte nieder dank einer alten halbblinden Viehmagd, welche bei einem starken Winde ihre kranke Kuh mit brennenden Kohlen hatte entzaubern wollen, und dieselbe Alte versicherte später, das Unglück sei erfolgt, weil der Herr sich habe beikommen lassen, Käsebereitung und derartige Neuerungen anzufangen. Der Verwalter wurde plötzlich faul und fett, wie jeder Russe, der auf Kosten eines anderen lebt. Seine ganze Tätigkeit beschränkte sich darauf, einem Ferkel, das vorüberging, einen Stein nachzuwerfen, oder ein kleines halbnacktes Kind zu schelten, sobald er Kirsanoff bemerkte. Er schlief beinahe die ganze übrige Zeit. Die Bauern, welche Zins zu zahlen hatten, zahlten nichts und stahlen Holz; die Wächter fingen nachts manchmal, ohne auf starken Widerstand zu stoßen, Bauernpferde ein, die auf den Gutswiesen weideten. Kirsanoff hatte eine Strafe auf die Vergehen gesetzt; aber meist wurden die gepfändeten Tiere ihren Eigentümern zurückgegeben, nachdem sie einige Tage in dem Stall des Gutsherrn gefüttert worden waren. Um der Verwirrung die Krone aufzusetzen, fingen die Bauern auch noch untereinander Händel an; Brüder verlangten die Teilung, weil ihre Weiber nicht mehr unter dem gleichen Dache leben konnten; jeden Augenblick kam eine Schlacht im Dorfe vor; ein Haufen Bauern rottete sich plötzlich und als ob er einem Befehlsworte gehorchte, vor der Amtsstube des Verwalters zusammen, ging von da mit zerschlagenem Gesicht und oft betrunken zu dem Gutsherrn und forderte mit lautem Geschrei Gerechtigkeit; und in all den Lärm mischte sich das Schluchzen und gellende Jammern der Weiber mit dem Geschrei und Geschimpf der Männer. Man mußte den Streit schlichten, die Stimme erheben, bis man heiser wurde, und wußte doch im voraus, daß all diese Anstrengung vergeblich war. Bei der Ernte fehlte es an Händen; ein benachbarter »Odnodvorets«, dessen ehrliches Gesicht das größte Vertrauen einflößte, und der sich verbindlich gemacht hatte, zum Preise von zwei Rubeln für die Dessätine Arbeiter herbeizuschaffen, brach auf die schmählichste Weise sein Wort; die Bauernweiber des Ortes forderten einen unerhörten Tagelohn, und inzwischen fing das Getreide an auszufallen; dieselbe Not wiederholte sich bei der Heuernte, und als obs an all diesen Sorgen noch nicht genug gewesen wäre, forderte die Pupillenkammer unter Drohungen die sofortige Bezahlung der verfallenen Zinsen.

»Ich bin mit meinen Kräften zu Ende!« rief Nikolaus Petrowitsch mehr als einmal. »Es ist nicht möglich, daß ich diese Leute da selber bessern kann, und meine Grundsätze erlauben mir nicht, die Hilfe der Polizei dazu in Anspruch zu nehmen. Gleichwohl werden sie ohne Furcht vor Strafe nie etwas tun.«

»Ruhig! Ruhig!« antwortete Paul Petrowitsch, schien aber, während er seinem Bruder Ruhe empfahl, selber sehr unzufrieden zu sein und strich sich den Schnurrbart.

Bazaroff blieb all dieser »Misere« fremd, zudem erlaubte ihm seine Stellung im Hause nicht wohl, anders zu handeln. Den Tag nach seiner Rückkehr nach Marino hatte er seine Untersuchungen über die Frösche und Jufusorien und über gewisse chemische Verbindungen wieder aufgenommen und war ganz in diese Arbeiten vertieft. Was Arkad betrifft, so hielt er es für seine Pflicht, wo nicht seinem Vater zu Hilfe zu kommen, doch wenigstens seine Bereitwilligkeit dazu zu zeigen. Er hörte ihn geduldig an und wagte es eines Tags, ihm einen Rat zu geben, nicht so ganz in der Hoffnung, ihn befolgt zu sehen, als um wenigstens seinen guten Willen zu beweisen. Die häuslichen Geschäfte erregten ihm keinen Widerwillen; er nahm sich sogar vor, sich dereinst mit Liebe der Landwirtschaft zu widmen; für den Augenblick aber hatte er andere Gedanken im Kopf. Zu seiner großen Verwunderung mußte er beständig an Nikolskoi denken; früher hätte er die Achseln gezuckt, wenn ihm jemand gesagt hätte, daß er sich unter dem gleichen Dach mit Bazaroff, und unter welchem Dach noch dazu! unter dem väterlichen Dach, würde langweilen können; aber er langweilte sich in der Tat und wäre gern weit weg gewesen. Er nahm sich vor, lange Spaziergänge zu machen, aber das half ihm nichts.

Als Arkad eines Tages mit seinem Vater plauderte, erfuhr er, daß dieser mehrere ziemlich interessante Briefe aufbewahrt hatte, welche die Mutter der Frau Odinzoff einst an seine Frau gerichtet hatte, und er bat so inständig um dieselben, daß Nikolaus Petrowitsch sie nicht ohne Mühe unter seinen alten Papieren hervorsuchte und ihm einhändigte. Einmal im Besitz dieser halbverblaßten Briefe, fühlte er sich ruhiger, als ob er endlich das Ziel gefunden hätte, nach dem er streben müsse. »Und zwar beide; hören Sie! hat sie von selber hinzugesetzt.« Dieser Gedanke wollte ihm nicht aus dem Kopf. »Ich gehe hin! Ich gehe hin, ja der Teufel soll mich holen!« Wenn er sich aber dann an den letzten Besuch in Nikolskoi und an den kalten Empfang erinnerte, gewann seine Schüchternheit wieder die Oberhand. Endlich jedoch trug das »Wer weiß« der Jugend, der stille Wunsch, sein Glück zu versuchen, seine Kräfte ohne Zeugen und ohne Beschützer zu erproben, den Sieg davon. Noch waren keine zehn Tage seit der Rückkehr der jungen Leute nach Marino verflossen, als er unter dem Vorwand, die Einrichtung der Sonntagsschulen zu studieren, aufs neue in die Stadt und von da nach Nikolskoi reiste. Die Art, wie er den Kutscher beständig zur Eile antrieb, hatte etwas von einem jungen Offizier, der zum Kampfe eilt; Freude, Furcht und Ungeduld teilten sich in sein Herz. »Vor allem darf man nicht reflektieren,« wiederholte er sich unaufhörlich. Der Kutscher, der ihn führte, war ein durchtriebener

Bauer, der vor jeder Kneipe anhielt und fragte:»Soll man nicht den Wurm umbringen?«

Wenn aber der Wurm umgebracht war, stieg er wieder auf seinen Bock und schonte seine Pferde nicht. Endlich zeigte sich das hohe Dach des wohlbekannten Hauses den Blicken Arkads.

»Was tu ich da?« fragte er sich plötzlich, aber es war nicht mehr möglich, umzukehren.

Die Pferde waren im vollen Lauf; der Kutscher feuerte sie mit Schreien und Pfeifen an.

Schon dröhnte die kleine hölzerne Brücke unter den Hufen der Pferde und unter den Rädern; da ist die lange Allee von Tannen, die wie Mauern geschnitten sind. Ein Rosakleid hebt sich von dem dunkeln Grün ab; ein jugendliches Gesicht blickt unter den feinen Fransen eines Sonnenschirms hervor ... Arkad hat Katia erkannt und sie ihn auch. Er befiehlt dem Kutscher, die Pferde anzuhalten, die immer noch im Galopp liefen, springt aus dem Wagen und läuft ihr entgegen.

»Sie sinds!« rief Katia leicht errötend. –»Kommen Sie zu meiner Schwester; sie ist hier im Garten, es wird ihr sehr angenehm sein, Sie wiederzusehen.«

Katia führte Arkad in den Garten. Ihre Begegnung schien ihm glückverheißend; das Wiedersehen erfüllte ihn mit einer Freude, als ob sie eine seiner nahen Verwandten gewesen wäre. Alles ging zum besten. Kein Haushofmeister mit seinen feierlichen Gebärden, kein Warten im Salon. Er gewahrte Frau Odinzoff am Ende einer Allee; sie kehrte ihm den Rücken zu und wandte sich beim Geräusch der Schritte ruhig um. Arkad war nahe daran, aufs neue aus der Fassung zu kommen, aber die ersten Worte, die sie sprach, gaben ihm wieder seine volle Sicherheit.

»Guten Tag, Flüchtling!« sagte sie mit ihrer gleichmäßigen und schmeichelnden Stimme; damit ging sie ihm lächelnd und vor Sonne und Wind mit den Augen blinzend entgegen. –»Wo hast du ihn gefunden, Katia?«

»Ich bringe Ihnen etwas,« begann Arkad,»was Sie wohl schwerlich erwarten ...«

»Sie haben sich selber gebracht, das ist die Hauptsache.«

Zweiundzwanzigstes Kapitel.

Nachdem er Arkad mit ironischem Bedauern und gewissen Worten, welche zu verstehen gaben, daß er den wahren Zweck seiner Reise wohl errate, an den Wagen begleitet hatte, fing Bazaroff an, ganz zurückgezogen zu leben; er schien von einem Arbeitsfieber erfaßt zu sein. Er stritt nicht mehr mit Paul, da dieser bei solchen Gelegenheiten gar zu aristokratische Manieren annahm und weniger mit Worten als mit unartikulierten Lauten antwortete. Ein einziges Mal hatte sich Paul in einen Streit mit dem Nihilisten eingelassen über die Rechte des Adels in den baltischen Provinzen, welche damals an der Tagesordnung waren; er brach jedoch plötzlich ab und sagte mit kalter Höflichkeit:

»Übrigens werden wir uns nie verständigen. Ich wenigstens habe nicht die Ehre, Sie zu begreifen.«

»Ich zweifle nicht daran,« rief Bazaroff. »Der Mensch kann alles begreifen: die Schwingungen des Äthers und die Veränderungen, die in der Sonne vorgehen; aber er wird nie begreifen, daß man sich anders schneuzen könne, als er es tut.«

»Sie finden das geistreich?« erwiderte Paul und setzte sich ans andere Ende des Zimmers.

Gleichwohl kam es ihn an, Bazaroff um die Erlaubnis zu bitten, seinen Versuchen beiwohnen zu dürfen. Paul näherte sogar einmal sein gewaschenes und mit den seltensten Essenzen parfümiertes Gesicht dem Mikroskop; es galt, ein durchsichtiges Infusorientier ein grünliches Atom verschlingen zu sehen, das es mit gewissen in seinem Schlund befestigten Ansätzen hin und her drehte. Nikolaus Petrowitsch kam viel öfter auf Bazaroffs Zimmer als sein Bruder; er wäre alle Tage gekommen, um seinen Unterricht zu nehmen, wie er sagte, wenn ihn die häuslichen Geschäfte nicht anderswohin gerufen hätten. Er störte den jungen Naturforscher durchaus nicht; er setzte sich in eine Ecke des Zimmers, folgte den Versuchen desselben mit Aufmerksamkeit und erlaubte sich nur selten, eine bescheidene Frage an ihn zu stellen. Beim Mittag- und Abendessen suchte er die Unterhaltung auf Physik, Geologie oder Chemie zu leiten, da alle andern Gegenstände, selbst landwirtschaftliche Fragen, von politischen Angelegenheiten wohlverstanden gar nicht zu reden, vielleicht Streit oder doch wenigstens unangenehme Erörterungen herbeiführen konnten.

Kirsanoff war überzeugt, daß die Abneigung seines Bruders gegen Bazaroff nicht abgenommen habe. Ein übrigens unbedeutender Umstand bestärkte ihn in dieser Ansicht. Die Cholera fing an, sich in der Umgegend zu zeigen, und hatte sogar zwei Bewohner Marinos weggerafft. Paul wurde in einer Nacht ziemlich heftig von ihr befallen; er litt Schmerzen bis zum Morgen, ohne zu der Kunst Bazaroffs seine Zuflucht zu nehmen. Als ihn dieser am andern Morgen besuchte und fragte, warum er ihn nicht habe rufen lassen, antwortete er ihm noch ganz bleich, aber gleichwohl sorgfältig gekämmt und rasiert:»Ich meine, Sie sagen gehört zu haben, daß Sie nicht an die Medizin glauben.« Das alles hinderte Bazaroff nicht, seine einsamen Arbeiten unablässig fortzusetzen; gleichwohl gab es im Hause jemand, dem er sich allerdings nicht ganz erschloß, dessen Gesellschaft ihm aber sehr angenehm war: das war Fenitschka. Er begegnete ihr gewöhnlich des Morgens früh im Garten oder im Hof; er betrat ihr Zimmer niemals, und sie näherte sich nur ein einziges Mal seiner Türe, um ihn zu fragen, ob sie wohl tun würde, Mitia zu baden. Und doch hatte sie, weit entfernt, ihn zu fürchten, das vollste Vertrauen zu ihm und fühlte sich in seiner Gegenwart sogar freier und ungezwungener als vor Nikolaus Petrowitsch. Es wäre ziemlich schwer, den Grund hiervon anzugeben; vielleicht war es, weil sie instinktiv begriff, daß Bazaroff durchaus nichts vom gnädigen Herrn, vom»Baron«, an sich habe, nichts von jener Art Überlegenheit, die zugleich anzieht und einschüchtert. Er war in ihren Augen ein vortrefflicher Doktor und ein braver Mann. Seine Gegenwart hinderte sie nicht, sich mit ihrem Kinde abzugeben, und einmal, als sie sich plötzlich von Schwindel und Kopfweh befallen fühlte, nahm sie von seiner Hand einen Löffel Arznei. In Nikolaus Petrowitsch Anwesenheit zeigte sie sich weniger vertraut mit Bazaroff, keineswegs aus Berechnung, sondern aus einer Art von Schicklichkeitsgefühl. Paul flößte ihr mehr als jemals Furcht ein; er schien seit einiger Zeit ihr Benehmen auszukundschaften und kam, als ob er aus der Erde gestiegen wäre, in seinem englischen Anzug, mit seinem unbeweglichen Gesicht, seinem durchbohrenden Blick und die Hände in den Taschen, plötzlich hinter Fenitschkas Rücken zum Vorschein.»Man bekommt einen förmlichen Schauder vor ihm,« sagte Fenitschka zu Duniascha, und diese antwortete mit einem Seufzer, den ihr die Erinnerung an einen andern Gefühllosen erpreßte. Das war

Bazaroff, der, ohne es zu wissen, der grausame Tyrann ihres Herzens geworden war.

Wenn Bazaroff Fenitschka gefiel, so wurde dieses Gefühl erwidert. Wenn er mit dem jungen Mädchen sprach, bekam sein Gesicht einen anderen Ausdruck, es wurde heiterer, beinahe sanft, und zugleich mischte sich eine Art spöttischer Artigkeit mit seinem gewöhnlichen nachlässigen Wesen. Fenitschka wurde von Tag zu Tag schöner. Es kommt eine Zeit für die jungen Frauen, wo sie plötzlich anfangen, sich zu entfalten und aufzublühen wie die Sommerrosen: diese Zeit war für Fenitschka gekommen. Alles trug dazu bei, selbst die Hitze des Juli, der eben begonnen hatte. In ihrem leichten weißen Kleide erschien sie selber noch weißer und leichter; die Sonne verbrannte sie nicht, und die Hitze, vor der man sich unmöglich bergen konnte, färbte ihre Wangen und Ohren mit zartem Rot, verbreitete über ihr ganzes Wesen eine süße Mattigkeit und verlieh, indem sie ihren schönen Augen das Schmachten des Halbschlummers gab, ihren Blicken eine unwillkürliche Zärtlichkeit. Sie konnte beinahe nichts arbeiten, die Hände glitten ihr sozusagen von ihren Knien. Kaum fühlte sie sich imstande, zu gehen, und hörte nicht auf, mit einer komischen Entkräftung zu klagen.

»Du solltest öfter baden,« sagte Kirsanoff zu ihr. Er hatte zu diesem Behuf ein großes Zelt über einem seiner Teiche errichten lassen, der noch nicht ganz ausgetrocknet war.

»Oh! Nikolaus Petrowitsch! aber ehe ich an den Teich komme, bin ich tot, oder ich sterbe auf dem Rückwege. Sie wissen ja, daß es in dem Garten gar keinen Schatten gibt.«

»Das ist wahr,« erwiderte Kirsanoff und rieb sich die Stirne.

Eines Morgens gegen sieben Uhr traf Bazaroff bei seiner Rückkunft vom Spaziergang Fenitschka in der Fliederlaube, die zwar schon lange abgeblüht, aber noch frisch und grün war. Fenitschka saß auf der Bank, das Haupt mit einem weißen Taschentuch bedeckt; neben ihr ein Haufen roter und weißer Rosen, auf denen noch der Tau lag. Er bot ihr guten Morgen.

»Ah! Eugen Wassilitsch,« sagte sie, indem sie einen Zipfel des Taschentuches aufhob, um ihn anzusehn, wobei sich ihr Arm bis zum Ellbogen entblößte.

»Was machen Sie da?« fragte Bazaroff, indem er sich neben sie setzte;

»Sträuße?«

»Ja, um sie beim Frühstück auf die Tafel zu stellen. Nikolaus Petrowitsch liebt das sehr.«

»Aber man frühstückt ja noch nicht so bald. Welche Masse Blumen!«

»Ich pflückte sie eben, ehe die Hitze mich am Ausgehen hindert. Man kann ja nur um diese Zeit atmen. Ich kann nicht mehr vor Hitze; ich fürchte, ich werde krank.«

»Wo denken Sie hin! Kommen Sie, ich will Ihnen einmal den Puls fühlen.«

Bazaroff nahm ihre Hand, legte den Daumen auf die feine, unter einer zarten, feuchten Haut wohlverborgene Pulsader und gab sich nicht einmal die Mühe, die ruhigen Schläge zu zählen.

»Sie werden hundert Jahre alt,« sagte er, ihre Hand lassend.

»Ach, Gott bewahre mich davor!« rief sie.

»Warum? liegt Ihnen denn nichts daran, lange zu leben?«

»Hundert Jahre? meine Großmutter ist achtzig alt geworden, und sie war ein wahres Marterbild! ganz schwarz, taub, entstellt, immer hustend, wahrhaft sich selber zur Last. Heißt das leben?«

»Es ist also besser, jung zu sein?«

»Ich denke wohl!«

»Und warum? sagen Sie mir das.«

»Wie? aber nehmen Sie mich zum Beispiel; ich bin noch jung und kann alles tun; ich gehe, ich komme, ich bediene mich selbst und habe niemand nötig, was brauchts mehr?«

»Was mich betrifft, mir liegt nichts daran, ob ich jung oder alt bin; das ist mir gleichgültig.«

»Wie können Sie sagen, daß Ihnen das gleichgültig ist? Es ist unmöglich, daß Sie so denken.«

»Urteilen Sie selbst, Fedosia Nikolajewna: was hab ich von der Jugend? ich lebe allein, eine wahre Waise ...«

»Das hängt nur von Ihnen ab!«

»Da täuschen Sie sich. Niemand will sich meiner erbarmen.«

Fenitschka sah ihn verstohlen an, antwortete aber nichts.

»Was haben Sie da für ein Buch?« fragte sie ihn einige Augenblicke darauf.

»Das ist ein gelehrtes Werk und schwer zu verstehen.«

»Sie studieren immer! langweilt Sie denn das nicht? Sie sollten doch schon alles wissen, mein ich.«

»Mir scheints nicht. Versuchen Sie's einmal, ein wenig in diesem Buche zu lesen.«

»Aber ich werde nichts davon verstehen. Ist es russisch?« fragte Fenitschka, indem sie den dicken Band, welchen Bazaroff hielt, mit beiden Händen faßte: – »Wie dick er ist.«

»Gewiß ist es russisch.«

»Das ist einerlei, ich versteh es doch nicht.«

»Ich weiß es wohl, aber ich möchte Sie lesen sehen. Wenn Sie lesen, bewegt sich Ihre Nasenspitze so allerliebst.«

Fenitschka, die halblaut eine Abhandlung »Über das Kreosot« zu entziffern suchte, fing an zu lachen und stieß das Buch zurück, das auf den Boden fiel.

»Ich liebe auch Ihr Lachen,« versetzte Bazaroff.

»Gehen Sie doch!«

»Ich liebe auch, Sie sprechen zu hören; es klingt wie eines Bächleins Murmeln.«

Fenitschka wandte sich ab.

»Wie drollig sind Sie doch!« sagte sie und fuhr mit der Hand über die Blumen. »Wie sollten Sie auf mich hören, da Sie sich sicher schon mit vielen gelehrten Damen unterhalten haben!«

»Ach, Fedosia Nikolajewna! glauben Sie mir, alle gelehrten Damen der Welt sind nicht einmal soviel wert wie Ihre Ellbogen.«

»Was Ihnen nicht alles einfällt!« sagte Fenitschka halblaut und die Arme an den Körper drückend.

Bazaroff hob das Buch auf.

»Das ist ein medizinisches Buch,« sagte er, »warum haben Sie's auf die Erde geworfen?«

»Ein medizinisches Buch?« wiederholte Fenitschka und wandte sich nach ihm um. »Erinnern Sie sich, daß Sie mir Tropfen gegeben haben? Nun, seit der Zeit schläft Mitia wie verzaubert. Wie dank ichs Ihnen! Sie sind so gut! wahrhaftig!«

»Streng genommen müßte jede Arznei bezahlt werden,« erwiderte Bazaroff lächelnd, »die Ärzte sind, wie Sie wissen, habsüchtige Leute.«

Fenitschka sah Bazaroff an; der weißliche Schein, der den oberen Teil ihres Gesichts erhellte, gab ihren Augen eine noch tiefere Färbung. Sie wußte nicht, ob er im Ernst oder im Scherz sprach.

»Mit Vergnügen,« antwortete sie, »nur muß ich mit Nikolaus Petrowitsch darüber sprechen ...«

»Sie glauben also, daß ich Geld will,« nahm Bazaroff das Wort. »Nein, Geld ists nicht, was ich von Ihnen will.«

»Was denn?«

»Was?« wiederholte Bazaroff, »raten Sie!«

»Weiß ichs!«

»So will ichs Ihnen sagen; ich möchte eine von diesen Rosen haben.«

Fenitschka fing aufs neue an zu lachen und klatschte sogar in die Hände, so sonderbar kam ihr die Bitte Bazaroffs vor. Sie fühlte sich zugleich sehr geschmeichelt. Bazaroff sah sie fest an.

»Gerne! Gerne!« sagte sie und beugte sich über die Bank, um eine Rose zu suchen. »Wollen Sie eine rote oder eine weiße?«

»Eine rote, und nicht zu groß.«

Fenitschka richtete sich wieder auf.

»Da!« sagte sie, zog aber im selben Augenblick die Hand, die sie schon ausgestreckt hatte, zurück, biß die Lippen zusammen, sah nach dem Eingang der Laube und lauschte.

»Was haben Sie?« fragte Bazaroff, »ists Nikolaus Petrowitsch?«

»Nein, er ist im Feld ... und zudem fürchte ich ihn nicht. Aber Paul Petrowitsch ...; ich glaubte ...«

»Wie, warum fürchten Sie Paul Petrowitsch?«

»Er macht mir bange. Nicht, daß er mit mir spricht, nein; aber er sieht mich mit einem so sonderbaren Ausdruck an! Übrigens lieben Sie ihn ja auch nicht. Ich erinnere mich, daß Sie sich seinerzeit immer mit ihm herumstritten. Ich wußte nicht, worum es sich handelte, aber ich begriff, daß sie ihn hübsch heimschickten ... so ... so ...«

Fenitschka machte mit den Händen nach, wie sie meinte, daß Bazaroff Paul Petrowitsch »heimgeschickt« hatte.

Bazaroff lächelte.

»Und wenns den Anschein gehabt hätte, daß er den Sieg über mich davontrage, hätten Sie mir geholfen?«

»Könnt ich Ihnen helfen? aber man wird mit Ihnen nicht so leicht fertig.«

»Glauben Sie? nun ich kenne eine Hand, die mich mit einem Finger umwerfen könnte.«

»Was für eine Hand ist das?«

»Als ob Sie's nicht wüßten! Da, riechen Sie an der Rose, die Sie mir gegeben haben; sie riecht so gut!«

Fenitschka beugte sich vor und näherte ihr Gesicht der Blume ... das Taschentuch fiel ihr vom Kopf auf die Schulter und ließ ihr volles, glänzend schwarzes, etwas in Unordnung geratenes Haar sehen.

»Halt, ich will mit Ihnen dranriechen,« sagte Bazaroff, bückte sich und preßte einen kräftigen Kuß auf die halbgeöffneten Lippen des jungen Mädchens.

Sie zitterte und stemmte beide Hände gegen Bazaroffs Brust, aber nur schwach, und er konnte ihr einen zweiten Kuß geben. Ein trockener Husten ließ sich hinter dem Gebüsch vernehmen. Fenitschka warf sich rasch an das andere Ende der Bank. Paul trat vor, grüßte leicht, sagte langsam, aber mit dem Ausdrucke bitterer Traurigkeit: »Sie sind hier?« und ging weiter.

Fenitschka raffte schnell ihre Rosen zusammen und verließ die Laube. »Das ist sehr schlimm für Sie, Eugen Wassilitsch,« murmelte sie halblaut und eilte fort.

Bazaroff rief sich eine ähnliche noch neue Szene ins Gedächtnis zurück; diese Erinnerung erweckte in seinem Herzen ein gewisses Gefühl von Scham und fast von Selbstverachtung. Aber alsbald schüttelte er den Kopf, beglückwünschte sich ironisch, »auf den Wegen Seladons zu wandeln«, und ging auf sein Zimmer.

Paul seinerseits verließ den Garten und ging langsam dem Gehölz zu. Er blieb lange aus, und als er zum Frühstück wiederkam, fragte ihn Kirsanoff besorgt, ob er sich unwohl befinde, so sehr war sein Gesicht verdüstert.

»Du weißt, daß ich an Gallenergießungen leide,« antwortete ihm Paul ruhig.

Dreiundzwanzigstes Kapitel.

Zwei Stunden später klopfte es an Bazaroffs Tür. »Entschuldigen Sie, wenn ich Sie in Ihren gelehrten Beschäftigungen störe,« sagte Paul Petrowitsch, nahm auf einem Sessel am Fenster Platz und stützte sich mit beiden Händen auf einen eleganten Stock mit Elfenbeinknopf (er ging gewöhnlich ohne Stock); »aber ich sehe mich gezwungen, Sie um fünf Minuten Ihrer Zeit zu bitten, nicht mehr.«

»Meine Zeit steht ganz zu Ihrer Verfügung,« antwortete Bazaroff, der ein leichtes Zucken über sein Gesicht gleiten fühlte, sobald Paul über die Schwelle des Zimmers trat.

»Fünf Minuten werden hinreichen; ich bin gekommen, eine Frage an Sie zu richten.«

»Eine Frage? und welche?«

»Hören Sie mich an. Im Anfang Ihres hiesigen Aufenthalts, als ich mir noch nicht das Vergnügen Ihrer Unterhaltung versagte, war es mir vergönnt, Ihre Meinung über viele Gegenstände kennen zu lernen; aber soviel ich mich erinnere, haben Sie in meiner Gegenwart nie gesagt, wie Sie über das Duell denken ... das Duell im allgemeinen. Erlauben Sie mir, Sie darum zu fragen?«

Bazaroff, der sich erhoben hatte, um Paul entgegenzugehen, setzte sich auf den Rand des Tisches und schlug die Arme übereinander.

»Meine Meinung«, sagte er, »ist die ... Das Duell ist vom theoretischen Standpunkt aus eine Abgeschmacktheit; etwas anders aber ist es in der Praxis.«

»Sie wollen sagen, wenn ich Sie recht verstehe, daß Sie in der Praxis Ihre theoretische Ansicht über das Duell beiseitesetzen und nicht gestatten würden, daß man Sie beschimpft, ohne Genugtuung zu verlangen.«

»Sie haben meine Gedanken vollkommen richtig aufgefaßt.«

»Das ist sehr gut. Ich bin entzückt, zu erfahren, daß Sie die Sache so ansehen. Das macht meiner Unwissenheit ein Ende ...«

»Ihrer Ungewißheit wollen Sie sagen.«

»Das ist gleichgültig, mein Herr; es liegt mir einzig daran, mich verständlich zu machen; ich bin keine ›Seminarratte‹. Ihre Worte entheben mich einer gewissen ziemlich traurigen Notwendigkeit. Ich bin entschlossen, mich mit Ihnen zu schlagen.«

Bazaroff riß die Augen auf.

»Mit mir?«

»Ja, mit Ihnen in Person.«

»Aus welcher Ursache? Ich begreife nichts davon.«

»Ich könnte Ihnen das auseinandersetzen,« erwiderte Paul; »aber ich ziehe vor, es nicht zu tun. Ich finde Sie hier zuviel; ich kann Sie nicht leiden, ich verachte Sie, und wenn Ihnen das nicht genug scheint ...«

Die Augen Pauls funkelten vor Zorn; die Bazaroffs erglänzten ebenfalls urplötzlich.

»Sehr wohl,« sagte er, »jede weitere Erklärung ist überflüssig. Sie sind in der Laune, Ihre ritterliche Glut an mir auszulassen. Ich hätte mich weigern können, Ihnen dies Vergnügen zu verschaffen, aber es mag sein.«

»Ich bin Ihnen sehr verbunden,« versetzte Paul, »ich darf also hoffen, Sie nehmen meine Herausforderung an, ohne daß Sie mich nötigen, zu Zwangsmitteln meine Zuflucht zu nehmen.«

»Was, ohne Metapher gesprochen, heißen soll, zu diesem Stock?« erwiderte Bazaroff kalt. »Sie haben vollkommen recht. Sie können sichs ersparen, mich zu beschimpfen, um so mehr, als das nicht unbedingt ohne Gefahr für Sie wäre. Fahren Sie fort, sich als Gentleman zu betragen, ich werde meinerseits Ihre Herausforderung als Gentleman annehmen.«

»Gut,« versetzte Paul und stellte seinen Stock in die Ecke. – »Wir haben also nur noch die Bedingungen des Kampfes festzustellen; ich möchte aber vorher wissen, ob es Ihnen notwendig scheint, irgendeinen Streit zu erfinden, der als Vorwand für die Affäre dienen könnte?«

»Nein; das scheint mir gänzlich unnütz.«

»Das ist auch meine Ansicht, ich denke ebenfalls, daß es unnütz ist, die wahre Ursache unseres Zwists genau zu untersuchen. Wir können uns nicht leiden, was braucht es mehr.«

»Ganz richtig, was braucht es mehr,« wiederholte Bazaroff ironisch.

»Was die Bedingungen unserer Affäre betrifft, so erlaube ich mir, da wir keine Zeugen haben ... denn wo sollen wir sie hernehmen? ...«

»Ganz richtig, wo sollen wir sie hernehmen?«

»Ich erlaube mir, Ihnen folgenden Vorschlag zu machen: Wir schießen uns morgen, etwa um sechs Uhr, hinter dem Gehölze mit Pistolen; auf zehn Schritt Distanz.«

»Auf zehn Schritt, gut. Wir verabscheuen uns hinlänglich, um uns auf diese Entfernung zu schlagen.«

»Auf acht Schritte, wenn Sie wollen!«

»Warum nicht? gern.«

»Wir wechseln zwei Schüsse, und zu größerer Sicherheit wird jeder von uns einen Brief in der Tasche tragen, worin er sich für den Fall des Todes selber für den Täter erklärt.«

»Diese letzte Klausel scheint mir nicht notwendig,« versetzte Bazaroff – »das sähe sehr unwahrscheinlich aus; wir würden etwas in den französischen Roman verfallen.«

»Vielleicht ja. Aber gleichwohl werden Sie zugeben, daß es unangenehm ist, für einen Mörder gehalten zu werden.«

»Ohne Zweifel. Aber es gibt ein Mittel, sich gegen diesen peinlichen Verdacht zu schützen. Wir werden keine Zeugen im eigentlichen Sinne des Wortes haben, aber nichts hindert, daß nicht jemand unserem Kampfe beiwohnt.«

»Wen würden Sie dazu wählen? gestatten Sie mir die Frage.«

»Nun, Peter zum Beispiel.«

»Welchen Peter?«

»Den Kammerdiener Ihres Bruders. Das ist ein Mann, der ganz auf der Höhe der heutigen Zivilisation steht und seine Rolle sicherlich mit dem in solchen Fällen nötigen ›comme il faut‹ spielen wird.«

»Ich glaube, Sie scherzen, mein teurer Herr?«

»Keineswegs, mein Herr; überlegen Sie sich meinen Vorschlag, und Sie werden finden, daß er ebenso vernünftig als natürlich ist. ›Einen Pfriem kann man nicht in einem Sack verbergen‹; ich übernehme es, Peter auf die Umstände vorzubereiten und auf den Kampfplatz mitzubringen.«

»Sie scherzen immer noch,« sagte Paul im Aufstehen. »Aber nach der liebenswürdigen Zuvorkommenheit, die Sie soeben gezeigt, habe ich nicht das Recht, es übelzunehmen. Also ist alles abgemacht ... Haben Sie Pistolen?«

»Wozu sollte ich welche haben, Paul Petrowitsch? Ich bin kein Krieger.«

»In diesem Falle biete ich Ihnen die meinigen an. Ich habe mich derselben seit mehr als fünf Jahren nicht bedient, und Sie dürfen mir aufs Wort glauben.«

»Diese Versicherung ist ganz geeignet, mich zu beruhigen.«

Paul nahm seinen Stock.

»Und nun, mein teurer Herr,« fuhr er fort, »habe ich Ihnen nur noch meinen Dank zu wiederholen, und überlasse Sie Ihren Studien. Ich habe die Ehre, mich Ihnen zu empfehlen.«

»Auf Wiedersehen,« antwortete Bazaroff, seinen Besuch zur Türe geleitend.

Paul ging, und Bazaroff, der an der Tür stehengeblieben war, rief aus: »Hol mich der Teufel, das ist sehr schön, aber sehr dumm! Welche Posse haben wir da gespielt! Die klugen Hunde, die auf den Hinterfüßen tanzen, machens nicht besser. Unmöglich konnte ich mich weigern; er hätte mich geschlagen, und dann ...« Bazaroff erbleichte bei diesem Gedanken, der seinen ganzen Stolz empörte. »Mir wäre nichts anderes übriggeblieben, als ihn zu erwürgen wie ein Hühnchen.« Er kehrte zu seinem Mikroskop zurück, aber er war aufgeregt, und die zu seinen Beobachtungen unerläßliche Ruhe war verschwunden.

»Er hat uns heute gesehen,« sagte er zu sich selber, »aber ist es möglich, daß er sich seines Bruders wegen die Sache so zu Herzen genommen hat? Überdies ein Kuß! das ist was Rechts! es steckt etwas dahinter. Sollte er selbst verliebt sein? Es muß so sein, ich halte meine Hand dafür ins Feuer! Welch eine Pfütze all das!«

»Schlimme Geschichte!« sagte er nach einigem Nachdenken. »Schlimme Geschichte! erst soll man sein Leben wagen und vielleicht die Flucht ergreifen. Dann ... Arkad ... und dieses Herrgottsvieh von Nikolaus Petrowitsch! Schlimme, schlimme Geschichte!«

Der Tag verging noch stiller als gewöhnlich. Man hätte glauben sollen, Fenitschka sei aus der Welt verschwunden; sie hielt sich in ihrem Zimmer wie eine Maus im Loch. Kirsanoff sah sorgenvoll drein; man hatte ihm kurz zuvor gesagt, daß der Brand in seinen Weizen gekommen sei, auf welchen er große Hoffnungen setzte. Pauls eisige Höflichkeit war drückend für alle, sogar für Prokofitsch. Bazaroff fing einen Brief an seinen Vater an, zerriß ihn aber und warf ihn unter den Tisch. »Wenn ich sterbe,« dachte er, »werden sie's schon erfahren; aber ich werde nicht sterben. Ja, ich werde mich noch lange auf der Erde hinschleppen.« Er erteilte Peter den Befehl, am anderen Morgen mit Tagesanbruch wegen eines wichtigen Geschäfts zu ihm zu kommen; Peter bildete sich ein, daß er ihn mit sich nach Petersburg nehmen wolle. Bazaroff ging spät zu Bette, und wunderliche Träume quälten ihn die ganze Nacht ... Frau Odinzoff erschien ihm fortwährend; sie war zugleich seine Mutter. Ein Kätzchen mit schwarzem Schnurrbart folgte ihr, und dieses Kätzchen war Fenitschka. Er sah Paul in Gestalt eines Baumstammes, war aber nichtsdestoweniger gezwungen, sich mit ihm zu schlagen. Peter weckte ihn um vier Uhr morgens; er kleidete sich an und verließ sofort mit ihm das Haus.

Der Morgen war prächtig und frischer als an den vorhergehenden Tagen. Buntscheckige Wölkchen zogen wie Flocken über den blaßblauen Himmel; die Blätter der Bäume waren leicht betaut, die Spinnweben funkelten wie Silber auf den Grashalmen; auf dem feuchten dunkeln Boden schien noch ein Hauch des Frührots zu liegen, und der Gesang der Lerchen tönte ringsum aus der Höhe.

Bazaroff ging bis zu dem Gehölz, setzte sich im Schatten nieder und belehrte Peter über den Dienst, den man von ihm verlangte. Der gebildete Kammerdiener wurde von einem Todesschrecken ergriffen; Bazaroff beruhigte ihn indes durch die Versicherung, daß er nichts zu tun habe, als aus der Ferne zuzusehen ohne die geringste Verantwortung.

»Inzwischen«, setzte er hinzu, »überleg dir die wichtige Rolle, die du ausfüllen wirst.«

Peter rang die Hände, ließ den Kopf hängen und lehnte sich, das Gesicht ganz grün vor Furcht, an einen Baum.

Die Straße, welche nach Marino führte, lief an einem Wäldchen entlang; der leichte Staub, der auf ihr lag, war seit dem Tag zuvor weder von einem Rad noch von einem Fuß berührt worden. Bazaroff blickte unwillkürlich die Straße entlang, pflückte und kaute einen Grashalm, und wiederholte sich unaufhörlich: »Welche Dummheit!« In der Kühle des Morgens schauerte er ein paarmal ... Peter sah ihn traurigen Blickes an; aber Bazaroff begnügte sich, zu lachen; er hatte nicht die mindeste Furcht.

Auf der Straße hörte man Pferdegetrappel ... Gleich darauf erschien ein Bauer; er kam aus dem Dorfe und trieb zwei Pferde vor sich her, die Fesseln an den Füßen hatten. Als er an Bazaroff vorbeiging, sah er ihn verwundert an, ohne an die Mütze zu greifen, was Peter eine schlimme Vorbedeutung zu sein schien und ihn sichtlich beunruhigte. »Dieser Mensch«, dachte Bazaroff, »ist auch früh aufgestanden, er tut aber wenigstens etwas Nützliches, während wir ...«

»Ich glaube, der Herr kommt,« sagte Peter plötzlich halblaut.

Bazaroff blickte auf und erkannte Paul, welcher eiligst auf der Straße daherkam, bekleidet mit einem farbigen Wams und schneeweißen Beinkleidern; er trug ein grünes Etui unter dem Arm.

»Entschuldigen Sie, ich fürchte, ich habe Sie warten lassen,« sagte er, zuerst Bazaroff und dann Peter begrüßend, den er in diesem Augenblick als eine Art Sekundanten betrachtete; »ich wollte meinen Kammerdiener nicht wecken.«

»Schon gut,« erwiderte Bazaroff, »wir kommen eben erst an.«

»Ah! um so besser!« Paul warf die Augen ringsumher. »Niemand sieht uns, wir werden ungestört sein. Gehen wir ans Werk!«

»Mit Vergnügen!«

»Ich setze voraus, daß Sie keine weiteren Erklärungen wünschen?«

»Nicht die geringsten.«

»Wollen Sie sich der Mühe des Ladens unterziehen?« sagte Paul, während er die Pistolen aus dem Kästchen nahm.

»Nein, laden Sie selbst. Ich will die Distanz messen. Ich habe längere Beine,« fügte Bazaroff mit boshaftem Lächeln hinzu. »Eins ... zwei ... drei ...«

»Eugen Wassiliewitsch,« stotterte Peter mit Anstrengung – er zitterte wie in einem Fieberanfall –, »tun Sie, was Sie wollen, ich werde mich ein wenig zurückziehen.«

»Vier ... fünf ... Zieh dich zurück, mein Braver, zieh dich zurück, du darfst dich sogar hinter einen Baum stellen und dir die Ohren verstopfen, aber die Augen halte offen; wenn einer von uns fällt, lauf, fliege, eile, ihn aufzuheben. Sechs ... sieben ... acht ...« Bazaroff hielt an. – »Genug?« fragte er, gegen Paul gewandt, »oder noch zwei kleine Schritte?«

»Wie Sie wollen,« antwortete Paul, indem er die zweite Kugel in den Lauf stieß.

»Also zwei Schritte weiter!« – Bazaroff zog mit der Stiefelspitze einen Strich auf dem Boden; – »das ist die Barriere! Apropos, wir haben die Entfernung nicht festgestellt, in der wir uns von der Barriere aufstellen? Das ist auch wichtig. Wir haben diese ernste Frage gestern nicht debattiert.«

»Zehn Schritte, denk ich,« erwiderte Paul und hielt ihm die beiden Pistolen hin; »machen Sie mir das Vergnügen, zu wählen.«

»Ich werde Ihnen dies Vergnügen verschaffen, Sie müssen mir aber zugeben, daß unser Duell bis zur Lächerlichkeit sonderbar ist; sehen Sie sich einmal die Physiognomie unseres Sekundanten an.«

»Sie scherzen noch immer,« erwiderte Paul; »ich leugne nicht, daß unsere Begegnung ziemlich wunderlich ist, aber ich glaube Ihnen bemerken zu müssen, daß ich mich ernstlich zu schlagen gedenke. *A bon entendeur salut!*«

»Oh, ich zweifle gar nicht, daß wir entschlossen sind, uns den Garaus zu machen; aber warum nicht ein wenig lachen und zum *utile* das *dulce* fügen? Sie sehen, wenn Sie französisch zu mir sprechen, kann ich Ihnen auf lateinisch antworten.«

»Ich werde mich ernstlich schlagen,« wiederholte Paul und nahm seinen Platz ein.

Bazaroff zählte ebenfalls zehn Schritte ab und blieb stehen.

»Sind Sie fertig?« fragte Paul.

»Ja.«

»Vorwärts!«

Bazaroff ging langsam vorwärts, Paul desgleichen; er hatte die linke Hand in der Tasche und hob langsam die Mündung seiner Pistole ...

»Er zielt gerade nach meiner Nase,« sagte sich Bazaroff, »und wie er das Auge zukneift, um seinen Schuß sicher zu machen, der Bandit! Keine angenehme ›Sensation‹, wahrhaftig. Ich will seine Uhrkette in das Auge fassen ...«

Pfeifend flog etwas hart am Ohr Bazaroffs vorüber, und im selben Augenblick ertönte ein Knall. »Ich habs gehört, also hab ich nichts,« hatte er Zeit zu denken. Er ging noch einen Schritt vor und drückte los, ohne zu zielen.

Paul machte eine leichte Bewegung und fuhr mit der Hand an sein Bein. Ein Blutstrahl färbte sein weißes Beinkleid.

Bazaroff warf die Pistole weg und eilte zu ihm.

»Sie sind verwundet?« fragte Bazaroff.

»Sie hatten das Recht, mich bis an die Barriere vorgehen zu lassen,« erwiderte Paul; »die Wunde ist unbedeutend. Nach unserer Übereinkunft hat jeder von uns noch einen Schuß.«

»Sie müssen mir schon erlauben, die Partie auf ein andermal zu verschieben,« antwortete Bazaroff und legte seinen Arm um Paul, der bleich zu werden anfing. – »Ich bin im Augenblick nicht mehr Duellant, sondern Doktor, und vor allem muß ich Ihre Wunde untersuchen. Peter! Komm her, Peter, wo steckst du?«

»Es ist absolut nichts ... Ich habe niemandes Hilfe nötig,« antwortete Paul, dem das Sprechen schwer wurde; »und wir müssen ... noch einmal ...« Er wollte sich den Schnurrbart streichen, aber sein Arm sank zurück, seine Augen verdrehten sich, und er sank in Ohnmacht.

»Das ist etwas stark! er hat das Bewußtsein verloren, wegen solcher Kleinigkeit!« rief Bazaroff unwillkürlich aus und legte Paul auf den Rasen; »sehen wir einmal nach, was er hat!« Er zog sein Taschentuch heraus, stillte das Blut und untersuchte die Wundränder. »Der Knochen ist unversehrt,« murmelte er, »die Kugel ist nicht tief eingedrungen und hat nur einen einzigen Muskel verletzt, den *vastus externus*. In drei

Wochen kann er tanzen, wenn er Lust hat. Das ist wohl der Mühe wert, in Ohnmacht zu fallen. Ah! diese nervösen Leute tuns nicht anders! Wie zart seine Haut ist!«

»Ist der Herr tot?« fragte Peter hinter seinem Rücken mit zitternder Stimme.

Bazaroff wandte sich um.

»Geh, hole Wasser, Kamerad, und fürchte nichts, der lebt länger als du und ich.«

Aber der perfekte Diener schien nicht zu begreifen, was man ihm sagte, und blieb unbeweglich stehen. Inzwischen öffnete Paul langsam wieder die Augen.

»Er gibt seinen Geist auf!« versetzte Peter, sich bekreuzend.

»Sie haben recht ... Welche lächerliche Physiognomie!« sagte der verwundete Edelmann mit erzwungenem Lächeln.

»Hol doch Wasser, Dummkopf!« rief Bazaroff.

»Es ist unnötig ... der Schwindel hat sich ganz verloren ... helfen Sie mir, daß ich mich setze ... so, so ... wenn man den Ritz mit irgend etwas verbindet, werde ich zu Fuß nach Hause gehen, man kann mir auch eine Droschke schicken. – Wir könnens dabei bewenden lassen, wenn Sie wollen. Sie haben sich als Mann von Ehre benommen ... heute ... heute, wohlgemerkt!«

»Es ist unnötig, auf das Vergangene zurückzukommen, und was die Zukunft betrifft, so beunruhigen Sie sich deshalb nicht, denn ich denke mich so rasch wie möglich von hier fortzumachen. Jetzt lassen Sie mich Ihr Bein verbinden, Ihre Wunde ist leicht, aber es ist immer besser, das Blut zu stillen. Vor allem muß ich in diesem Sterblichen da das Gefühl der Existenz zurückrufen.«

Bazaroff ergriff Peter beim Kragen, schüttelte ihn heftig und befahl ihm, eine Drosche zu holen.

»Erschrick meinen Bruder nicht,« sagte Paul, »und laß dir nicht beikommen, ihm das mindeste mitzuteilen.«

Peter entfernte sich schleunig, und während er nach einer Droschke lief, blieben die beiden Gegner nebeneinander sitzen, ohne zu sprechen. Paul vermied es, Bazaroff anzublicken; er hatte keine Lust, sich mit ihm zu versöhnen, er warf sich sein Ungestüm, seine Ungeschicklichkeit, sein ganzes Verhalten in dieser Angelegenheit vor, obgleich er sehr wohl fühlte, daß dieselbe in möglichst günstiger Weise beigelegt worden sei. »Er wird uns wenigstens von seiner

Gegenwart befreien,« sagte er sich zum Trost, »damit ist immer etwas gewonnen.« Das Stillschweigen, welches die beiden Gegner beobachteten, fing an peinlich und lästig zu werden. Jeder hatte die Gewißheit, daß der andere ihn vollständig verstehe. Diese Gewißheit ist angenehm für Freunde, für Feinde aber ist sie sehr unangenehm, namentlich wenn sie sich weder erklären noch trennen können.

»Habe ich Ihren Fuß nicht zu fest verbunden?« fragte endlich Bazaroff.

»Nein, durchaus nicht! Alles ist ganz gut,« erwiderte Paul, und wenige Augenblicke darauf setzte er hinzu: »Es wird nicht möglich sein, meinen Bruder zu täuschen; ich werde ihm erzählen, daß wir über eine politische Frage Streit bekommen haben.«

»Ganz recht!« antwortete Bazaroff. »Sie können sagen, daß ich in Ihrer Gegenwart alle Anglomanen angegriffen habe.«

»Richtig! Apropos, was glauben Sie, daß dieser Mann von uns denkt?« fuhr Paul fort, indem er mit der Hand auf denselben Bauer deutete, welcher kurz vor dem Duell, seine Pferde treibend, an Bazaroff vorübergegangen war, und der diesmal, als er die Herren bemerkte, das Haupt entblößte und von der Straße bog.

»Wer weiß es,« antwortete Bazaroff, »wahrscheinlich nichts. Der russische Bauer gleicht ganz dem geheimnisvollen Unbekannten, von dem so viel in den Romanen der Anna Ratcliffe die Rede ist. Wer kennt ihn? er kennt sich selber nicht.«

»Ah, Sie glauben?« erwiderte Paul; plötzlich aber rief er aus: »Sehen Sie die Dummheit Ihres Peter! Da kommt mein Bruder selbst mit.«

Bazaroff wandte sich um und gewahrte das bleiche Gesicht Kirsanoffs, der in der Droschke saß. Er sprang heraus, ehe der Kutscher hielt, und lief auf seinen Bruder zu.

»Was bedeutet das?« fragte er mit bewegter Stimme; »Eugen Wassiliewitsch, wie ist es möglich?«

»Es ist gar nichts,« antwortete Paul, »es war unrecht, dich zu stören. Wir haben einer augenblicklichen Aufwallung nachgegeben, Herr Bazaroff und ich; ich wurde ein wenig dafür gestraft, das ist das Ganze.«

»Aber aus welcher Veranlassung, großer Gott?«

»Wie soll ich dirs erklären? Herr Bazaroff hat sich in meiner Gegenwart in unziemlicher Weise über Sir Robert Peel ausgedrückt. Ich muß jedoch gleich hinzufügen, daß ich allein an allem schuld bin, und daß sich Herr Bazaroff höchst ehrenhaft betragen hat. Ich habe ihn provoziert.«

»Ich sehe Blut?«

»Dachtest du denn, ich hätte Wasser in den Adern? Ich versichere dich, daß mir dieser kleine Aderlaß sehr gut tun wird. Nicht wahr, Doktor? Hilf mir in die Droschke steigen, und überlaß dich keinen trüben Gedanken. Morgen bin ich wieder ganz wohl. So, es könnte mir gar nicht besser zumut sein. Fort, Kutscher!«

Kirsanoff folgte der Droschke zu Fuß, Bazaroff war zurückgeblieben.

»Ich muß Sie bitten, meinen Bruder in Behandlung zu nehmen,« sagte Kirsanoff zu ihm, »bis man einen Arzt aus der Stadt geholt hat.«

Bazaroff verneigte sich schweigend.

Eine Stunde darauf lag Paul in seinem Bett, und ein kunstgerechter Verband umhüllte sein Bein. Das ganze Haus war in Aufregung; Fenitschka war unwohl geworden. Kirsanoff rang in der Stille die Hände, und Paul lachte und scherzte, besonders mit Bazaroff. Er hatte ein Batisthemd und eine elegante Morgenjacke angelegt und ein Fes aufgesetzt; er verlangte, daß man die Vorhänge nicht herunterlasse, und beschwerte sich scherzend über die Diät, zu der er sich verdammt sähe.

Gegen Abend stellte sich jedoch ein leichtes Fieber ein, und er bekam Kopfschmerzen. Ein Arzt aus der Stadt erschien. Kirsanoff hatte den Wunsch seines Bruders nicht beachtet, und Bazaroff selbst hatte verlangt, daß man einen Kollegen rufe. Bis zu dessen Ankunft hatte er sich fast beständig in seinem Zimmer gehalten; er sah gereizt und gelb aus und beschränkte sich darauf, dem Verwundeten kurze Besuche abzustatten. Zwei- oder dreimal begegnete er Fenitschka, die ihm mit einem gewissen Schrecken auswich. Der neue Doktor verordnete kühle Getränke und bestätigte die Ansicht Bazaroffs, daß die Wunde wenig zu bedeuten habe. Kirsanoff sagte ihm, daß sein Bruder sich aus Unvorsichtigkeit selbst verwundet habe, worauf der Doktor mit einem »Hm« antwortete, da er aber im gleichen Augenblick einen Fünfundzwanzigrubelschein in seine Hand gleiten fühlte, fügte er hinzu: »In der Tat! Das ist ein Fall, der sehr häufig vorkommt.« Im ganzen Haus war niemand, der sich zu Bett legte oder die Augen schloß.

Kirsanoff schlich jeden Augenblick auf den Zehen in das Zimmer seines Bruders und verließ es ebenso wieder. Der Verwundete schlummerte auf Augenblicke ein, stieß leise Seufzer aus, sagte seinem Bruder: »Geh doch zu Bett«, und verlangte zu trinken. Kirsanoff hieß Fenitschka einmal ihm ein Glas Limonade reichen; Paul sah sie fest an und trank das Glas bis zum letzten Tropfen aus. Das Fieber nahm gegen Morgen zu, und der Verwundete delirierte ein wenig. Er sprach in unzusammenhängenden Worten, dann öffnete er plötzlich die Augen, und als er seinen Bruder erblickte, der sich am Bett stehend über ihn beugte und ihn sorgenvoll betrachtete, sagte er zu ihm:

»Nicht wahr, Nikolaus, Fenitschka hat etwas von Nelly?«

»Welche Nelly meinst du, Paul?«

»Wie kannst du fragen! Die Fürstin R...! Namentlich im oberen Teil des Gesichts. *C'est de la même famille.*«

Kirsanoff antwortete nichts und verwunderte sich über die Zähigkeit der Gefühle des menschlichen Herzens. »Wie so was doch immer wieder an die Oberfläche dringt,« dachte er.

»Ach, wie lieb ich dieses Geschöpf ... dies unbedeutende!« rief Paul mit schmerzlichem Ton aus und legte den Arm unter den Kopf. – »Ich werde nie dulden, daß ein Unverschämter sie zu berühren sich erlaube ...« murmelte er kurz darauf.

Kirsanoff seufzte; er hatte keine Ahnung, auf wen sich diese Worte bezogen.

Am andern Morgen erschien Bazaroff gegen acht Uhr bei ihm, er hatte inzwischen seine Effekten gepackt und alle seine Frösche, Vögel und Insekten in Freiheit gesetzt.

»Sie kommen, mir Lebewohl zu sagen,« sagte Kirsanoff aufstehend.

»Mein Gott, ja!«

»Ich verstehe Sie und gebe Ihnen vollkommen recht. Mein armer Bruder hat ohne Zweifel unrecht gehabt, auch ist er dafür gestraft. Ich weiß es von ihm selber, daß er Sie in die Unmöglichkeit versetzt hatte, anders zu handeln, als Sie taten. Ich glaube, daß es Ihnen sehr schwer geworden wäre, dies Duell zu vermeiden, welches ... welches sich bis zu einem gewissen Grad aus dem beständigen Widerstreit Ihrer gegenseitigen Ansichten erklärt. (Nikolaus Petrowitsch verwirrte sich in seinen Worten und atmete schwer.) Mein Bruder ist reizbarer Natur, eigensinnig den alten Ideen zugetan ... Ich danke Gott, daß alles so ohne weitere Folgen abgelaufen ist; übrigens habe ich alle Vorkehrungen getroffen, daß die Sache nicht ruchbar wird ...«

»Ich werde Ihnen meine Adresse hinterlassen, und falls man aus alledem eine Geschichte machen wollte, können Sie mich immer wiederfinden,« warf Bazaroff hin.

»Hoffentlich ist dieser Vorsicht unnötig, Eugen Wassilitsch ... Ich bedaure sehr, daß Ihr Aufenthalt in unserem Hause ein ... derartiges Ende genommen hat. Das bekümmert mich um so mehr, als Arkad ...«

»Vermutlich werde ich ihn wiedersehen,« erwiderte Bazaroff, den jede Art von »Auseinandersetzung« oder »Erklärung« ungeduldig machte. – »Andernfalls bitte ich Sie, ihn von mir zu grüßen und ihm mein ganzes Bedauern auszudrücken.«

»Auch ich bitte Sie ...« antwortete Kirsanoff, sich verbeugend. Bazaroff wartete jedoch das Ende der Phrase nicht ab und ging.

Als Paul erfuhr, daß Bazaroff im Begriff sei abzureisen, äußerte er den Wunsch, ihn zu sehen, und drückte ihm die Hand, Bazaroff aber zeigte sich nach seiner gewöhnlichen Art kalt wie Eis; er merkte sehr wohl, daß Paul den Großmütigen spielen wollte. Von Fenitschka konnte er nicht Abschied nehmen; er begnügte sich damit, ihr einen Blick zum Fenster hinauf zuzuwerfen. Sie kam ihm traurig vor. »Sie weiß sich vielleicht nicht zu helfen?« dachte er ... »Übrigens warum nicht?« Peter war derart gerührt, daß er, an die Schulter Bazaroffs gelehnt, so lange fort weinte, bis dieser ihn mit der Frage zur Ruhe brachte, »ob seine Augen vielleicht in feuchtem Boden stünden?« Duniascha mußte in das Gehölz laufen, um ihre Bewegung zu verbergen. Der Urheber all dieser Schmerzen bestieg eine Telege, steckte sich eine Zigarre an, und als er vier Werst weiter bei einer Wendung des Weges zum letztenmal das Haus Kirsanoffs mit seiner ganzen Umgebung erblickte, spie er aus, murmelte zwischen den Zähnen: »Verfluchte Krautjunker,« und hüllte sich in seinen Mantel.

Das Befinden Pauls besserte sich rasch; doch hütete er beinahe noch eine Woche lang das Bett. Er ertrug seine Gefangenschaft, wie ers hieß, ziemlich geduldig, verwandte aber einen großen Teil seiner Zeit auf seine Toilette und ließ beständig mit Kölnischem Wasser räuchern. Kirsanoff las ihm die Zeitung vor, und Fenitschka bediente ihn wie gewöhnlich, sie brachte ihm Fleischbrühe, Limonade, weiche Eier, Tee. Aber ein geheimer Schreck bemächtigte sich ihrer jedesmal, wenn sie in sein Zimmer trat.

Paul Petrowitschs jugendlicher Streich hatte alle Bewohner des Hauses, und namentlich Fenitschka, erschreckt; Prokofitsch war der einzige, der mit der größten Seelenruhe davon sprach; zu seiner Zeit, sagte er, hätten sich die Herren oft so geschlagen, »aber streng unter sich und nie mit solchen Lumpen, wie der da. Man ließ solche Leute im Stall aushauen, wenn sie unverschämt wurden«.

Das Gewissen machte Fenitschka keinen Vorwurf, sie fühlte sich aber doch sehr beunruhigt, sooft eine Ahnung von der wahren Ursache des Streites über sie kam; zudem sah sie Paul so sonderbar an ... daß sie, selbst wenn sie ihm den Rücken wandte, die Wirkung seines Blickes zu spüren glaubte. Infolge dieser beständigen Aufregung wurde sie mager, und dadurch, wie dies bei Frauen dieses Alters immer der Fall ist, nur noch hübscher.

Einmal (es war eines Morgens) hatte Paul, der sich viel besser fühlte, sein Bett verlassen und sich auf das Sofa gelegt; Kirsanoff kam, um zu fragen, wie er sich befinde, und ging dann, um nach den Dreschern zu sehen.

Fenitschka brachte eine Tasse Tee, stellte sie auf den Tisch und war im Begriff, sich wieder zu entfernen, als Paul sie zurückhielt.

»Warum wollen Sie mich so rasch verlassen, Fedosia Nikolajewna?« sagte er zu ihr, »haben Sie etwas zu tun?«

»Nein ... Ja ... Ich muß drunten den Tee einschenken.«

»Duniascha wird das in Ihrer Abwesenheit besorgen; bleiben Sie ein wenig bei einem armen Kranken. Zudem habe ich mit Ihnen zu reden.«

Fenitschka setzte sich schweigend auf den Rand eines Lehnsessels.

»Hören Sie,« fuhr Paul, seinen Schnurrbart zupfend, fort, »ich wollte Sie schon lange fragen, warum Sie, wie es scheint, Angst vor mir haben?«

»Wer? ich?«

»Ja, Sie ... Sie sehen mir nie gerade ins Gesicht; es scheint, daß Ihr Gewissen nicht ganz rein ist.«

Fenitschka errötete, sah Paul Petrowitsch aber an. Der Ausdruck seines Gesichtes schien ihr so unheimlich, daß sie im Grunde ihres Herzens erbebte.

»Ist Ihr Gewissen rein?« fragte er sie.

»Warum sollt es nicht?« sagte sie mit leiser Stimme.

»Was weiß ich? Übrigens, gegen wen könnten Sie sich etwas haben zuschulden kommen lassen? gegen mich unmöglich. Gegen irgend jemand anders im Hause? das scheint mir gleichfalls nicht annehmbar. Gegen meinen Bruder ... Nein, denn Sie lieben ihn.«

»Ja gewiß, ich liebe ihn!«

»Von ganzem Herzen? aus voller Seele?«

»Ich liebe Nikolaus Petrowitsch von ganzem Herzen!«

»Wahrhaftig? Sehen Sie mich ein wenig an, Fenitschka! (Es war zum erstenmal, daß er ihr diesen Namen gab.) Sie wissen ..., daß Lügen eine große Sünde ist.«

»Ich lüge nicht, Paul Petrowitsch. Wenn ich Nikolaus Petrowitsch nicht liebte, verdiente ich nicht zu leben.«

»Und Sie würden ihn für niemand hingeben?«

»Für wen sollte ich ihn denn hingeben?«

»Für wen? wer weiß! Da ist zum Beispiel der Herr, der uns vor kurzem verlassen hat.«

Fenitschka stand auf.

»Um des Himmels willen! Paul Petrowitsch, warum quälen Sie mich so? was hab ich Ihnen getan? wie kann man so etwas sagen?«

»Fenitschka,« erwiderte Paul Petrowitsch traurig, »ich habe alles gesehen ...«

»Was haben Sie gesehen?«

»Da unten ... in der Laube ...«

Fenitschka wurde plötzlich über und über rot.

»Ist das meine Schuld?« stotterte sie.

Paul richtete sich auf.

»Sie sind nicht schuldig? Nicht? In keiner Weise?«

»Es ist nur ein Mann auf Erden, den ich liebe und lieben werde, Nikolaus Petrowitsch,« erwiderte Fenitschka mit plötzlicher Energie, obgleich ihr die erstickten Seufzer fast die Kehle zuschnürten – »und über das, was Sie gesehen haben, hab ich mir, das kann ich am Jüngsten Tag beschwören, keine Vorwürfe zu machen; lieber auf der Stelle sterben, wenns sein muß, als in dem abscheulichen Verdacht stehen, daß ich mich gegen meinen Wohltäter Nikolaus Petrowitsch vergangen habe ...«

Ihre Stimme erlosch, und sie fühlte im selben Augenblick, daß Paul ihre Hand ergriff und mit Kraft drückte ... Sie sah ihn an und stand wie versteinert. Er war noch bleicher als zuvor, seine Augen funkelten, und was noch überraschender war, eine einzige schwere Träne rollte langsam über seine Wange.

»Fenitschka,« sagte er mit dumpfer und erstickter Stimme, »lieben Sie, lieben Sie meinen Bruder! Er ist so gut, und so wert, geliebt zu werden!

Geben Sie ihn für niemand in der Welt hin, und hören Sie auf niemandes Einflüsterungen. Nichts ist schrecklicher, glauben Sie mir, als unerwiderte Liebe! Bleiben Sie meinem armen Nikolaus treu!« Fenitschka hörte auf zu weinen; sie war so verwundert, daß sich ihre Angst verlor. Wie wurde ihr aber erst zumute, als Paul ihre Hand ergriff und sie an seine Augen drückte, sie wieder ergriff und, ohne sie zu küssen, unter krampfhaftem Schluchzen zum Munde führte ... »Großer Gott!« dachte sie, »er bekommt am Ende einen Anfall!« Sie ahnte nicht, daß in diesem Augenblick die ganze Vergangenheit in Paul Petrowitschs Herzen schmerzlich wieder auflebte. Die Stufen der Treppe knarrten unter raschen Schritten ... Er stieß Fenitschka weit von sich und legte den Kopf aufs Sofakissen. Die Tür ging auf, und Kirsanoff trat ein, freudestrahlend, mit frischem und belebtem Antlitz. Mitia, ebenso frisch und blühend rot wie er, hüpfte im Hemdchen auf seinem Arm und stemmte die nackten Füßchen gegen die großen Rockknöpfe seines Vaters.

Fenitschka stürzte sich Kirsanoff entgegen, und ihn und ihren Sohn heftig in ihre Arme schließend, lehnte sie das Haupt an seine Schulter. Kirsanoff schien überrascht; Fenitschka, scheu und zurückhaltend, wie sie war, erlaubte sich sonst in Gegenwart eines Dritten nicht die mindeste Liebkosung.

»Was hast du?« fragte er sie und übergab, nachdem er seinen Bruder angesehen, das Kind seiner Mutter. – »Du fühlst dich doch nicht schlechter?« setzte er hinzu, näher zu Paul tretend.

Dieser verbarg das Gesicht in seinem Batisttuch.

»Nein, gar nicht ... im Gegenteil ... ich befinde mich viel besser.«

»Du hättest dein Bett nicht verlassen sollen,« sagte Kirsanoff. »Wo gehst du hin?« fuhr er, gegen Fenitschka gewendet, fort; diese aber hatte die Tür bereits hinter sich zugezogen.

»Ich kam, um dir meinen kleinen Schlingel zu zeigen, er war es müde, seinen Onkel nicht zu sehen. Warum hat sie ihn fortgenommen? Aber was hast du denn? Ist etwas zwischen euch vorgefallen?«

»Bruder!« sagte Paul Petrowitsch in feierlichem Ton.

Kirsanoff zitterte. Er empfand ein Gefühl von Furcht, worüber er sich nicht Rechenschaft zu geben vermochte.

»Bruder!« wiederholte Paul, »versprich mir, die Bitte zu erfüllen, die ich an dich richten werde!«

»Was willst du, Paul?«

»Etwas sehr Wichtiges; dein ganzes Lebensglück hängt davon ab. Ich habe seit einiger Zeit oft über das nachgedacht, was ich dir zu sagen im Begriff bin ... Bruder, erfülle deine Pflicht, die Pflicht des Ehrenmannes, mach dem unordentlichen, anstößigen Verhältnis, in dem du lebst, ein Ende, du, der beste der Männer!«

»Was soll das heißen, Paul?«

»Heirate Fenitschka ... Sie liebt dich, sie ist die Mutter deines Sohnes.«

Kirsanoff fuhr einen Schritt zurück und schlug die Hände zusammen. »Du gibst mir diesen Rat, Paul! Du, den ich für den unversöhnlichsten Feind solcher Heiraten ansah! Du gibst mir diesen Rat! Aber wenn ich bis jetzt nicht erfüllt habe, was du mit Recht die heiligste der Pflichten nennst, so geschah es einzig mit Rücksicht auf dich!«

»Ich bedaure, daß du die Rücksicht auf mich so weit getrieben hast,« antwortete Paul mit traurigem Lächeln. – »Ich fange an zu glauben, daß Bazaroff recht hatte, mich einen Aristokraten zu heißen. Ja, mein lieber Bruder, es ist Zeit, daß wir aufhören, immer nur im Hinblick auf die Welt zu handeln; wir sind schon alt, und das Leben hat uns bescheiden gemacht; laß uns all den eiteln Firlefanz beiseitewerfen. Laß uns, wie du ganz richtig gesagt, unsere Pflicht erfüllen, und es ist höchst wahrscheinlich, daß wir das Glück noch obendrein in den Kauf bekommen.«

Kirsanoff umarmte seinen Bruder stürmisch.

»Du hast mir die Augen vollends geöffnet!« rief er aus. »Ich habe dich immer für den besten und einsichtigsten der Männer gehalten; ich sehe jetzt, daß du zudem ebenso weise als großherzig bist.«

»Sachte! sachte!« erwiderte Paul Petrowitsch. »Schone das Bein deines großherzigen Bruders, der sich mit seinen fünfundvierzig Jahren eben noch duelliert hat wie ein Unterleutnant. Also abgemacht, Fenitschka wird *ma belle-sœur.*«

»Mein lieber Paul! ... aber was wird Arkad sagen?«

»Arkad? er wird hoch erfreut sein, verlaß dich darauf! Die Ehe ist zwar gegen seine Grundsätze, aber es wird seiner Liebe für die Gleichheit schmeicheln. In der Tat, was bedeuten alle diese Unterschiede, diese Kasten im neunzehnten Jahrhundert!«

»Ach Paul, Paul, laß dich noch einmal umarmen, fürchte nichts, ich werde deinem Bein nicht wehe tun.«

Die beiden Brüder umarmten sich.

»Was meinst du, sollte man ihr deinen Entschluß nicht sofort anzeigen?« fragte Paul Petrowitsch.

»Warum so eilen?« antwortete Kirsanoff; »habt ihr davon gesprochen?«

»Davon gesprochen? wir? *Quelle idée!*«

»Um so besser! werde nur erst gesund; die Geschichte läuft uns nicht davon, man muß reiflich erwägen ...«

»Du bist aber doch fest entschlossen?«

»Gewiß, und ich danke dir aufrichtig, daß du mich dazu gebracht hast; ich laß dich jetzt allein, du mußt dich wieder legen, Aufregungen sind dir nicht zuträglich, wir kommen noch darauf zurück. Versuch ein wenig zu schlafen, und Gott schenk dir baldigst die Gesundheit wieder.«

»Warum dieser überschwengliche Dank?« fragte sich Paul, als er allein war, »als ob die Sache nicht von ihm abhinge! Und ich, sobald er verheiratet ist, werde mich irgendwo weit von hier, in Dresden oder Florenz, niederlassen und dort leben, bis ich krepiere.«

Paul befeuchtete seine Stirn mit Kölnischem Wasser und schloß die Augen. Im Licht des Tages, das voll ins Zimmer fiel, glich sein schöner, abgemagerter Kopf auf dem weißen Kissen einem Totenantlitz ... Es war in der Tat ein Toter.

Vierundzwanzigstes Kapitel.

Wenige Tage später saßen Katia und Arkad im Garten von Nikolskoi auf einer Bank im Schatten einer alten Esche; Fifi lag neben ihnen auf dem Boden, in jener graziösen Biegung des schlanken Leibes, welche von den russischen Jägern wegen der Ähnlichkeit mit der des großen Steppenhasen »Rußkalage« getauft ist. Arkad und Katia schwiegen beide; er hielt ein halbgeöffnetes Buch in der Hand, sie sammelte Brotkrümchen auf dem Boden ihres Korbes und warf sie einer kleinen Spatzenfamilie hin, welche mit der für sie bezeichnenden furchtsamen Frechheit zwitschernd bis an ihren Fuß herangehüpft war. Ein leichter Wind, der in den Blättern des Baumes spielte, trieb abwechselnd über die Allee und über den gelben Rücken Fifis Flecken goldenen Lichtes hin, während Arkad und Katia sich in eintönigem Schatten befanden; nur in seltenen Zwischenräumen erschien ein leuchtender Punkt, lebhaft wie eine Flamme, auf den Haaren des jungen Mädchens. Beide schwiegen, aber die Art, wie sie schwiegen, eines neben dem anderen sitzend, zeugte von vollkommener Harmonie; keins von beiden schien das andere zu beachten, während es sich doch glücklich fühlte, an seiner Seite zu sitzen. Ihre Züge sogar hatten sich verändert, seit wir sie verlassen haben; Arkad schien ruhiger, Katia belebter und kühner.

»Finden Sie nicht, daß die Esche auf russisch einen bezeichnenden Namen hat; ich kenne keinen Baum, dessen Laubwerk so leicht und durchsichtig ist.«

Katia blickte langsam auf und erwiderte:

»Ja.«

Und Arkad dachte: die tadelt mich wenigstens nicht, wenn ich mich poetisch ausdrücke.

»Heine,« sagte Katia mit einem Blick auf das Buch, das Arkad auf den Knien hatte, »Heine lieb ich nicht, weder wenn er lacht, noch wenn er weint. Ich lieb ihn, wenn er traurig und träumerisch ist.«

»Und ich, ich lieb ihn, wenn er lacht,« antwortete Arkad.

»Das ist ein alter Rest der satirischen Richtung Ihres Geistes.«

»Ein alter Rest!« dachte Arkad, »wenn Bazaroff das hörte.«

»Warten Sie nur, wir werden Sie schon ändern.«

»Wer das? Sie?«

»Wer? meine Schwester; Porphyr Platonitsch, mit dem Sie bereits nicht mehr streiten; meine Tante, die Sie vorgestern zur Kirche begleitet haben.«

»Ich konnte das nicht abschlagen! und Anna Sergejewna – von der wissen Sie, daß sie in vielen Punkten mit Eugen übereinstimmte.«

»Meine Schwester stand damals unter seinem Einfluß, so gut wie Sie.«

»So gut wie ich? haben Sie denn bemerkt, daß ich mich diesem Einfluß schon entzogen habe?«

Katia antwortete nichts.

»Ich weiß,« fuhr Arkad fort, »daß er Ihnen immer mißfallen hat.«

»Ich habe kein Urteil über ihn.«

»Wissen Sie was, Katharina Sergejewna? jedesmal wenn ich diese Antwort höre, glaube ich nicht daran. Meines Erachtens ist niemand zu hoch für unser Urteil. Das ist ganz einfach eine Ausrede.«

»Nun wohl! Ich will Ihnen sagen, daß er mir nicht geradezu mißfällt, aber ich fühle, daß wir zwei verschiedenen Welten angehören, und daß auch Sie im Grund ihm völlig fremd sind.«

»Warum das?«

»Wie soll ich sagen ... er ist ein Raubvogel; er ist wild, und Sie und ich, wir sind gezähmt.«

»Auch ich, ich wäre gezähmt?«

Katia nickte bejahend.

Arkad kraute sich hinter dem Ohr.

»Wissen Sie, Katharina Sergejewna, daß das, was Sie mir da sagen, ein wenig beleidigend ist?«

»Möchten Sie lieber ein Raubvogel sein?«

»Nein, aber ich möchte stark und energisch sein.«

»Das hängt nicht von uns ab; Ihr Freund wills nicht sein, und doch ist ers.«

»Hm! also meinen Sie, daß er einen großen Einfluß auf Anna Sergejewna habe?«

»Ja! aber niemand kann sie lange beherrschen,« fügte Katia leise hinzu.

»Woraus schließen Sie das?«

»Sie ist sehr stolz ... oder nein, das wollte ich nicht sagen, sie hält viel darauf, unabhängig zu sein.«

»Darauf hält jeder von uns,« antwortete Arkad, fragte sich aber gleich darauf:»Wozu nützt es?« Katia hatte denselben Gedanken. Wenn sich junge Leute oft sehen, kommen ihnen die gleichen Gedanken im gleichen Augenblick.

Arkad lächelte, und, zu Katia geneigt, sagte er:

»Gestehen Sie, daß Sie sie ein wenig fürchten.«

»Wen?«

»Nun – sie,« erwiderte Arkad mit bedeutungsvollem Ausdruck.

»Und Sie?« sagte dagegen Katia.

»Und ich auch; merken Sie, was ich sage: und ich auch.«

Katia erhob drohend den Finger.

»Das überrascht mich,« sagte sie;»nie war meine Schwester Ihnen so zugetan, wie gegenwärtig; sie wars viel weniger bei Ihrem ersten Besuch.«

»Wahrhaftig?«

»Haben Sie's nicht bemerkt? Das ist Ihnen nicht angenehm?«

Arkad wurde nachdenklich.

»Wodurch habe ich mir die Gewogenheit Anna Sergejewnas erworben? Vielleicht weil ich ihr Briefe von Ihrer Mutter gebracht?«

»Ja; aber noch aus anderen Gründen, die ich Ihnen nicht sagen werde.«

»Warum?«

»Ich werde sie Ihnen nicht sagen.«

»Oh, ich zweifle keineswegs daran, Sie sind sehr eigensinnig.«

»Eigensinnig? das ist wahr.«

»Und Sie beobachten sehr scharf.«

Katia blickte Arkad von der Seite an.

»Hat Sie vielleicht etwas verstimmt? An was denken Sie?«

»Ich frage mich, woher Sie Ihr Beobachtungstalent haben. Sie sind so furchtsam, so mißtrauisch; Sie vermeiden jedermann ...«

»Ich habe viel allein gelebt, das lehrt uns nachdenken wider Willen. Aber Sie sagen, daß ich jedermann fliehe; haben Sie das Recht, dies zu sagen?«

Arkad warf Katia einen dankbaren Blick zu.

»Sie haben recht,« erwiderte er; »aber Leute in Ihrer Lage, das heißt reiche Leute, haben selten Beobachtungstalent; gleich den gekrönten Häuptern kommt ihnen die Wahrheit nur durch Zufall.«

»Aber ich bin nicht reich.«

Arkad blieb ganz erstaunt und verstand sie zuerst nicht.

»In der Tat, das ganze Vermögen gehört ihrer Schwester,« dachte er endlich, und dieser Gedanke war ihm durchaus nicht unangenehm. –

»Wie gut Sie das gesagt haben,« setzte er laut hinzu.

»Wie meinen Sie das?«

»Sie haben es gut gesagt: ohne gemachte Einfachheit, ohne falsche Scham und ohne Ziererei. Ich denke mir nämlich, daß jeder, der weiß und sagt, daß er arm ist, etwas wie Stolz empfinden muß.«

»Ich habe nichts dergleichen empfunden, dank meiner Schwester; ich weiß nicht, wie es kam, daß ich mit Ihnen von meiner Lage gesprochen habe.«

»Sei's; aber gestehen Sie, daß das fragliche Gefühl, ich wollte sagen, der Stolz, Ihnen nicht ganz und gar fremd ist.«

»Wie das?«

»Zum Beispiel, und ich hoffe, daß meine Frage Sie nicht beleidigt, könnten Sie sich entschließen, einen reichen Mann zu heiraten?«

»Wenn ich ihn sehr liebte ... aber nein, ich glaube, daß ich ihn selbst in dem Falle nicht heiraten würde.«

»Ah! sehen Sie,« rief Arkad, »und warum könnten Sie sich nicht dazu entschließen?«

»Weil selbst die Lieder von einer ungleichen Heirat abraten.«

»Sie lieben vielleicht zu herrschen, oder ...«

»O nein, wozu taugt es? Im Gegenteil, ich wäre gern bereit, mich zu unterwerfen, aber die Ungleichheit scheint mir etwas Unerträgliches. Sich selbst achten und sich unterwerfen, ich begreif es, das ist das Glück; aber die Ungleichheit, ein Leben voll Unterordnung ... nein, das hab ich satt.«

»Sie haben es satt,« wiederholte Arkad, »ja so! Sie haben nicht umsonst dasselbe Blut in den Adern, wie Anna Sergejewna. Sie haben denselben Unabhängigkeitssinn, wissen sich aber besser zu verstellen. Ich bin überzeugt, daß Sie nie zuerst eine Neigung eingestehen würden, wie heilig und mächtig sie auch wäre ...«

»Aber das scheint mir doch ganz natürlich,« sagte Katia.

»Sie sind beide klug; Sie haben ebensoviel und vielleicht mehr Charakter als jene.«

»Vergleichen Sie mich nicht mit meiner Schwester, ich bitte Sie,« versetzte Katia hastig, »da bin ich zu sehr im Nachteil. Sie scheinen vergessen zu haben, daß meine Schwester alles für sich hat, Schönheit, Geist und ... Sie besonders, Arkad Nikolaitsch, Sie sollten so was gar nicht sagen, und dazu noch in so ernstem Ton.«

»Was verstehen Sie unter dem ›Sie besonders‹, und weshalb setzen Sie voraus, daß ich scherze?«

»Gewiß scherzen Sie.«

»Glauben Sie? und wenn ich meiner Sache gewiß wäre, wenn ich sogar glaubte, noch viel mehr sagen zu können?«

»Ich verstehe Sie nicht.«

»In der Tat? Nun ich sehe, daß ich Ihr Beobachtungstalent zu hoch gerühmt habe.«

»Wieso?«

Arkad antwortete nichts und wandte sich ab; Katia fand noch einige Krümchen in ihrem Korb und wollte sie den Sperlingen zuwerfen. Aber der Schwung, den sie ihrer Hand gab, war zu stark, und die Vögel flogen davon, ohne etwas aufzupicken.

»Katharina Sergejewna,« nahm Arkad plötzlich das Wort, »es ist Ihnen ohne Zweifel gleichgültig, aber ich muß Ihnen sagen, daß ich Sie nicht allein Ihrer Schwester, sondern jedem, wer es auch sei auf der Welt, vorziehe ...«

Damit stander plötzlich auf und entfernte sich mit raschen Schritten, als ob er über die Worte erschrocken wäre, die er ausgesprochen hatte.

Katia ließ ihre beiden Hände und das Körbchen auf ihre Knie sinken, neigte den Kopf und blickte Arkad lange nach. Eine leichte Röte färbte allmählich ihre Wangen, aber ihr Mund lächelte nicht, und ihre Augen drückten ein gewisses Erstaunen aus; man sah, daß sie zum erstenmal ein Gefühl empfand, dessen Name ihr noch unbekannt war.

»Du bist allein?« fragte neben ihr Frau Odinzoff, »ich glaubte, Arkad hätte dich begleitet.«

Katia schlug die Augen zu ihrer Schwester auf, welche, mit Geschmack, selbst mit Eleganz gekleidet, grad aufrecht in der Allee stand und mit der Spitze ihres Sonnenschirms die Ohren Fifis berührte.

»Ganz allein,« sagte Katia.

»Ich seh es wohl,« erwiderte ihre Schwester lachend; »er ist also auf sein Zimmer gegangen?«

»Ja!«

»Ihr habt zusammen gelesen?«

»Ja!«

Frau Odinzoff nahm Katia am Kinn und hob ihr den Kopf in die Höhe.

»Ich hoffe nicht, daß ihr in Streit geraten seid?«

»Nein,« erwiderte Katia, indem sie die Hand ihrer Schwester sanft entfernte.

»Wie ernst du mir antwortest! Ich glaubte ihn hier zu finden und wollte ihm einen Spaziergang vorschlagen. Er hat mich schon lange darum gebeten. Man hat deine Stiefeletten aus der Stadt gebracht, geh und probiere sie an. Ich habe gestern bemerkt, daß du sie nötig hast; die, welche du trägst, sind abgebraucht. Ich finde, daß du dich in dieser Beziehung sehr vernachlässigst, und doch hast du einen reizenden Fuß! Deine Hand ist auch schön ... aber sie ist ein wenig groß, deshalb müßtest du mehr Aufmerksamkeit auf deine Füße wenden, aber du bist nicht kokett.«

Frau Odinzoff entfernte sich, indem sie ihr elegantes Kleid leicht dahinrauschen ließ. Katia stand von der Bank auf, nahm den Band Heine und ging ins Haus zurück; sie probierte jedoch die Stiefeletten nicht an.

»Ein reizender Fuß,« dachte sie, während sie leicht und langsam die Terrasse hinaufging, deren Stufen die Sonne erwärmt hatte. – »Nun, er wird bald zu meinen reizenden Füßen liegen.«

Fast sogleich aber überkam sie ein Gefühl von Scham, und sie lief rasch ins Haus hinein.

Arkad ging den Korridor entlang nach seinem Zimmer; der Haushofmeister kam ihm nach und meldete ihm, daß ihn Bazaroff erwarte.

»Eugen!« rief er fast erschrocken, »ist er schon lange angekommen?«

»In dieser Minute; aber er hat befohlen, Anna Sergejewna seine Ankunft nicht zu melden, und er hat sich sofort auf Ihr Zimmer führen lassen.«

»Sollte es zu Hause ein Unglück gegeben haben?« dachte Arkad, stieg eiligst die Treppe hinan und riß die Tür weit auf.

Kaum hatte er Bazaroff erblickt, als er sich beruhigte, obgleich einem geübteren Auge ohne Zweifel der Ausdruck innerer Aufregung in den immer energischen, aber etwas abgemagerten Zügen seines Freundes nicht entgangen wäre. Er saß auf dem Fenstersims, den staubbedeckten Mantel um die Schultern und die Mütze auf dem Kopfe; er rührte sich nicht, sogar als sich ihm Arkad um den Hals warf und einen Freudenschrei ausstieß.

»Das ist einmal eine Überraschung! durch welchen Zufall?« wiederholte dieser, im Zimmer auf und ab gehend wie einer, der sich einbildet, entzückt zu sein, und es zu verstehen geben will. – »Wie stehts zu Hause? hoffentlich befinden sich alle wohl und ist alles in Ordnung?«

»In Ordnung ist alles, aber nicht alle befinden sich wohl,« antwortete Bazaroff. »Nun sei nur ruhig, laß mir ein Glas Kwaß bringen, setz dich und höre, was ich dir in wenig Worten, aber hoffentlich hinreichend klar und deutlich sagen werde.«

Arkad wurde ruhig, und Bazaroff erzählte ihm sein Duell mit Paul Petrowitsch. Arkad war sehr erstaunt, sogar ergriffen davon, hielt aber nicht für nötig, das kundzugeben. Er fragte bloß, ob die Wunde seines Onkels wirklich ungefährlich sei, und als Bazaroff ihm antwortete, sie sei sehr interessant, aber durchaus nicht vom medizinischen Gesichtspunkte aus, zwang er sich zu einem Lächeln, empfand jedoch in seinem Innersten etwas wie Scham und Schrecken. Bazaroff schien sehr wohl zu verstehen, was in seinem Freunde vorging.

»Ja ja,« sagte er, »so ists, wenn man unter einem adeligen Dache lebt, man nimmt selber die Gewohnheiten des Mittelalters an, man wird ein Raufbold. Ich will jetzt die Alten wieder besuchen, habe aber unterwegs angehalten ... um dir die ganze Geschichte zu beichten, könnte ich sagen, wenn ich nicht eine unnütze Lüge für eine Dummheit hielte. Nein, ich bin hierhergekommen, der Teufel weiß, warum! Siehst du! es ist manchmal gut, sich beim Schopf zu fassen und sich rauszureißen, wie eine Rübe aus der Rabatte, und das ists, was ich jetzt getan habe ... Es hat mich aber die Lust angewandelt, zum letztenmal die Stelle zu sehen, die ich verließ, die Rabatte, in der ich Wurzel geschlagen hatte.«

»Ich hoffe, daß diese Worte nicht mir gelten,« sagte Arkad in bewegtem Ton; »ich hoffe nicht, daß du beabsichtigst, dich von mir zu trennen?«

Bazaroff sah ihn fest und durchdringend an.

»Du, sollte dir das wahrhaftig Kummer machen? Mir scheint, daß du dich bereits von mir getrennt hast. Du bist so frisch, so sauber ... Ich vermute, deine Sachen mit Frau Odinzoff gehn wunderschön.«

»Welche Sachen meinst du?«

»Hast du nicht um ihretwegen die Stadt verlassen, mein Vögelchen? Apropos, wie stehts mit den Sonntagsschulen dort? Bist du etwa nicht verliebt, oder bist du schon in der Periode der Ehrbarkeit angelangt?«

»Eugen, du weißt, daß ich immer offen mit dir war; nun, ich schwöre dir, ich nehme Gott zum Zeugen, daß du im Irrtum bist.«

»Hm! Gott zum Zeugen ... Das ist ein neuer Ausdruck,« sagte Bazaroff halblaut; »warum nimmst du die Sache so pathetisch? Mir ists vollkommen gleichgültig; ein Romantiker würde sagen: ich fühle, daß unsere Wege sich zu scheiden anfangen; ich beschränke mich zu sagen, daß wir uns einander zum Überdruß satt haben.«

»Eugen ...«

»Das Unglück ist nicht groß, mein Teurer, man bekommt noch ganz andere Dinge satt im Leben. Jetzt, glaub ich, könnten wir auseinandergehen. Seitdem ich hier bin, ist mirs ganz herzbrecherisch zumut, wie wenn ich mich an den Briefen Gogols an die Frau des Gouverneurs von Kaluga vollgestopft hätte. Ich habe die Pferde nicht ausspannen lassen.«

»Wo denkst du hin! Das ist unmöglich!«

»Und warum?«

»Von mir gar nicht zu reden, bin ich überzeugt, daß Frau Odinzoff es im höchsten Grad unschicklich finden würde, denn ganz sicher wünscht sie, dich zu sehen.«

»Was das betrifft, so bist du, denk ich, im Irrtum.«

»Ich bin im Gegenteil sicher, daß ich recht habe,« antwortete Arkad.
»Wozu die Verstellung? Bist du, weil wir einmal auf dies Kapitel gekommen sind, nicht um ihretwegen hierhergekommen?«
»Vielleicht; aber du bist darum nicht weniger im Irrtum.«
Arkad hatte gleichwohl recht. Frau Odinzoff wünschte Bazaroff zu sehen und ließ es ihm durch den Haushofmeister sagen. Bazaroff kleidete sich um, um zu ihr zu gehen; sein neuer Frack war im Koffer obenauf gepackt, so daß man ihn herausnehmen konnte, ohne etwas in Unordnung zu bringen.

Frau Odinzoff empfing Bazaroff nicht in dem Zimmer, wo er ihr seine Liebe so unvermutet erklärt hatte, sondern im Salon. Sie reichte ihm mit herzlichem Ausdruck die Fingerspitzen, ihr Gesicht verriet jedoch einen unwillkürlichen Zwang.

»Anna Sergejewna,« sagte Bazaroff rasch, »vor allem muß ich Sie beruhigen. Sie sehen einen Sterblichen vor sich, der vollkommen wieder zur Vernunft gekommen ist, und der hofft, daß die andern seine Dummheiten vergessen haben. Ich verreise auf lange Zeit, und obgleich ich nicht sentimental bin, wie Sie wissen, wär mir der Gedanke doch peinlich, daß Sie sich meiner mit Mißfallen erinnern ...«

Frau Odinzoff atmete tief auf, wie jemand, der den Gipfel eines hohen Berges erreicht hat, und ein leichtes Lächeln belebte ihre Züge. Sie reichte Bazaroff nochmals die Hand, und als er sie drückte, erwiderte sie diesen Druck.

»Möge derjenige von uns, der auf das Vergangene zurückkommt, eins seiner Augen verlieren,« sagte sie zu ihm, »um so mehr, als, ehrlich gestanden, ich selber damals auch gesündigt habe, wenn nicht aus Koketterie, so doch in irgendeiner anderen Weise. Mit einem Wort, lassen Sie uns Freunde sein wie zuvor, das Ganze war nur ein Traum, nicht wahr, und wer erinnert sich eines Traums?«

»Wer erinnert sich dessen! Überdem ist die Liebe eine gemachte Empfindung.«

»In der Tat? Es freut mich sehr, das zu erfahren.«

So redete Frau Odinzoff, so redete seinerseits Bazaroff; sie glaubten beide, wahr zu sein. Wie weit waren sie's, indem sie so redeten? Sie wußten es vermutlich selber nicht, und dem Verfasser ist es auch nicht bekannt. Aber die Unterhaltung nahm eine Wendung, die dafür zu sprechen schien, daß sie sich gegenseitig volles Vertrauen schenkten.

Frau Odinzoff fragte Bazaroff, was er bei den Kirsanoffs getan habe. Er war nahe daran, ihr sein Duell mit Paul Petrowitsch zu erzählen, der Gedanke hielt ihn jedoch zurück, daß sie ihn im Verdacht haben könnte, er wollte sich interessant machen, und so begnügte er sich zu sagen, er habe die Zeit mit Arbeiten zugebracht.

»Und ich,« erwiderte Frau Odinzoff, »ich habe zuerst den Spleen gehabt, Gott weiß, warum! ich war fast entschlossen, auf Reisen zu gehen; stellen Sie sich das vor! Ich habe mich jedoch allmählich wieder gefaßt; Ihr Freund Arkad ist erschienen, und ich bin wieder ins Geleise gekommen, in meine wahre Rolle.«

»Was ist das für eine Rolle, wenn man fragen darf?«

»Die Rolle einer Tante, Gouvernante, Mutter, wie Sie's nennen wollen. Apropos, wissen Sie, daß ich lange Ihre intime Freundschaft mit Arkad nicht begriffen habe; ich fand ihn ziemlich unbedeutend. Jetzt aber hab ich ihn kennen gelernt, und ich bin überzeugt, daß er sehr intelligent ist ... und vor allem jung, sehr jung ... Ach, wir sind es nicht mehr, Eugen Wassilitsch!«

»Schüchtert ihn Ihre Gegenwart noch immer so ein?« fragte Bazaroff.

»Ist denn? ...« begann Frau Odinzoff, fuhr aber, sich plötzlich verbessernd, fort: »Er ist viel zutraulicher geworden und unterhält sich gern mit mir, früher hat er mich gemieden. Übrigens muß ich bekennen, daß auch ich seine Gesellschaft nicht suchte. Katia und er sind jetzt Freunde geworden.«

Bazaroff fühlte eine Aufwallung von Ungeduld. »Das Weib kann das Heucheln nicht lassen,« dachte er.

»Sie behaupten, er habe Sie gemieden,« versetzte er mit kaltem Lächeln, »aber die schüchterne Liebe, die Sie ihm eingeflößt, ist jetzt ohne Zweifel kein Geheimnis mehr für Sie?«

»Wie! auch er!« rief Frau Odinzoff unwillkürlich aus.

»Auch er,« wiederholte Bazaroff mit einer ehrerbietigen Verneigung. »Ist es möglich, daß Sie es nicht bemerkt haben und daß ich der erste bin, der Ihnen diese Neuigkeit mitteilt?«

Frau Odinzoff schlug die Augen nieder.

»Sie täuschen sich,« erwiderte sie.

»Ich glaub es nicht, aber ich hätte vielleicht schweigen sollen.«

Bazaroff dachte dabei: »Das wird dich lehren, die Heuchlerin zu spielen.«

»Warum hätten Sie nicht davon reden sollen? Ich glaube jedoch, daß Sie auch in diesem Falle einem vorübergehenden Eindruck eine zu große Bedeutung beigelegt haben. Ich fange an zu vermuten, daß Sie zur Übertreibung neigen.«

»Sprechen wir von etwas anderem, Madame.«

»Warum denn?« erwiderte sie, was sie jedoch nicht hinderte, auf einen anderen Gegenstand der Unterhaltung überzugehen.

Sie fühlte sich immer etwas unbehaglich Bazaroff gegenüber, obgleich sie sich eingeredet hatte, daß alles vergessen sei, wie sie ihn versichert. Bei der einfachsten Unterhaltung mit ihm, im Scherze sogar, empfand sie ein leises Gefühl von Furcht. So plaudert und scherzt man auf einem Dampfschiff auf hoher See, geradeso sorglos wie auf dem festen Lande; aber beim geringsten widrigen Zufall, beim kleinsten unvorhergesehenen Umstand ist auf allen Gesichtern eine eigentümliche Unruhe zu lesen, welche das fortwährende Bewußtsein einer fortwährenden Gefahr verrät.

Die Unterhaltung zwischen Frau Odinzoff und Bazaroff dauerte nicht lange. Anna Sergejewna wurde immer ernster, sie gab zerstreute Antworten und lud ihn schließlich ein, mit ihr in den Salon zu gehen. Sie fanden dort die Fürstin und Katia.

»Wo ist denn Arkad Nikolajewitsch?« fragte Frau Odinzoff. Als sie hörte, daß er schon seit einer Stunde verschwunden sei, schickte sie nach ihm.

Nachdem man in allen Richtungen gesucht hatte, fand man ihn endlich auf einer Bank am Ende des Gartens das Kinn in seine Hände gestützt, in tiefes Nachdenken versunken. Die Gedanken, welche den Gegenstand desselben bildeten, waren ernst, aber keineswegs traurig. Er wußte, daß Frau Odinzoff mit Bazaroff allein war, und empfand nicht die mindeste Eifersucht; er sah im Gegenteil sehr heiter aus; er schien entschlossen, etwas zu tun, das ihn erfreute und verwunderte zu gleicher Zeit.

Der Gatte der Frau Odinzoff war kein Freund von Neuerungen gewesen, aber immer bereit, »den weisen Eingebungen eines geläuterten Geschmacks« nachzukommen, und infolge dieser Neigung hatte er in dem Garten zwischen der Orangerie und dem Weiher eine Art griechischer Säulenhalle von Backsteinen errichten lassen. Die Wand, welche den Hintergrund dieses Baues bildete, enthielt sechs zur Aufnahme von Statuen bestimmte Nischen, welche Herr Odinzoff vom

Ausland kommen lassen wollte. Diese Statuen sollten die Einsamkeit, das Schweigen, das Nachdenken, die Schwermut, die Scham und das Zartgefühl vorstellen. Eine davon, die Göttin des Schweigens, mit dem Finger auf den Lippen, war angekommen und aufgestellt; aber gleich am Tage der Aufstellung schlugen ihr Gassenjungen die Nase ab, und obgleich ein benachbarter Stubenmaler sich anheischig gemacht hatte, ihr wieder eine »doppelt so schöne Nase« anzusetzen, ließ sie Herr Odinzoff doch wegnehmen, und man stellte sie in die Ecke einer Tenne, wo sie zum großen Schrecken abergläubischer Bäuerinnen stehenblieb. Seit vielen Jahren hatte dichtbelaubtes Gebüsch die Vorderseite der Halle überwachsen. Nur die Säulenkapitäle überragten noch die lebendige grüne Mauer. In der Säulenhalle war es immer sehr kühl, selbst während der heißesten Jahreszeit.

Anna Sergejewna liebte den Ort nicht mehr, seit sie dort auf eine Natter gestoßen war; Katia aber kam oft und setzte sich auf eine große Steinbank, welche unter einer der Nischen stand. Von der schattigen Kühle umfangen, las und arbeitete sie oder überließ sich dem süßen und sanften Gefühl einer tiefen Stille, ein Gefühl, das jeder kennt und dessen Reiz darin besteht, schweigend und fast unwillkürlich dem mächtigen Lebensstrom zu lauschen, der sich beständig rings um uns und in uns ergießt.

Am Morgen nach Bazaroffs Ankunft saß Katia auf ihrer Lieblingsbank, und Arkad befand sich wieder an ihrer Seite. Sie hatte eingewilligt, mit ihm nach der Säulenhalle zu gehen. Es war nur noch eine Stunde bis zum Frühstück; die Hitze des Tages hatte die Morgenfrische noch nicht vertrieben. Arkads Gesicht hatte den gleichen Ausdruck wie tags zuvor; Katia schien befangen. Ihre Schwester hatte sie gleich nach dem Tee in ihr Kabinett gerufen und ihr, nach einigen Liebkosungen, die Katia immer etwas erschreckten, den Rat gegeben, in ihrem Betragen gegen Arkad etwas behutsamer zu sein und namentlich das Alleinsein mit ihm zu vermeiden, da diese allzu häufigen »à part« der Tante und dem ganzen Haus auffielen. Zudem war Anna Sergejewna schon abends zuvor schlecht aufgelegt gewesen, und Katia selber war in Unruhe, als ob sie sich etwas vorzuwerfen hätte. Als sie daher dem Wunsche Arkads willfahrte, hatte sie sich gelobt, daß dies das letztemal sein sollte.

»Katharina Sergejewna,« sagte plötzlich Arkad mit einer unbeschreiblichen Mischung von Sicherheit und Befangenheit,

»seitdem ich das Glück habe, mit Ihnen unter einem Dach zu leben, habe ich schon über eine Menge Dinge mit Ihnen geplaudert, eine Frage aber nie berührt ... die sehr wichtig für mich ist. Sie haben gestern bemerkt, daß man mich hier anders gemacht habe,« fügte er bei, indem er den fragenden Blick Katias zu gleicher Zeit suchte und vermied; »in der Tat habe ich mich auch in vielen Dingen geändert, und Sie wissen es besser als irgend jemand, wem ich in Wirklichkeit diese Veränderung verdanke.«

»Ich ... Sie ...« erwiderte Katia.

»Ich bin nicht mehr der anmaßende Bursche, der ich bei meiner Ankunft hier war,« versetzte Arkad; »nicht umsonst habe ich mein dreiundzwanzigstes Jahr hinter mir. Mein Gedanke ist immer noch, mich der Welt nützlich zu machen und alle meine Kraft der ... dem Triumph der Wahrheit zu weihen; ich suche aber mein Ideal nicht mehr da, wo ich es ehemals suchte; es scheint mir ... viel näher zu liegen. Bisher verstand ich mich selber nicht, ich befaßte mich mit Problemen, die über meine Kräfte gingen ... Endlich sind mir die Augen aufgegangen, dank meinem Gefühl ... Ich drücke mich vielleicht nicht ganz klar aus, aber ich hoffe, Sie verstehen mich.«

Katia antwortete nicht und sah Arkad nicht mehr an.

»Ich denke,« fuhr er mit erregter Stimme fort, während über seinem Haupte ein Buchfink sein sorgloses Lied in den Zweigen einer Birke sang, »ich denke, daß es Pflicht jedes ehrlichen Mannes ist, sich offen und freimütig in bezug auf die zu zeigen, ... auf die, welche ... mit einem Wort die, welche ihm teuer sind, und darum ... bin ich entschlossen ...«

Hier wurde Arkad von seiner Beredsamkeit im Stich gelassen; er verwickelte sich in seinen Phrasen, verlor die Fassung und mußte innehalten; Katia saß immer mit gesenkten Augen da; sie begriff nicht, wo er hinauswollte, und doch schien sie etwas zu erwarten.

»Ich sehe voraus, daß ich Sie überrasche,« fuhr Arkad fort, sobald er sich wieder gesammelt hatte, »um so mehr, als dies Gefühl gewissermaßen Bezug ... gewissermaßen ... wohlverstanden ... auf Sie hat. Ich glaube mich zu erinnern, daß Sie mir gestern Mangel an Ernst vorgeworfen haben,« fügte er hinzu mit der Miene eines Mannes, der, in einen Sumpf geraten, fühlt, daß er mit jedem Schritt tiefer einsinkt, und nichtsdestoweniger immer vorwärts geht, in der Hoffnung, rascher wieder herauszukommen. »Diesen Vorwurf macht man oft ... jungen

Leuten, selbst dann, wenn sie ihn nicht mehr verdienen ... und wenn ich mehr Selbstvertrauen hätte ...« Komm mir doch zu Hilfe! Komm! dachte Arkad in seiner Verzweiflung; aber Katia rührte sich nicht.

»Und wenn ich hoffen könnte ...«

»Wenn ich Ihren Worten Glauben schenken dürfte,« sagte plötzlich neben ihnen Frau Odinzoff mit ihrer ruhigen, klaren Stimme. Arkad schwieg augenblicklich, und Katia erbleichte. Ein kleiner Fußpfad führte hart an dem Gebüsch vorüber, das die Halle verbarg; Frau Odinzoff hatte ihn mit Bazaroff eingeschlagen. Sie konnte weder von Katia noch Arkad gesehen werden, diese hörten aber ihre Worte und beinahe ihren Atem. Die Spaziergänger machten noch einige Schritte und blieben wie mit Absicht gerade vor der Halle stehn.

»Sehen Sie,« fuhr Frau Odinzoff fort, »Sie und ich, wir haben uns getäuscht; keins von uns beiden steht mehr in der ersten Jugend, ich zumal; wir haben gelebt, wir sind beide müde, wir sind, warum soll ichs nicht aussprechen, beide gescheit, wir haben uns erst gegenseitig interessiert, unsere Neugier wurde rege ... dann ...«

»Dann hab ich den Dummkopf gemacht,« fiel Bazaroff ein.

»Sie wissen, daß das nicht der Grund unseres Bruchs war. Das eine ist sicher, daß wir einander nicht nötig hatten; wir hatten zuviel ... wie soll ich sagen? zuviel Verwandtes. Wir haben das nicht sogleich eingesehen. Dagegen Arkad ...«

»Den hatten Sie nötig?« fragte Bazaroff.

»Hören Sie auf, Eugen Wassilitsch! Sie behaupten, ich sei ihm nicht gleichgültig, und in der Tat schien mirs auch immer, daß ich ihm gefiele. Ich weiß, daß ich seine ... Tante sein könnte, aber ich will Ihnen nicht verhehlen, daß ich seit einiger Zeit öfters an ihn denke. Seine Jugend und sein natürliches Wesen haben für mich eine gewisse Anziehungskraft.«

»Einen gewissen Zauber ... das ist das Wort, dessen man sich in dergleichen Fällen bedient,« erwiderte Bazaroff mit dumpfer und ruhiger Stimme, der man aber doch die aufsteigende Galle anmerkte. –

»Arkad spielte gestern noch den Geheimnisvollen und hat mit mir weder von Ihnen noch von Ihrer Schwester gesprochen, das ist ein ernstes Symptom.«

»Er ist mit Katia durchaus wie ein Bruder,« sagte Frau Odinzoff, »und das gefällt mir, obgleich ich eine derartige Vertraulichkeit zwischen ihnen nicht zugeben sollte.«

»Ists die Schwester, die in diesem Augenblick aus Ihnen spricht?« fragte Bazaroff langsam.

»Gewiß ... aber warum bleiben wir stehen? gehen wir weiter. Welch sonderbare Unterhaltung wir führen, nicht wahr? Ich hätte nie geglaubt, daß ich Ihnen so was sagen könnte! Sie wissen, daß ... obgleich ich Sie fürchte, ich großes Vertrauen zu Ihnen habe, weil ich weiß, daß Sie im Grund sehr gut sind.«

»Erstens bin ich ganz und gar nicht gut, und zweitens bin ich Ihnen sehr gleichgültig geworden, und doch sagen Sie mir, daß ich gut sei! ... Das ist, als ob Sie einen Blumenkranz aufs Haupt eines Toten setzten.«

»Eugen Wassilitsch, wir sind keine Meister ...« erwiderte Frau Odinzoff.

In diesem Augenblick aber bewegte ein Windstoß die Blätter und verwehte ihre Worte.

»Aber Sie sind frei? ...« sagte einige Augenblicke darauf Bazaroff.

Das war alles, was man von ihrer Unterhaltung verstehen konnte. Das Geräusch ihrer Tritte verlor sich mehr und mehr, und es war wieder still.

Arkad wandte sich nach Katia um; sie war noch in derselben Stellung, nur den Kopf hatte sie etwas tiefer gesenkt.

»Katharina Sergejewna,« sagte er mit zitternder Stimme und gefalteten Händen, »ich liebe Sie mit Leidenschaft und wie das Leben, und liebe nur Sie allein auf der Welt. Ich wollte es Ihnen gestehen, und im Fall einer günstigen Antwort wollte ich um Ihre Hand bitten ... weil ich nicht reich bin und mich zu jedem Opfer fähig fühle ... Sie antworten nicht? Sie glauben mir nicht? Sie denken, daß ich das unbesonnen so hinsage? Aber rufen Sie sich diese letzten Tage zurück. Können Sie zweifeln, daß alles, verstehen Sie mich wohl, alles, auch der letzte Rest, spurlos verschwunden ist? Blicken Sie mich an, sagen Sie mir ein einziges Wort ... Ich liebe ... ich liebe Sie ... glauben Sie mir doch!«

Katia warf einen ernsten, klaren Blick auf Arkad und sagte nach langem Besinnen mit unmerklichem Lächeln zu ihm: »Ja.«

Arkad sprang von der Bank.

»Ja! Sie haben ja gesagt, Katharina Sergejewna! was bedeutet dies Wort? heißt es, daß Sie an die Aufrichtigkeit meiner Worte glauben ... oder gar ... oder gar ... ich wag es nicht auszusprechen ...«

»Ja!« antwortete Katia, und diesmal verstand er sie.

Er ergriff ihre großen schönen Hände und drückte sie an sein Herz; die Freude drohte ihn zu ersticken. Er taumelte und wiederholte beständig: »Katia! Katia!« Auch sie fing an zu weinen und lachte wieder unter ihren Tränen. Wer diese Tränen in den Augen eines geliebten Weibes nicht gesehen hat, der begreift es nicht, wie selig das von Dank und Leidenschaft trunkene Männerherz sein kann.

Am andern Morgen früh ließ Frau Odinzoff Bazaroff zu sich in ihr Kabinett bitten und überreichte ihm mit gezwungenem Lächeln ein gefaltetes Briefpapier. Es war ein Brief von Arkad, in welchem er um die Hand Katias anhielt. Bazaroff durchflog denselben und mußte sich bezwingen, ein Gefühl boshafter Schadenfreude zu unterdrücken.

»Herrlich!« sagte er; »gleichwohl behaupteten Sie gestern noch, daß er für Katharina Sergejewna nur die Liebe eines Bruders empfinde? Was denken Sie ihm zu antworten?«

»Was raten Sie mir?« erwiderte Frau Odinzoff, fortwährend lächelnd.

»Ich meine,« erwiderte Bazaroff ebenfalls mit Lachen, obgleich er sich nicht so sehr dazu zwingen mußte wie sie, »ich meine, Sie müssen den beiden Ihren Segen geben. Die Partie ist in jeder Beziehung gut; das Vermögen der Kirsanoffs ist ziemlich bedeutend; Arkad ist der einzige Sohn, und sein Vater ist ein braver Mann, der ihm in keiner Beziehung Schwierigkeiten machen wird.«

Frau Odinzoff ging einigemal im Zimmer auf und ab; sie wurde abwechslungsweise rot und bleich.

»Sie glauben?« nahm sie das Wort, »auch ich sehe keine Hindernisse. Es freut mich für Katia ... und für Arkad Nikolajewitsch. Ich werde, wohlverstanden, die Einwilligung seines Vaters abwarten, er selber mag gehen und sie holen. All das beweist aber nur, daß ich gestern abend recht hatte, als ich Ihnen sagte, daß wir alt sind, Sie und ich ... Wie ich davon nur nichts merken konnte. Das beschämt mich wahrlich!«

Frau Odinzoff fing aufs neue an zu lachen und kehrte sich gleich darauf ab.

»Die heutige Jugend ist verteufelt schlau,« sagte Bazaroff seinerseits lachend. »Leben Sie wohl!« setzte er nach kurzem Schweigen hinzu. »Ich wünsche, daß Sie die ganze Angelegenheit möglichst erfreulich zu Ende führen, ich werde mich aus der Ferne darüber freuen.«

Frau Odinzoff wandte sich rasch nach ihm um.

»Wollen Sie denn abreisen? Warum wollen Sie jetzt nicht bleiben ...
Bleiben Sie doch ... Ihre Unterhaltung ist so angenehm ... Man glaubt
am Rand eines Abgrunds hinzuwandeln. Im ersten Augenblick hat man
Angst, dann aber fühlt man eine Kühnheit, die uns überrascht. Bleiben
Sie!«

»Ich weiß Ihre Einladung zu schätzen, so sehr wie die gute Meinung,
welche Sie von meiner geringen Unterhaltungsgabe haben. Aber ich
finde, daß ich schon zu lange mit einer Welt verkehre, die nicht die
meine ist. Die fliegenden Fische können sich wohl eine Zeitlang in der
Luft halten, schließlich fallen sie aber doch in das Wasser zurück;
erlauben Sie mir auch, in mein natürliches Element unterzutauchen.«

Frau Odinzoff blickte Bazaroff an, ein bitteres Lächeln verzog ihr
bleiches Gesicht. »Der hat mich geliebt!« dachte sie und reichte ihm
mit der Miene freundlichen Bedauerns die Hand. Aber auch er hatte sie
verstanden.

»Nein!« sagte er, indem er einen Schritt zurücktrat, »obgleich arm, hab
ich noch nie ein Almosen angenommen. Leben Sie wohl und gesund!«

»Ich weiß gewiß, daß wir uns nicht zum letzten Male sehen,« versetzte
Frau Odinzoff unwillkürlich bewegt.

»Was ereignet sich nicht alles in dieser Welt!« antwortete Bazaroff.
Damit grüßte er Anna Sergejewna und verließ das Zimmer.

»Du denkst dir also ein Nest zu bauen?« sagte Bazaroff zu Arkad,
während er seinen Koffer packte. »Du hast recht! Das ist ein guter
Gedanke. Nur hattest du unrecht mit deiner Hinterhaltigkeit. Ich
erwartete, daß du dich ganz woanders hinwenden würdest. Du warst
aber vielleicht selber darüber erstaunt?«

»Ich hab es in der Tat durchaus nicht vermutet, als ich dich verließ,«
antwortete Arkad. »Du bist aber nicht ganz ehrlich, wenn du mir sagst:
›Das ist ein guter Gedanke‹; als ob ich deine Ansicht über die Ehe nicht
kennte!«

»Ei, mein Teuerster,« versetzte Bazaroff, »wie sprichst du heute!
Siehst du, was ich da mache? Ich habe einen leeren Raum in meinem
Koffer entdeckt und stopfe ihn mit Heu aus, so gut ich kann; so muß
mans auch mit dem Lebenskoffer machen; man muß ihn mit allem
ausfüllen, was einem in die Hände kommt, wenn nur keine leere Stelle
drin bleibt. Nimm mirs nicht übel, ich bitte dich; du erinnerst dich
wahrscheinlich, wie ich immer von Katharina Sergejewna gedacht
habe? Es gibt junge Mädchen bei uns, die für wahre Wunder gelten,

einzig deshalb, weil sie bei der richtigen Gelegenheit zu seufzen wissen; aber die deine wird sich durch andere Verdienste Geltung verschaffen, und zwar derart, daß du ihr untertänigster Diener sein wirst. Übrigens ist das ganz in Ordnung.«

Bazaroff schlug den Deckel des Koffers zu und richtete sich auf.

»Nun muß ich dir zum Abschied wiederholen – denn wir wollen uns nicht täuschen, wir scheiden für immer, und du mußt davon so gut überzeugt sein wie ich –: Du handelst weise; unser rauhes, trauriges Vagabundenleben paßt nicht für dich. Dir fehlts an Verwegenheit und an Bosheit; aber zum Ersatz ward dir Jugendmut und Jugendfeuer gegeben. Das reicht aber nicht aus für das Werk, an dem wir arbeiten. Und dann kommt ihr Herren vom Adel niemals über eine hochherzige Entrüstung oder eine hochherzige Entsagung hinaus, was nicht viel heißen will. Ihr glaubt, große Männer zu sein, glaubt, auf der Zinne menschlicher Vollkommenheit zu stehen, wenn ihr eure Dienerschaft nicht mehr prügelt, und wir, wir verlangen nichts, als geschlagen zu werden und wiederzuschlagen. Unser Staub würde dir die Augen röten, unser Kot dich beschmutzen. Du bist wahrlich nicht auf unserer Höhe. Du bewunderst dich mit Wohlgefallen, du freust dich, dir selber Vorwürfe machen zu können; aber das ist unsereinem langweilig; wir haben was anderes zu tun, als uns zu bewundern oder Vorwürfe zu machen, wir brauchen andere Mannschaft auf unserm Schiff. Du bist ein vortrefflicher Junge; aber nichtsdestoweniger ein süßes Herrchen, ein liberales Junkerchen und ›volatou‹, um mit meinem edlen Vater zu reden.«

»Du sagst mir für immer Lebewohl, Eugen?« versetzte Arkad traurig. »Ist das alles, was du mir zu sagen findest?«

Bazaroff kratzte sich den Nacken.

»Ich könnte noch etwas Gefühlvolles hinzusetzen, Arkad, aber ich werde es nicht tun. Das hieße Romantik treiben, Bonbons lutschen. Nimm noch einen guten Rat von mir: Heirate möglichst rasch; richte dir dein Nest gut ein und zeuge viele Kinder! Es werden gewiß Leute von Geist sein, weil sie zu rechter Zeit kommen, nicht wie du und ich. Doch ich sehe, die Pferde sind da ... Vorwärts! Ich habe von den andern allen Abschied genommen. Nun! sollen wir uns umarmen?«

Arkad warf sich an den Hals seines alten Meisters und Freundes, und ein Tränenstrom floß über seine Wangen.

»Das ist die Jugend,« sagte Bazaroff ruhig;»aber ich rechne auf Katharina Sergejewna! sie wird dich im Handumdrehen trösten.«

»Leb wohl, Bruder!« sagte er zu Arkad, als er die Telege schon bestiegen hatte, und auf zwei Raben deutend, die auf dem Dach des Stalles nebeneinander saßen, setzte er hinzu:»Das ist ein gutes Beispiel! versäume nicht, es zu befolgen.«

»Was willst du damit sagen?« fragte ihn Arkad.

»Wie? ich hielt dich für stärker in der Naturgeschichte. Weißt du nicht, daß der Rabe der achtbarste unter den Vögeln ist? er liebt das Familienleben. Nimm ihn zum Vorbild! Adieu, Signor!«

Die Telege setzte sich in Bewegung und rollte davon.

Bazaroff hatte wahr gesprochen. Arkad vergaß noch am gleichen Abend im traulichen Gespräch mit Katia seinen Meister ganz und gar. Er fing schon an, sich ihr unterzuordnen, und Katia war hierüber keineswegs erstaunt. Am andern Morgen mußte er sich nach Marino zu Nikolaus Petrowitsch verfügen. Frau Odinzoff war großmütig genug, den jungen Leuten zulieb, die sie nur anstandshalber nicht gar zu lange allein ließ, die Fürstin zu entfernen, welche durch die Nachricht von der bevorstehenden Heirat in einen Zustand weinerlicher Erregtheit geraten war. Anna Sergejewna selber fürchtete anfänglich, der Anblick des Glücks der beiden jungen Leute möchte ihr etwas peinlich sein, es kam aber ganz anders. Anstatt sie zu ermüden, interessierte und erweichte sie dies Schauspiel. Sie war darüber erfreut und betrübt zugleich.

»Es scheint, daß Bazaroff recht hatte,« dachte sie,»es ist nichts in mir als Neugierde, nur Neugierde, Liebe zur Ruhe und Egoismus ...«

»Kinder,« sagte sie mit gepreßter Stimme,»ist es wahr, daß die Liebe eine gemachte Empfindung ist?«

Aber Katia und Arkad verstanden diese Frage nicht, Frau Odinzoff flößte ihnen eine gewisse Furcht ein; die Unterredung, die sie ganz unabsichtlich belauscht hatten, wollte ihnen nicht aus dem Kopfe. Übrigens waren sie bald wieder beruhigt; und sehr natürlich, Frau Odinzoff beruhigte sich selber.

Fünfundzwanzigstes Kapitel.

Die Ankunft Bazaroffs erfreute seine Eltern um so mehr, als sie ihn gar nicht erwarteten. Arina Vlassiewna kam darüber so außer sich, daß sie nichts tat, als im Hause hin und her laufen. Ihr Mann verglich sie schließlich mit einem Rebhuhn; das aufgeschürzte Schleppchen ihres Hausrockes gab ihr in der Tat auch einige Ähnlichkeit mit einem Vogel. Wassili Iwanowitsch ließ beständig ein behagliches Brummen hören, wobei er an der Bernsteinspitze seiner Pfeife sog, die er im Mundwinkel stecken hatte; dann griff er sich mit den Fingern an den Hals und drehte den Kopf krampfhaft, wie wenn er sich vergewissern wollte, daß er noch festsitze, und den Mund in ganzer Breite öffnend, lachte er geräuschlos vor sich hin.

»Ich komme auf wenigstens sechs Wochen, mein Alter,« sagte Bazaroff zu ihm, »ich will arbeiten und hoffe, daß du mich in Ruhe lassen wirst.«

»Ich werde dich dermaßen stören, daß du mein Gesicht ganz und gar vergessen sollst,« antwortete Wassili Iwanowitsch.

Er hielt sein Versprechen. Nachdem er seinen Sohn, wie das erstemal, in seinem Studierzimmer einquartiert hatte, schien er sich ordentlich vor ihm zu verstecken und duldete auch nicht, daß sich die Mutter ihm gegenüber allzu sichtbaren Gefühlsausbrüchen überließ.

»Ich glaube wohl,« sagte er, »daß wir Eniuschenka bei seinem ersten Aufenthalt etwas lästig geworden sind; wir müssen uns diesmal gescheiter betragen.«

Arina Vlassiewna stimmte ihrem Manne bei, hatte aber nicht viel davon, denn sie sah ihren Sohn nur zur Essenszeit und fürchtete sich, ihn anzureden. – »Eniuschenka ...« sagte sie, und ehe dieser nur Zeit hatte, sich umzudrehen, stammelte sie schon: »Nichts, nichts, es ist nichts!« wobei sie die Schnüre ihres Strickbeutels durch die Finger gleiten ließ; dann ging sie zu Wassili Iwanowitsch und fragte, das Kinn in die Hand gestützt: »Wie können wir wohl erfahren, mein Schatz, was Eniuscha heute lieber zu Mittag ißt, Ehtchi oder Bastch?«

»Warum hast du ihn nicht gefragt?«

»Ich fürchtete, ihm lästig zu fallen.«

Bazaroff gabs bald selber auf, sich immer eingeschlossen zu halten; an die Stelle des Arbeitsfiebers, das sich seiner bemächtigt hatte, trat eine trübe, unruhige Langeweile.

Eine seltsame Gedrücktheit machte sich in allen seinen Bewegungen bemerkbar; sogar sein sonst so fester und rascher Gang veränderte sich sichtlich, er machte keine einsamen Spaziergänge mehr und fing an, die Gesellschaft aufzusuchen; er trank den Tee im Wohnzimmer, ging mit Wassili Iwanowitsch in dem Gemüsegarten auf und ab und rauchte bei ihm schweigend seine Pfeife; einmal erkundigte er sich sogar nach dem Befinden des Pater Alexis. Diese Veränderung machte Wassili Iwanowitsch zuerst große Freude, aber sie war nicht von langer Dauer.

»Eniuscha macht mir Sorge,« sagte er im Vertrauen zu seiner Frau; »nicht als ob er unzufrieden und reizbar wäre, das würde mich nicht beunruhigen, aber er ist traurig und bekümmert, das bringt mich zur Verzweiflung. Er spricht nichts, es wäre mir lieber, wenn er mit uns brummen würde; dabei wird er mager und sieht schlecht aus.«

»Ach mein Gott! mein Gott!« antwortete die Alte seufzend, »ich würde ihm ja gern ein Säckchen mit Reliquien um den Hals hängen, aber er leidet es nicht.«

Wassili Iwanowitsch machte wiederholt Versuche, Bazaroff vorsichtig über seine Beschäftigung, seine Gesundheit, über Arkad auszufragen. Aber Bazaroff gab ihm unfreundliche Antworten und sagte schließlich ärgerlich:

»Das ist ja, wie wenn du immer auf den Zehen um mich herumschlichest, diese Manier ist noch schlimmer als die frühere.«

»Nun, nun! ich will es nicht mehr tun,« fiel der arme Wassili Iwanowitsch rasch ein. Die Unterhaltung über Politik hatte auch keinen bessern Erfolg. Als er eines Tages bei Gelegenheit der bevorstehenden Aufhebung der Leibeigenschaft die große Frage des Fortschritts berührte, bildete er sich ein, daß dies seinem Sohne Freude machen werde; aber dieser antwortete ihm gleichgültig: »Als ich gestern an der Gartenhecke hinging, hörte ich anstatt ihrer alten Lieder ein paar Bäuerlein mit dem Singsang sich heiser schreien: ›Der treuen Liebe Zeit ist da, die Herzen spüren sanfte Regung ...‹ Da hast du deinen Fortschritt.«

Bazaroff begab sich manchmal ins Dorf und fing dort nach seiner Gewohnheit in spöttischem Ton ein Gespräch mit dem ersten besten Bauern an. »Setz mir einmal deine Gedanken auseinander,« sagte er zu ihm; »man will behaupten, ihr bildet die Kraft und die Zukunft Rußlands, mit euch beginne ein neuer Abschnitt unserer Geschichte; ihr werdet uns unsere wahre Sprache und gute Gesetze schaffen.« Der

Bauer schwieg oder stotterte, wenns hoch kam, einige Worte wie:»In der Tat, wir könntens wohl, weil überdies ... nach der Vorschrift zum Beispiel, die wir haben.«

»Erkläre mir, was euer ›Mir‹ ist?«fragte Bazaroff,»ist es der, der auf drei Fischen ruht?«

»Die Erde ists, die auf drei Fischen ruht,«entgegnete der Bauer im Tone der Überzeugung und mit singender Stimme, was seinen Worten etwas Patriarchalisches und Naives gab,»und jedermann weiß, daß der Wille des Herrn gegenüber unserm ›Mir‹ allmächtig ist, denn ihr seid unsere Väter. Je strenger der Herr, um so liebenswürdiger der Bauer.«

Als er einmal eine solche Rede hatte anhören müssen, zuckte Bazaroff verächtlich die Achseln und ließ den Bauern stehen, welcher ruhig nach seiner Hütte zurückging.

»Worüber hat er mit dir gesprochen?«fragte letzteren ein anderer Bauer, ein Mann in mittleren Jahren mit abstoßender Miene, der ihn von seiner Haustür aus mit Bazaroff hatte reden sehen; »wahrscheinlich von den rückständigen Abgaben?«

»Ach, er wird wohl!«erwiderte der erste Bauer, und seine Stimme hatte nichts mehr von dem patriarchalischsingenden Ton, sondern im Gegenteil etwas Rauhes, aus dem man die Geringschätzung heraushörte;»er hat mit mir geschwatzt, weil ihm ohne Zweifel die Zunge prickelte. Die Herren sind alle gleich, versteht denn einer etwas?«

»Wie sollten sie was verstehen!«sagte der andere, und damit schüttelten sie ihre Mützen, ließen ihre Gürtel herunter und unterhielten sich über Gemeindeangelegenheiten.

Ach, der junge Mann voll Selbstvertrauen, der sich eben mit verächtlichem Achselzucken entfernt hatte, dieser Bazaroff, der so gut mit den Bauern zu reden wußte, wie er sich in seinem Streit mit Paul Petrowitsch gerühmt – er hatte entfernt keine Ahnung, daß diese ihn für eine Art von Hanswurst ansahen.

Schließlich fand Bazaroff doch eine Beschäftigung, die ihm behagte. Eines Tages verband Wassili Iwanowitsch in seiner Gegenwart einen Bauern, der am Bein verwundet war; die Hände des alten Mannes zitterten, und es fiel ihm sichtlich schwer, den Verband zu befestigen; Bazaroff kam ihm zur Hilfe. Von da an half er seinem Vater regelmäßig bei dessen ärztlichen Verrichtungen, wobei er es aber nicht unterließ, über die Mittel, die er selbst anordnete, und über den Eifer, mit dem sein Vater sie anwandte, zu spotten. Diese Scherze brachten übrigens Wassili Iwanowitsch nicht aus der Fassung, er fand sie im Gegenteil ganz nach seinem Geschmack. Seine Pfeife rauchend und mit zwei Fingern die Schöße seines alten Schlafrockes zurückhaltend, hörte er Bazaroff mit wahrer Glückseligkeit zu; je giftiger die Worte seines Sohnes waren, desto herzlicher lachte der vergnügte Vater, daß man all seine schwärzlichen Zähne sah. Er wiederholte sogar die manchmal ungesalzenen oder sinnlosen Ausfälle seines Sohnes; so sagte er zum Beispiel mehrere Tage lang bei jeder Gelegenheit:»Das ist zum Nachtisch!« nur einzig und allein deshalb, weil sein Sohn diesen Ausdruck gebraucht hatte, als er hörte, daß der Alte in die Frühmesse gegangen sei.

»Gottlob!« sagte er im Vertrauen zu seiner Frau,»Eniuscha hat seine Hypochondrie vergessen. Wie er heute mit mir umgegangen ist!«

Anderseits war er außer sich vor Behagen, einen solchen Gehilfen zu haben, der Gedanke daran flößte ihm ein Gefühl begeisterten Stolzes ein.»Ja ja,« sagte er zu irgendeiner armen Bäuerin, die in den Armiak ihres Mannes gehüllt war und eine Kitschka mit Hörnern trug, als er ihr ein Glas Gulardsches Wasser und ein Töpfchen Bilsenkrautsalbe einhändigte,»du solltest Gott jeden Augenblick danken, meine Liebe, daß er meinen Sohn hierhergeführt hat, man behandelt dich jetzt nach der gelehrtesten und neuesten Methode, verstanden? Der französische Kaiser Napoleon selbst hat keinen besseren Arzt.« Die Bäuerin, der er diese trostvolle Versicherung gab – sie hatte geklagt, daß es ihr sei, als ob sie»von Fäustchen in die Höhe gehoben werde« (ein Ausdruck, dessen Sinn sie übrigens nicht weiter erklären konnte) –, hörte Wassili Iwanowitsch zu, indem sie sich bis auf den Boden verneigte und aus ihrem Brusttuch drei in die Ecke einer Serviette eingewickelte Eier zog, welche ihre Opfergabe ausmachten.

Bazaroff riß sogar einem fremden Kaufmann einen Zahn aus, und obgleich dieser Zahn nichts Besonderes hatte, bewahrte ihn Wassili Iwanowitsch doch wie eine Rarität auf und wiederholte, als er ihn dem Pater Alexis zeigte, mehrmals:

»Sehen Sie, Pater, welche Wurzeln! Eugen muß eine famose Faust haben! Ich sah den Kaufmann in die Luft gehoben, es war prächtig, ich glaube wahrhaftig, ein Eichbaum hätte ihm nicht widerstanden.«

»Das ist verdienstlich!« erwiderte der Priester, der dem Entzücken des Greises nicht anders ein Ende zu machen wußte.

Ein benachbarter Bauer führte eines Tages seinen Bruder, der den Typhus hatte, zu Wassili Iwanowitsch. Der Unglückliche lag sterbend auf einem Bund Stroh, schwärzliche Flecken bedeckten seinen Körper, er war seit lange bewußtlos. Wassili Iwanowitsch bedauerte, daß man nicht früher daran gedacht, den Arzt zu dem Armen zu holen, und erklärte, daß es keine Möglichkeit gäbe, ihn zu retten. In der Tat konnte der Bauer nicht mehr nach Hause zurückgebracht werden, er starb unterwegs in seiner Telege.

Zwei oder drei Tage später kam Bazaroff zu seinem Vater und fragte ihn, ob er keinen Höllenstein habe.

»Ja! was willst du damit machen?«

»Ich brauch ihn, um eine kleine Wunde zu ätzen.«

»Wer hat sich verwundet? Wie! du? wo ist die Wunde, zeig sie mir.«

»Hier, an diesem Finger; ich habe mich heute morgen nach dem Dorfe begeben, von wo man uns den Bauern gebracht hat, der am Typhus gestorben ist; ich weiß nicht, warum man ihn öffnen lassen wollte; ich habe diese Art von Operation schon lange nicht mehr ausgeführt.«

»Nun, und?«

»Ich bat den Distriktsarzt, mich damit zu betrauen, und habe mich geschnitten.«

Wassili Iwanowitsch erbleichte plötzlich, lief, ohne eine Silbe zu äußern, in sein Arbeitszimmer und kam mit einem Stück Höllenstein wieder; Bazaroff wollte es nehmen und das Zimmer verlassen.

»Ums Himmels willen!« rief Wassili Iwanowitsch, »erlaub mir, daß ich es mache.«

Bazaroff lächelte.

»Welche Leidenschaft für die Praxis!«

»Scherze nicht, ich beschwöre dich. Zeig mir deinen Finger; die Wunde ist nicht groß. Ich tu dir doch nicht wehe?«

»Drücke fest darauf, sei ohne Furcht.«

Wassili Iwanowitsch hielt inne.

»Vielleicht wärs besser, sie mit einem heißen Eisen auszubrennen? was meinst du?«

»Das hätten wir früher tun müssen. Jetzt wird es nicht mehr helfen als der Höllenstein; wenn ich den Krankheitsstoff schon aufgenommen habe, gibt es kein Mittel mehr.«

»Wie ... kein Mittel mehr? ...« stammelte Wassili Iwanowitsch.

»Gewiß! Es sind mehr als vier Stunden, daß ich mich geschnitten habe.«

Wassili Iwanowitsch betupfte die Wunde aufs neue mit Höllenstein.

»Der Distriktsarzt hatte also keinen Höllenstein?«

»Nein.«

»Großer Gott, das ist ja unglaublich, jeder Arzt muß damit versehen sein!«

»Wenn du erst seine Lanzetten gesehen hättest!« versetzte Bazaroff und verließ das Zimmer.

Während des Abends und des folgenden Tages ersann Wassili Iwanowitsch alle möglichen Vorwände, um in das Zimmer seines Sohnes zu kommen; und obgleich er nicht von seiner Wunde mit ihm sprach und sich sogar anstrengte, über gleichgültige Dinge mit ihm zu plaudern, sah er ihn doch so fest an und beobachtete alle seine Bewegungen mit solcher Unruhe, daß Bazaroff die Geduld verlor und ihn gehen hieß. Wassili Iwanowitsch versprach ihm, sich nicht mehr zu ängstigen, um so mehr, als Arina Vlassiewna, der er, wohlverstanden, nichts mitgeteilt hatte, mit Fragen in ihn drang, warum er so unruhig sei und die ganze Nacht kein Auge zugetan habe.

Zwei Tage lang blieb er fest, obgleich ihn das Aussehen seines Sohnes, den er heimlich immer beobachtete, keineswegs beruhigte; am dritten Tag aber konnte er sich nicht mehr halten. Man war bei Tisch, und Bazaroff, der mit niedergeschlagenen Augen dasaß, aß nichts.

»Warum ißt du nicht, Eugen,« fragte ihn sein Vater mit scheinbar gleichgültigem Ton. »Die Platte scheint mir sehr gut zubereitet?«

»Ich esse nicht, weil ich kein Verlangen zu essen habe.«

»Du hast keinen Appetit? und der Kopf,« setzte er hinzu, »tut er dir weh?«

»Ja, warum sollte er mir nicht weh tun?«

Arina Vlassiewna wurde aufmerksam.

»Bitte, werde nicht böse, Eugen,« fuhr Wassili Iwanowitsch fort, »du mußt mir erlauben, dir den Puls zu fühlen.«

Bazaroff stand auf.

»Ich kann dir sagen, ohne mir den Puls zu fühlen, daß ich Hitze habe.«

»Hast du auch Frost gehabt?«

»Ja, ich will mich ein wenig legen, schick mir einen Lindenblütentee. Ich muß mich erkältet haben.«

»Deshalb hab ich dich heute nacht husten hören,« versetzte Arina Vlassiewna.

»Ich habe mich erkältet,« wiederholte Bazaroff und ging hinaus. Arina Vlassiewna schickte sich an, den Tee zu bereiten, und Wassili Iwanowitsch ging in das Nebenzimmer, wo er sich die Haare raufte, ohne einen Laut hören zu lassen.

Bazaroff blieb den ganzen übrigen Tag im Bette und verbrachte die Nacht in einem Zustand dumpfer, ermattender Schlafsucht. Als er gegen ein Uhr morgens mühsam die Augen öffnete, bemerkte er beim Schimmer des Nachtlichts das blasse Gesicht seines Vaters, der an seinem Kopfkissen stand, und bat ihn, zu Bett zu gehen. Der Alte gehorchte, aber kam beinah sofort wieder auf den Zehen hereingeschlichen und fuhr, hinter der halbgeöffneten Türe eines Schrankes versteckt, fort, seinen Sohn zu beobachten. Auch Arina Vlassiewna legte sich nicht, sie kam alle Augenblicke an die Tür des Zimmers, um die Atemzüge Eniuschas zu belauschen und sich zu vergewissern, daß Wassili Iwanowitsch immer auf seinem Posten sei; sie konnte nur den unbeweglichen Rücken ihres vornüber gebeugten Gatten sehen, aber das genügte, um sie ein wenig zu beruhigen. Als es Tag wurde, versuchte Bazaroff aufzustehen; er wurde aber von einem Schwindel erfaßt, dem bald Nasenbluten folgte, und legte sich alsbald wieder nieder. Wassili Iwanowitsch half ihm schweigend. Arina Vlassiewna trat herzu und fragte, wie es ihm gehe. »Ich fühle mich besser,« antwortete er und kehrte sich gegen die Wand. Wassili Iwanowitsch machte seiner Frau mit beiden Händen ein Zeichen, daß sie sich entfernen solle; sie biß sich auf die Lippen, um nicht zu weinen, und ging hinaus. Das ganze Haus schien wie verdüstert; alle Gesichter wurden lang, eine fremdartige Stille herrschte sogar im Hofe; einen krähenden Hahn, den diese Maßregel eigentümlich verwundern mochte, verbannte man ins Dorf. Bazaroff blieb im Bett, das Gesicht gegen die Wand gekehrt. Wassili Iwanowitsch redete ihn mehrere Male an, aber seine Fragen belästigten den Kranken, weshalb der Alte unbeweglich in seinem Lehnstuhl sitzenblieb und nur von Zeit zu Zeit die Hände rang. Er ging auf einige Augenblicke in den Garten und stand dort wie eine Bildsäule; er schien von einem unsäglichen Staunen erfaßt (der Ausdruck der Überraschung verschwand kaum von seinem Gesicht). Dann kehrte er zu seinem Sohn zurück, wobei er seiner Frau auszuweichen suchte.

Dieser gelang es endlich, ihn bei der Hand zu erwischen, und krampfhaft, fast mit drohendem Tone fragte sie ihn:»Was hat er denn?« Um sie zu beruhigen, versuchte Wassili Iwanowitsch zu lächeln, aber zu seiner eigenen Verwunderung entfuhr ein lautes Lachen seinem Munde. Schon am Morgen hatte er nach einem Arzt in die Stadt geschickt; er hielt es für besser, seinen Sohn davon zu benachrichtigen, damit dieser ihm in Gegenwart seines Kollegen keine Vorwürfe mache.

Bazaroff drehte sich auf dem Diwan, wo er lag, plötzlich um, sah seinen Vater starr an und verlangte zu trinken.

Wassili Iwanowitsch gab ihm Wasser und benützte diesen Augenblick, um ihm die Hand auf die Stirne zu legen: sie war brennend heiß.

»Alter,« sagte Bazaroff langsam und mit rauher Stimme,»das nimmt eine böse Wendung. Ich habe das Gift im Leibe, und in wenigen Tagen wirst du mich in die Erde legen.«

Wassili Iwanowitsch schwankte, als ob er einen heftigen Schlag in die Beine bekommen hätte.

»Eugen,« stammelte er,»was sagst du da! Es ist eine einfache Erkältung.«

»Geh doch,« versetzte Bazaroff,»ein Arzt darf so was nicht sagen. Ich habe alle Symptome einer Ansteckung, du weißt es wohl.«

»Symptome ... einer Ansteckung? ... o nein ... Eugen!«

»Was ist denn das?« sagte Bazaroff und zeigte, den Ärmel seines Hemdes zurückstreifend, seinem Vater die unheilverkündenden rötlichen Flecken, welche seine Haut bedeckten.

Wassili Iwanowitsch erbleichte vor Schrecken.

»Gesetzt ... wenn auch ... das wäre ... etwas ... wie eine ... epidemische Ansteckung.«

»Es ist eine Pyohämie,« sagte sein Sohn.

»Ja ... eine epidemische Ansteckung.«

»Eine Pyohämie,« wiederholte Bazaroff bestimmt und in rauhem Ton;»hast du deine Kollegienhefte vergessen?«

»Nun ja, ich gebs zu ... ich gebs zu ... aber gleichwohl werden wir dich kurieren.«

»Alles Redensarten! laß uns vernünftig reden; ich dachte nicht, so früh zu sterben, das ist ein Unfall, der, ich gestehe es, mir ziemlich unangenehm scheint. Meine Mutter und du, ihr werdet wohl tun, eure Zuflucht zu eurem religiösen Glauben zu nehmen, es ist eine schöne

Gelegenheit, ihn auf die Probe zu stellen.« – Er trank einen Schluck Wasser. – »Ich muß dich um etwas bitten, solang mein Kopf noch klar ist. Morgen oder übermorgen wird, wie du schon weißt, mein Gehirn seine Entlassung gegeben haben. Es ist sogar möglich, daß ich mich jetzt schon nicht mehr ganz deutlich ausdrücke. Eben noch glaubte ich mich von roten Hunden verfolgt, und du lauertest auf mich auf dem Anstand, wie man auf einen Birkhahn paßt. Ich komme mir vor wie betrunken. Verstehst du mich recht?«

»Gewiß, Eugen, du sprichst ganz vernünftig, wie gewöhnlich.«

»Um so besser, du hast mir gesagt, daß du nach einem Arzt geschickt hast ... ich habe dich nicht abgehalten, dir diese Beruhigung zu verschaffen ... verschaff mir deinerseits auch eine, schicke einen Expressen ...«

»An Arkad Nikolajewitsch,« fiel der Greis rasch ein.

»Wer ist dieser Arkad Nikolajewitsch?« entgegnete Bazaroff wie in einem Augenblick von Geistesabwesenheit ...»ach ja ... dieser Zeisig! Nein, laß den in Ruhe, er hat sich jetzt in einen Raben verwandelt. Mach keine so großen Augen, das ist noch nicht das Delirium. Schick einen Expressen an Anna Sergejewna Odinzoff; es ist eine Gutsbesitzerin in der Umgegend. (Wassili machte ein Zeichen mit dem Kopf, daß er sie kenne.) Laß ihr sagen: Eugen Bazaroff grüßt Sie und läßt Ihnen melden, daß er stirbt. Verstehst du mich?«

»Es soll geschehen ... aber wie kannst du sterben? Du, Eugen! Urteile selber! ... Wo wäre da noch eine Gerechtigkeit auf der Welt?«

»Das verstehe ich nicht; aber schick den Expressen fort.«

»Auf der Stelle, und ich will ihm einen Brief mitgeben.«

»Nein; das ist unnötig. Laß sie von mir grüßen, dies genügt. Und jetzt will ich wieder zu meinen roten Hunden zurückkehren. Das ist sonderbar! ich wollte meine Gedanken auf den Tod richten, aber es will mir nicht gelingen, ich sehe eine Art Flecken ... und weiter nichts.«

Er kehrte sich mühsam gegen die Wand, und Wassili Iwanowitsch verließ das Kabinett. Im Zimmer seiner Frau angekommen, fiel er vor den Heiligenbildern auf die Knie.

»Laß uns beten, Arina, laß uns zu Gott beten!« schrie er schluchzend, »unser Sohn stirbt!«

Der Distriktsarzt, derselbe, der keinen Höllenstein hatte, kam und riet, nachdem er den Kranken untersucht, zu einem zuwartenden Verfahren und fügte einige Phrasen bei, die geeignet waren, Hoffnung auf Genesung zu erwecken.

»Sie haben also Leute gesehen, die in meinem Zustande waren und nicht ins Elysium gereist sind?« fragte Bazaroff und stieß gleichzeitig mit dem Fuß an einen schweren Tisch neben dem Bett, daß er wankte und von der Stelle wich.

»Die Kraft,« sagte er, »die ganze Kraft ist noch da, und doch muß ich sterben; ein Greis hat wenigstens volle Zeit gehabt, sich des Lebens zu entwöhnen, aber ich: verneinen ... verneinen ... Ja, verneine einer einmal den Tod! Er verneint euch; damit ist alles gesagt. Ich höre da unten weinen!« fügte er nach kurzem Schweigen hinzu, »es ist meine Mutter. Arme Frau, wem soll sie jetzt ihren trefflichen ›Bastch‹ vorsetzen? Und auch du, Wassili Iwanowitsch, bist dem Weinen nahe. Wenn dein Christentum nicht ausreichen will, so versuchs mit der Philosophie, denk an die Stoiker! Du rühmtest dich, glaube ich, Philosoph zu sein?«

»Ich Philosoph!« rief Wassili Iwanowitsch aus, und Tränen rannen über seine Wangen.

Bazaroffs Zustand verschlimmerte sich stündlich; die Krankheit machte reißende Fortschritte, wie dies bei derartigen Blutvergiftungen der Fall ist. Er war noch bei voller Besinnung und verstand alles, was man mit ihm sprach; er kämpfte noch. – »Ich will nicht delirieren,« murmelte er, die Fäuste ballend, vor sich hin, »das ist zu dumm!« und gleich darauf fügte er hinzu: »zehn von acht, wieviel bleibt?« Wassili Iwanowitsch ging wie ein Toller im Zimmer auf und ab, schlug alle erdenklichen Mittel vor und deckte alle Augenblicke die Füße seines Sohnes zu.

»Man sollte ihn in nasse Tücher wickeln ... ein Brechmittel und Senfpflaster auf den Magen ... einen Aderlaß!« stammelte er mit Anstrengung.

Der Arzt, den er gebeten hatte, dazubleiben, stimmte ihm bei, gab dem Kranken Limonade und verlangte für sich selber bald eine Pfeife, bald etwas Stärkendes und Erwärmendes, das heißt einen Schnaps. Arina Vlassiewna blieb auf einer kleinen Bank neben der Tür sitzen und verließ diesen Platz nur auf Augenblicke, um zu beten. Wenige Tage zuvor hatte sie ihren Toilettenspiegel fallen lassen, und er war zerbrochen, was sie immer für eine der schlimmsten Vorbedeutungen angesehen hatte; Anfisuschka sogar wußte ihr nichts zu sagen.

Timofeitsch war mit der Botschaft des Sterbenden zu Frau Odinzoff geeilt.

Die Nacht war schlecht ... Bazaroff lag im Fieber, von der Glut verzehrt. Sein Zustand besserte sich mit Tagesanbruch ein wenig; er bat Arina Vlassiewna, ihm das Haar zu kämmen, küßte ihr die Hand und schluckte zwei oder drei Löffel Tee; Wassili Iwanowitsch faßte wieder etwas Hoffnung.

»Gott sei gelobt!« sagte er wiederholt, »die Krise ist eingetreten ... die Krise ist vorüber ...«

»Da seht,« sagte Bazaroff, »was ein Wort vermag! Das Wort Krise ist ihm in den Sinn gekommen, und er fühlt sich dadurch ganz getröstet. Es ist was Sonderbares um den Einfluß, den die Worte auf die Menschen haben! Nenne einer einen Menschen Dummkopf, ohne ihn zu schlagen, und er ist ganz betrübt! Man beglückwünsche ihn wegen seines Geistes, ohne ihm Geld zu geben, und er fühlt sich glücklich.« Dieses kurze Gespräch rief Wassili Iwanowitsch die Ausfälle zurück, deren sich Bazaroff in gesunden Tagen bedient hatte, und er schien davon entzückt.

»Bravo! das ist sehr wahr und gut gesagt. Bravo!« rief er aus und tat, als ob er in die Hände klatschte.

Bazaroff lächelte traurig.

»Was ist deine wirkliche Meinung,« fragte er seinen Vater, »ist die Krise vorüber oder tritt sie erst ein?«

»Es geht besser, das sehe ich, und das freut mich,« versetzte Wassili Iwanowitsch.

»Herrlich! Es ist immer gut, sich zu freuen. Aber hat man dort hingeschickt? Du weißt schon ...«

»Gewiß.«

Die Besserung war nicht von langer Dauer. Die Anfälle erneuerten sich. Wassili Iwanowitsch wich nicht vom Bett seines Sohnes. Eine ganz absonderliche Angst schien den alten Mann zu quälen. Umsonst versuchte er mehrmals zu reden.

»Eugen!« rief er endlich, »mein Kind, mein lieber, guter Sohn!«

Dieser unerwartete Ruf machte Eindruck auf Bazaroff. Er wandte den Kopf ein wenig, versuchte es sichtlich, den Druck, der auf seinem Geiste lastete, abzuwälzen, und sagte: »Was, mein Vater?«

»Eugen,« fuhr Wassili Iwanowitsch fort und sank neben Bazaroff in die Knie, obgleich dieser die Augen geschlossen hatte und ihn nicht sehen konnte. »Eugen, du fühlst dich besser und wirst mit Gottes Hilfe genesen. Aber benütze diesen Augenblick, tue, was deiner armen Mutter und mir die größte Beruhigung gewähren würde. Erfülle deine Christenpflicht! Es ist mir schwer angekommen, dir den Vorschlag zu machen. Aber es wäre noch schrecklicher ... Es handelt sich um die Ewigkeit, Eugen! bedenke es wohl ...« Die Stimme versagte dem Alten, und ein sonderbares Zucken glitt langsam über das ganze Gesicht seines Sohnes hin, der fortwährend mit geschlossenen Augen dalag.

»Wenn euch das Vergnügen machen kann, so habe ich nichts dagegen,« sagte er endlich; »es scheint mir aber keine Eile zu haben. Du hast soeben gesagt, daß es besser mit mir geht.«

»Besser allerdings, Eugen, aber man kann für nichts stehen. Alles hängt vom Willen Gottes ab, und um eine Pflicht zu erfüllen ...«

»Ich will noch warten,« entgegnete Bazaroff, »du sagst ja selber, daß die Krise eben begonnen habe. Wenn wir uns täuschen, was liegt daran! Man gibt ja den Kranken die Absolution, auch wenn sie bewußtlos sind.«

»Ums Himmels willen, Eugen ...«

»Ich will vorerst warten! ich möchte gern schlafen; laß mich ...«

Und er legte den Kopf wieder aufs Kissen. Der Greis erhob sich, setzte sich in seinen Lehnstuhl, stützte das Kinn in die Hand und zernagte sich die Finger.

Das Geräusch eines Wagens in Federn, dies Geräusch, welches man in der ländlichen Stille so deutlich unterscheidet, schlug plötzlich an das Ohr des Alten. Das Rollen leichter Räder kam immer näher; man konnte schon das Schnauben der Pferde hören ... Wassili Iwanowitsch sprang aus dem Lehnstuhl auf und lief ans Fenster. Ein zweisitziger Reisewagen mit vier nebeneinandergespannten Pferden fuhr in den Hof seines kleinen Hauses ein. Ohne sich Rechenschaft zu geben, was dies bedeute, und unwillkürlich von einem freudigen Gefühl durchzuckt, lief er vor die Tür. Ein Livreebedienter öffnete den Wagen, und eine verschleierte Frau in schwarzer Mantille stieg aus.

»Ich bin Frau Odinzoff,« sagte sie. »Lebt Eugen Wassiliewitsch noch? Sie sind sein Vater? Ich habe einen Arzt mitgebracht.«

»Gottes Segen über Sie!« rief Wassili Iwanowitsch aus, ergriff ihre Hand und drückte sie krampfhaft an seine Lippen, während der Arzt, von dem Frau Odinzoff gesprochen, ein kleiner Mann mit Brille und einer deutschen Physiognomie, langsam den Wagen verließ. – »Er lebt noch, mein Eugen, und wird jetzt gerettet werden! Frau! Frau! es ist ein Engel vom Himmel zu uns gekommen ...«

»Was gibts! großer Gott!« stammelte Arina Vlassiewna, welche aus dem Wohnzimmer gelaufen kam und, gleich im Vorzimmer zu den Füßen Anna Sergejewnas sinkend, wie eine Wahnsinnige den Saum ihres Kleides küßte.

»Was machen Sie, was machen Sie!« sagte Frau Odinzoff zu ihr; aber Arina Vlassiewna hörte sie nicht, und Wassili Iwanowitsch wiederholte fortwährend: »Ein Engel! ein Engel vom Himmel!«

»Wo ist der Kranke?« fragte endlich auf deutsch der Arzt mit ungeduldiger Miene.

Diese Worte brachten Wassili Iwanowitsch wieder zur Vernunft.

»Hier! hier! wollen Sie mir gefälligst folgen, ›wertester Herr Kollega‹,« fügte er gleichfalls auf deutsch und in Gedanken an seinen früheren Rang hinzu.

»Ah!« sagte der Deutsche mit bitterem Lächeln.

Wassili Iwanowitsch führte ihn in sein Arbeitszimmer.

»Da ist ein Arzt, den Anna Sergejewna Odinzoff schickt,« sagte er, indem er sich zum Ohr seines Sohnes niederbeugte, »und sie selbst ist gleichfalls hier.«

Bazaroff öffnete sogleich die Augen.

»Was sagst du?«

»Ich habe dir die Nachricht gebracht, daß Anna Sergejewna Odinzoff hier ist und dir diesen ehrenwerten Doktor hier mitgebracht hat.«

Bazaroff ließ die Augen durchs Zimmer laufen.

»Sie ist hier? ... ich will sie sehen ...«

»Du sollst sie sehen, Eugen ... zuvor aber müssen wir ein wenig mit dem Herrn Doktor reden. Ich will ihm deine ganze Krankheitsgeschichte erzählen, weil Sidor Sidoritsch (so hieß der Distriktsarzt) weggegangen ist; dann können wir eine kleine Konsultation halten.«

Bazaroff blickte den Arzt an.

»Gut, machs so schnell wie möglich mit ihm ab, aber sprecht nicht Lateinisch, denn ich verstehe, was es heißt: *iam moritur.*«

»Der Herr scheint des Deutschen mächtig zu sein,« sagte der Schüler Äskulaps wieder auf deutsch, zu dem Alten gewandt.

»Ick ... abe ... sprechen Sie Russisch, das wird besser sein,« antwortete Wassili Iwanowitsch.

»Aha, so stehts ... gut!« Und die Konsultation begann. Eine Viertelstunde später trat Anna Sergejewna in Begleitung Wassili Iwanowitschs in das Zimmer. Der Doktor hatte Zeit gefunden, ihr ins Ohr zu flüstern, daß der Zustand des Kranken hoffnungslos sei. Sie richtete ihre Augen auf Bazaroff und blieb an der Tür stehen, einen solch schrecklichen Eindruck machte auf sie das gerötete, obgleich schon sterbende Gesicht, diese irren Augen, die sie starr ansahen. Sie fühlte sich von einer eisigen Kälte und von einer erdrückenden Angst ergriffen; der Gedanke, daß sie etwas ganz anderes fühlen würde, wenn sie ihn wirklich geliebt hätte, durchzuckte sie.

»Danke!« sagte er mit Anstrengung, »ich hoffte es nicht. Das ist eine gute Handlung. Wir sehen uns noch einmal wieder, wie Sie es mir vorhergesagt haben.«

»Anna Sergejewna hat die Güte gehabt ...«

»Mein Vater, laß uns allein ... Anna Sergejewna, Sie erlauben es? ich glaube, daß jetzt ...«

Sie nickte mit dem Kopfe, als ob sie sagen wollte, daß sie von einem Sterbenden nichts zu fürchten habe.

Wassili Iwanowitsch verließ das Zimmer.

»Nun! ich danke!« wiederholte Bazaroff, »das ist wahrhaft königlich. Man sagt, die Könige begeben sich so an das Lager der Sterbenden.«

»Eugen Wassiliewitsch, ich hoffe ...«

»Nein, Anna Sergejewna, wir wollen uns nicht täuschen; für mich ist alles aus. Ich bin unter das Rad gefallen. Sehen Sie wohl, daß ich recht hatte, mich nicht im voraus mit der Zukunft zu beschäftigen. Das Sterben ist eine alte Geschichte, doch bleibt sie immer neu für jeden. Bis jetzt habe ich keine Angst ... Dann werde ich das Bewußtsein verlieren, und ft (dabei machte er ein leichtes Zeichen mit der Hand). – Aber was könnte ich Ihnen noch sagen? ... daß ich Sie geliebt habe? Das hatte früher keinen Sinn, und jetzt weniger als je. Die Liebe ist eine Form, und meine eigene Form ist in der Auflösung begriffen. Ich will Ihnen lieber sagen ... wie schön Sie sind! So, wie ich Sie da vor mir sehe ...«

Anna Sergejewna zitterte unwillkürlich.

»Es ist nichts, beunruhigen Sie sich nicht ... nehmen Sie da unten Platz ... nähern Sie sich mir nicht; die Krankheit, die ich habe, ist ansteckend.«

Anna Sergejewna durchschritt das Zimmer rasch, um sich ihm zu nähern, und setzte sich in einen Lehnstuhl neben dem Ruhebett.

»Welche Großmut!« sagte Bazaroff halblaut;»wie nah sie ist! so jung, so frisch, so rein in diesem garstigen Zimmer! ... Nun, leben Sie wohl, leben Sie lange, es ist das beste, was man tun kann, und genießen Sie das Leben, solang es nicht zu spät ist. Sehen Sie, welch häßliches Schauspiel: ein halbzertretener Wurm, der sich noch krümmt! Ich glaubte sicher, noch vieles zu leisten; sterben, ich? ah! bah! ich habe eine Mission, ich bin ein Riese! Und zu dieser Stunde besteht die ganze Mission des Riesen darin, mit Anstand zu sterben, obgleich das keinen Menschen interessiert ... Was liegt daran, ich will nicht kuschen wie ein Hund.«

Bazaroff schwieg und suchte mit der Hand nach seinem Glas. Anna Sergejewna gab ihm zu trinken, ohne die Handschuhe abzuziehen, und mit verhaltenem Atem.

»Sie werden mich vergessen,« fuhr er fort;»die Toten sind nichts mehr für die Lebenden. Mein Vater wird Ihnen sagen, daß Rußland einen Mann verliert, der sehr kostbar für dasselbe war! ... Das sind Prahlereien, doch lassen Sie dem Greise diese Illusionen ... Sie wissen ... für ein Kind ist jeder Zeitvertreib recht ... Trösten Sie ihn und auch meine Mutter. In Ihrer großen Welt werden Sie dergleichen Leute nicht finden, und wenn Sie mit der Laterne in der Hand suchten ... Ich für Rußland notwendig! ... Nein, es scheint nicht! Wer ist ihm denn notwendig? Ein Schuster ist ein notwendiger Mensch, ein Schneider ist notwendig, ein Metzger ... er verkauft Fleisch ... ein Metzger ... Halt! ich verwirre mich ... Hier ist ein Brett ...« Bazaroff legte die Hand auf die Stirn.

Frau Odinzoff neigte sich zu ihm herab.

»Eugen Wassiliewitsch, ich bin noch immer da ...«

Er zog die Hand zurück und richtete sich mit einmal auf.

»Leben Sie wohl!« sagte er mit plötzlichem Nachdruck, und seine Augen glänzten zum letztenmal.»Leben Sie wohl! ... hören Sie ... ich habe Sie an jenem Tage nicht geküßt ... blasen Sie die sterbende Lampe aus, und sie erlösche ...«

Frau Odinzoff drückte ihre Lippen auf die Stirn des Sterbenden.

»Genug!« hauchte er, und sein Haupt sank zurück ...»jetzt die Finsternis ....« Frau Odinzoff verließ das Zimmer lautlos.

»Nun? ...« fragte sie Wassili Iwanowitsch mit gedämpfter Stimme.

»Er ist eingeschlafen,« antwortete sie noch leiser.

Bazaroff sollte nicht wieder erwachen. Er wurde gegen Abend gänzlich bewußtlos und starb am andern Morgen. Der Pater Alexis übte an ihm die letzten Pflichten. Als man ihm die Letzte Ölung gab, und das geweihte Öl auf seine Brust träufelte, öffnete sich eins seiner Augen, und es war, als ob beim Anblick dieses Priesters in seinem geistlichen Ornat, des rauchenden Weihgefäßes und der vor den Heiligenbildern brennenden Kerzen etwas wie ein schauerndes Entsetzen über das entstellte Gesicht hinging ... das dauerte aber nur einen Augenblick. Als er den letzten Seufzer ausgehaucht hatte, und das Haus von Wehklagen ertönte, wurde Wassili Iwanowitsch von plötzlichem Wahnsinn ergriffen. – »Ich habe gelobt, mich zu empören,« schrie er mit heiserer Stimme, mit erhitztem, verstörtem Gesicht und mit geballten Fäusten, als ob er jemand drohte; »und ich werde mich empören! ich werde mich empören!«

Aber Arina Vlassiewna hing sich, in Tränen aufgelöst, an seinen Hals, und sie fielen zusammen mit dem Gesicht auf den Boden, »ganz wie zwei Lämmer«, erzählte nachher Anfisuschka im Vorzimmer, »wie zwei Lämmer in der ärgsten Hitze«; zu gleicher Zeit und nebeneinander sanken sie nieder.

Aber die Hitze des Tages vergeht, und der Abend kommt, und dann die Nacht, die Nacht, welche alle Hartgeprüften und Müden in ein stilles Asyl geleitet ...

Sechsundzwanzigstes Kapitel.

Sechs Monate waren vergangen, und der Winter war gekommen; der starre Winter mit dem grausamen Schweigen seines Frostes, wo der dichte Schnee knistert, die Zweige der Bäume leis angehaucht sind von rosig schimmerndem Reif, wo Kuppeln dicken Rauchs über den Schornsteinen vom blaßblauen, wolkenlosen Himmel sich abheben, Wirbel warmer Luft aus den geöffneten Haustüren hervorbrechen, die roten Gesichter der Vorübergehenden wie gezwickt erscheinen und die vor Kälte zitternden Pferde in raschem Lauf dahintraben. Ein Tag des

Monats Januar neigte sich zu Ende; die Abendkälte verdichtete die unbewegliche Luft noch mehr, und die blutrote Dämmerung erlosch mit reißender Schnelle. Die Fenster des Herrenhauses zu Marino erhellten sich nacheinander; Prokofitsch in schwarzem Frack und weißen Handschuhen legte mit besonderer Würde fünf Gedecke auf die Tafel im Speisesaal. Acht Tage zuvor hatten in der kleinen Kirche des Sprengels zwei Hochzeiten stattgefunden, still und beinahe ohne Zeugen; Arkad hatte sich mit Katia, Kirsanoff mit Fenitschka verbunden, und Kirsanoff gab seinem Bruder, der in Geschäften nach Moskau ging, einen Abschiedsschmaus. Anna Sergejewna war gleichfalls nach jener Stadt gereist, nachdem sie den Neuvermählten reiche Geschenke gemacht hatte.

Man setzte sich Punkt drei Uhr zu Tische; Mitia war unter den Gästen; er hatte bereits ein Kindermädchen mit einem ›Kokosschnik‹ von goldgestickter Seide; Paul Petrowitsch hatte seinen Platz zwischen Katia und Fenitschka; die jungen Ehemänner saßen neben ihren Frauen. Unsere alten Freunde hatten sich in letzter Zeit etwas verändert; sie waren hübscher oder doch wenigstens stärker geworden, nur Paul Petrowitsch war magerer, was aber das Vornehme seiner Züge noch erhöhte. Auch Fenitschka war nicht mehr dieselbe. Im schwarzseidenen Kleid, eine breite Samtschleife in den Haaren, eine goldene Kette um den Hals, saß sie mit achtunggebietender Unbeweglichkeit da, nicht weniger achtunggebietend für sich selber als für ihre ganze Umgebung, und lächelte, als ob sie sagen wollte: »Entschuldigen Sie, ich bin nicht umsonst hier.« Übrigens hatten die andern Gäste alle ein Lächeln auf den Lippen, als ob sie ebenfalls um Entschuldigung bitten wollten; alle fühlten sich ein wenig befangen, ein wenig traurig, und doch vollkommen glücklich. Jedes war gegen seinen Nachbar von der freundlichsten Zuvorkommenheit, man schien sich das Wort gegeben zu haben, eine Art Komödie voll gutmütigen Wohlwollens miteinander zu spielen. Katia war die Ruhigste von allen; sie blickte zuversichtlich umher, und man konnte leicht bemerken, daß Kirsanoff schon ganz in sie vernarrt war. Er erhob sich gegen das Ende der Tafel, ein Glas Champagner in der Hand, und sprach zu Paul Petrowitsch gewendet:

»Du verläßt uns ... du verläßt uns, lieber Bruder; hoffentlich für kurze Zeit, doch kann ich dem Wunsche nicht widerstehen, dir auszudrücken, was ... ich ... was wir ... wie sehr ich ... wie sehr wir ... das Unglück ist, daß wir Russen keinen ›*Speech*‹ zu halten verstehen. Arkad, rede du an meiner Stelle.«

»Nein, Papa, ich bin nicht darauf vorbereitet.«

»Du bist immer noch besser vorbereitet als ich! Kurz, lieber Bruder, erlaube mir, dich einfach zu umarmen und dir alles denkbare Glück zu wünschen; komm so bald als möglich wieder zu uns zurück.«

Paul Petrowitsch umarmte sämtliche Mitglieder der Gesellschaft, ohne, wohlverstanden, Mitia auszunehmen; er küßte zudem Fenitschka die Hand, die sie ihm ziemlich linkisch darreichte; dann trank er ein zweites Glas Champagner aus und rief mit einem tiefen Seufzer: »Seid glücklich, Freunde! *Farewell!*«

Dieses englische Wort blieb unbeachtet, die Gäste waren alle zu bewegt.

»Dem Andenken Bazaroffs!« flüsterte Katia ihrem Manne ins Ohr und stieß mit ihm an. Arkad drückte ihr die Hand, wagte aber nicht, den Toast auszubringen.

Damit, dünkt mich, ist die Geschichte zu Ende. Vielleicht aber wünschen einige unserer Leser zu wissen, wie sich die verschiedenen Personen unserer Erzählung augenblicklich befinden. Es macht uns Vergnügen, diesem Wunsche zu entsprechen.

Anna Sergejewna hat sich ganz kürzlich verheiratet; sie hat eine Vernunftheirat geschlossen. Der, den sie zum Gemahl genommen, ist einer unserer zukünftigen Aktionsmänner, ein bedeutender Rechtsgelehrter, von ausgesprochen praktischem Sinn, mit starkem Willen und großer Redegewandtheit begabt; übrigens noch ziemlich jung, brav, aber von eisiger Kälte. Sie führen eine musterhafte Ehe und werden es schließlich zu häuslichem Glück, vielleicht gar bis zur Liebe bringen. – Die Fürstin X ist tot und seit dem Tage ihres Hinscheidens vergessen. Vater und Sohn Kirsanoff haben sich in Marino eingerichtet; ihre Geschäfte fangen an, etwas besser zu gehen; Arkad ist ein tüchtiger Landwirt geworden, und das Gut wirft bereits eine ziemlich beträchtliche Rente ab. Nikolaus Petrowitsch wurde zum Friedensrichter erwählt und erfüllt seine Amtspflichten mit dem größten Eifer, er durchreist unaufhörlich den ihm angewiesenen Bezirk, hält lange Reden, denn er ist der Ansicht, daß dem Bauern »Vernunft beigebracht«, das heißt, ihm dieselbe Sache bis zum Überdruß wiederholt werden müsse; indessen, um die Wahrheit zu gestehen, gelingt es ihm weder die aufgeklärten Herren Edelleute, welche über die »*mancipation*« bald geziert, bald schwermutsvoll diskutieren, noch die ungebildeten gnädigen Herren vollständig zu befriedigen, welche diese unglückselige »*mouncipation*« offen verfluchen; die einen wie die andern finden ihn zu lau. Katharina Sergejewna hat einen Sohn bekommen, und Mitia ist schon ein kleiner drolliger Kerl, welcher artig genug läuft und schwatzt. Fenitschka, jetzt Fedosia Nikolajewna, liebt nach ihrem Gatten und Sohn niemand auf der Welt so sehr wie ihre Schwiegertochter, und wenn sich diese ans Pianino setzt, würde sie gern den ganzen Tag an ihrer Seite bleiben. Noch dürfen wir Peter nicht vergessen; er ist ganz stupid und von Wichtigkeit aufgeblasener als je geworden; das hat ihn aber nicht verhindert, eine ziemlich vorteilhafte Heirat zu schließen; er hat die Tochter eines Gärtners aus der Stadt geheiratet, die ihn zwei anderen Verlobten vorgezogen hat, weil diese keine Uhr hatten, während er nicht nur eine Uhr, sondern auch lackierte Halbstiefel besaß!

Auf der Brühlschen Terrasse in Dresden kann man zwischen zwei und drei Uhr, der fashionabelsten Promenadenzeit, einem ganz weißköpfigen Mann in den Fünfzigen begegnen, der an der Gicht zu leiden scheint, aber noch schön ist, elegant gekleidet, und von jenem besonderen Stempel, den die Gewohnheit der großen Welt aufprägt. Dieser Spaziergänger ist kein anderer als Paul Petrowitsch Kirsanoff. Er hat Moskau aus Gesundheitsrücksichten verlassen und sich in Dresden angesiedelt, wo er vornehmlich mit den englischen und russischen Fremden umgeht. Ersteren gegenüber beobachtet er ein einfaches, beinahe bescheidenes, aber immer würdiges Benehmen; sie finden ihn ein wenig langweilig, halten ihn aber für »*a perfect gentleman*«. Im Umgang mit den Russen fühlt er sich behaglicher, läßt seinem galligen Humor die Zügel schießen, verspottet sich selbst und schont die andern nicht; er tut aber dies alles mit liebenswürdigem Sichgehenlassen und ohne jemals die gute Lebensart zu verletzen. Er bekennt sich überdies zu den Ansichten der Slawophilen, und bekanntlich gilt diese Anschauungsweise in der hohen russischen Welt für besonders vornehm. Er liest kein russisches Buch, aber man sieht auf seinem Schreibtisch einen silbernen Aschenbecher in der Form eines bäuerlichen »Lapot«. Von unseren Touristen wird er häufig aufgesucht. Matthias Ilitsch Koliazin, der augenblicklich in die Reihen der »Opposition« getreten ist, hat ihm auf einer Reise in die böhmischen Bäder seine Aufwartung gemacht, und die Bewohner

Dresdens, mit denen er übrigens keinen näheren Verkehr hat, scheinen eine Art Verehrung für ihn zu haben. Niemand kann so leicht wie der »Herr Baron von Kirsanoff« eine Eintrittskarte in die Hofkapelle, eine Theaterloge usw. erhalten. Er tut Gutes, soviel er kann, und immer etwas geräuschvoll; nicht umsonst ist er einst ein »Löwe« gewesen, aber das Leben ist ihm zur Last, mehr als er selber ahnt. Es genügt, ihn in der russischen Kirche zu sehen, wenn er, zur Seite an die Mauer gelehnt und den Ausdruck der Bitterkeit auf den festgeschlossenen Lippen, unbeweglich dasteht und träumt, dann plötzlich den Kopf schüttelt und sich fast unmerklich bekreuzt.

Frau Kukschin hat schließlich auch das Land verlassen. Sie ist gegenwärtig in Heidelberg, und studiert nicht mehr die Naturwissenschaften, sondern die Architektur, und hat da, wie sie sagt, neue Gesetze entdeckt. Wie ehemals verkehrt sie mit den Studenten, und besonders mit den jungen russischen Physikern und Chemikern, von denen Heidelberg wimmelt und die, wenn sie die naiven deutschen Professoren in der ersten Zeit ihres Aufenthalts durch die Richtigkeit ihres Urteils in nicht geringes Erstaunen gesetzt haben, dieselben kurz darauf durch ihren vollständigen Müßiggang und ihre beispiellose Faulheit in noch viel größeres Erstaunen setzen. Mit zwei oder drei Chemikern dieser Gattung, welche den Unterschied zwischen Sauerstoff und Stickstoff nicht kennen, aber alles kritisieren und sehr zufrieden mit sich selber sind, treibt sich Sitnikoff in Petersburg umher und setzt in Begleitung des »großen« Eliewitsch und mit dem Bestreben, diesen Ehrentitel gleichfalls zu verdienen, Bazaroffs »Werk«, wie er sich ausdrückt, fort. Man versichert, daß er kürzlich geprügelt wurde, jedoch nicht, ohne sich Genugtuung zu verschaffen; er hat in einem obskuren Artikel, der in einem obskuren Blatt erschien, zu verstehen gegeben, daß sein Gegner eine feige Memme sei. Er nennt das Ironie. Sein Vater läßt ihn laufen wie gewöhnlich; seine Frau heißt ihn einen Schwachkopf und Literaten.

In einem der fernsten Winkel Rußlands liegt ein kleiner Kirchhof. Wie beinahe alle Kirchhöfe unseres Landes bietet er einen höchst traurigen Anblick dar; die Gräben, welche ihn einhegen, sind seit lange vom Unkraut überwuchert und ausgefüllt, die hölzernen Kreuze liegen auf der Erde oder halten sich kaum noch, geneigt unter den einst bemalt gewesenen kleinen Dächern, welche über ihnen angebracht sind; die Leichensteine sind von der Stelle gerückt, als ob sie jemand von unten weggestoßen hätte; zwei oder drei fast blätterlose Bäume geben kaum ein wenig Schatten; Schafe weiden zwischen den Grabhügeln. Einer jedoch ist da, den die Hand des Menschen verschont und die Tiere nicht mit Füßen treten; die Vögel allein kommen und setzen sich auf ihn nieder, und singen da jeden Morgen beim ersten Tageslicht. Ein Eisengitter umgibt ihn, und an den Enden stehen zwei junge Tannen. Es ist das Grab Eugen Bazaroffs. Zwei Leute, ein Mann und eine Frau, gebeugt von der Last der Jahre, kommen oft dahin aus einem Dörfchen der Nachbarschaft; eins aufs andere gestützt, nähern sie sich langsamen Schritts dem Gitter, sinken auf die Knie und weinen lang und bitterlich, die Augen auf den stummen Stein geheftet, der ihren Sohn deckt; sie wechseln einige Worte, wischen den Staub ab, der auf der Platte liegt, richten einen Tannenzweig auf, fangen wieder an zu beten und können sich nicht entschließen, diesen Ort zu verlassen, wo sie ihrem Sohn, wo sie seinem Andenken näher zu sein glauben. Ist es möglich, daß ihre Gebete, ihre Tränen vergeblich wären? Ists möglich, daß reine, hingebende Liebe nicht allmächtig sei? O nein! Wie leidenschaftlich, wie rebellisch das Herz auch war, das in einem Grabe ruht, die Blumen, die darauf erblühen, sehen uns freundlich mit ihren unschuldigen Augen an; sie erzählen uns nicht allein von der ewigen Ruhe, von der Ruhe der »gleichgültigen« Natur; sie erzählen uns auch von der ewigen Versöhnung und von einem Leben, das kein Ende haben soll.

Bd. 90 *Gefährliche Liebschaften*, Pierre-Ambroise-François Choderlos de Laclos, Bd. 91 *Gegen den Strich*, Joris-Karl Huysmany, Bd. 92 *Geschichte des Fräuleins von Sternheim*, Sophie v. La Roche, Bd. 93 *Geschichte vom braven Kasperl und dem Annerl*, Clemens Brentano, Bd. 94 *Geschichten aus dem Wienerwald*, Ödön v. Horváth, Bd. 95 *Glanz und Elend der Kurtisanen*, Honore de Balzac, Bd. 96 *Glück und Unglück der berühmten Moll Flanders*, Daniel Defoe, Bd. 97 *Götz von Berlichingen*, Johann Wolfgang v. Goethe, Bd. 98 *Gullivers Reisen*, Jonathan Swift, Bd. 99 *Heidis Lehr und Wanderjahre*, Johann Spyri, Bd. 100 *Heinrich von Ofterdingen*, Novalis, Bd. 101 *Hiob Roman eines einfachen Mannes*, Joseph Roth, Bd. *102 Immensee*, Theodor Storm, Bd. 103 *Iphigenie auf Tauris*, Johann Wolfgang v. Goethe, Bd. 104 *Italienische Märchen*, Clemens Brentano, Bd. 105 *Ivannhoe*, Walter Scott, Bd. 106 Jahrmarkt der Eitelkeiten, William Makepaece Thackeray, Bd. 107 *Jane Eyre*, Charlotte Brontë, Bd. 108 *Jugend ohne Gott*, Ödön v. Horvath, Bd. 109 *Jürg Jenatsch*, Conrad Ferdinand Meyer, Bd. 110 *Kabale und Liebe*, Friedrich v. Schiller, Bd. 111 *Kasimir und Karoline*, Ödön v. Horvath, Bd. 112 *Kinder- und Hausmärchen*, Gebrüder Grimm, Bd. 113 *Kleiner Mann, was nun*, Hans Fallada, Bd. 114 *König Alkohol*, Jack London, Bd. 115 *Krambambuli*, Marie Ebner-Eschenbach, Bd. 116 *Lausbubengeschichten*, Ludwig Thoma, Bd. 117 *Lavinia - Pauline - Kora*, George Sand, Bd. 118 *Leben und Lüge*, Detlev von Liliencron, Bd. 119 *Lebensansichten des Katers Murr*, ETA Hoffmann, Bd. 120 *Lenz. Der hessische Landbote*, Georg Büchner, Bd. 121 *Lieutenant Gustl*, Arthur Schnitzler, Bd. 122 *Lord Jim*, Joseph Conrad, Bd. 123 *Luise*, Johann Heinrich Voß, Bd. 124 *Madame Bovary*, Gustave Flaubert, Bd. 125 *Märchen*, Wilhelm Hauff, Bd. 126 *Maria Stuart*, Friedrich v. Schiller, Bd. 127 *Max Havelaar*, Multatuli, Bd. 128 *Meister Floh*, ETA Hoffmann, Bd. 129 *Michael Kohlhaas*, Heinrich v. Kleist, Bd. 130 *Minna von Barnhelm*, Gotthold Ephraim Lessing, Bd. 131 *Moby Dick*, Hermann Melville, Bd. 132 *Nathan, der Weise*, Gotthold Ephraim Lessing, Bd. 133-1 und 133-2 *Nils Holgersson wunderbare Reise*, Selma Lagerlöf, Bd. 134 *Niels Lyne*, Jens Peter Jacobsen, Bd. 135 *Nußknacker und Mausekönig*, ETA Hoffmann, Bd. 136 *Oliver Twist*, Charles Dickens, Bd. 137 *Onkel Toms Hütte*, Herriett Beecher Stowe, Bd. 138 *Peter Schlemihls wundersame Geschichte*, Adalbert v. Chamisso, Bd. 139 *Peterchens Mondfahrt*, Gerdt v. Bassewitz, Bd. 140 *Pinocchio*, Carlo Collodi, Bd. 141 *Reinecke Fuchs*, Johann Wolfgang v. Goethe, Bd. 142 *Rheinmärchen*, Clemens Brentano, Bd. 143 *Rinaldo Rinaldini*, Christian August Vulpius, Bd. 144 *Robinson Crusoe*; Daniel Defoe, Bd. 145 *Romeo und Julia*, William Shakespeare Bd. 146 *Schach von Wuthenow*, Theodor Fontane, Bd. 147 *Schachnovelle*, Stefan Zweig, Bd. 148 *Schatzkästlein des rheinischen Hausfreundes*, Johann Peter Hebel, Bd. 149 *Schelmuffskys Reisebeschreibung*, Christian Reuter, Bd. 150 *Schloss Gripsholm*, Kurt Tucholsky, Bd. 151 *Siebenkäs*, Jean Paul, Bd. 152 *Sternstunden der Menschheit*, Stefan Zweig, Bd. 153 Tao te king, Laotse, Bd. 154 *Till Eulenspiegel*, Hermann Bote, Bd. 155 *Tolldreiste Geschichten*, Honorè de Balzac, Bd. 156 *Tom Jones, Geschichte eines Findelkindes*, Henry Fielding, Bd. 157 *Tom Sawyers Abenteuer und Streiche*, Mark Twain, Bd. 158 *Troquato Tasso*, Johann Wolfgang v. Goethe, Bd. 159 *Traumnovelle*, Arthur Schnitzler, Bd. 160 *Trost der Philosophie*, Boethius, Bd. 161 *Über den Umgang mit Menschen*, Adolph Freiherr v. Knigge, Bd. 162 *Uli der Knecht*, Jeremias Gotthelf, Bd. 163 *Uli der Pächter*, Jeremias Gotthelf, Bd. 164 *Ungeduld des Herzens*, Stefan Zweig, Bd. 165 *Ut oler Welt*, Wilhelm Busch, Bd. 166 *Vater Goriot*, Honorè de Balzac, Bd. *167 Väter und Söhne*, Ivan Sergejeviç Turgenev, Bd. 168 *Verlorene Illusionen*, Honorè de Balzac, Bd. 169 *Von der Freiheit eines Christenmenschen*, Martin Luther – Bd. 170 *Von der Ursache, dem Prinzip und dem Einen*, Bruno Giordano, Bd. 171 *Vor Sonnenuntergang*, Gerhard Hauptmann, Bd. 172 *Walden oder Leben in den Wäldern*, Henry D. Thoreau, Bd. 173 *Wilhelm Meisters Lehrjahre*, Johann Wolfgang v. Goethe, Bd. 174 *Wilhelm Meisters Wanderjahre*, Johann Wolfgang v. Goethe, Bd. 175 *Wilhelm Tell*, Friedrich v. Schiller

Von demselben Autor/Herausgeber sind bei BOD bereits erschienen:

Alle Tage Feiertage
ISBN 978-3-7386-0409-2, 280 S.
Allerlei Anlässe zum Aktionieren, Feiern und Gedenken

100 Kinderlieder
ISBN 978-3-7322-3024-2, 112 S.
100 Kinderlieder, altbekannt und immer wieder gern gesungen

Liederbuch (Deutsche Volkslieder)
ISBN 978-3-8423-6702-9, 312 S.
300 Volkslieder aus 8 Jahrhunderten und aller Herren Länder

Sagen und Erzählungen aus Marburg und Oberhessen
ISBN 978-3-7347-8909-0 , 164 S.
Allerlei Schwänke und Geschichten aus dem Marburger Land

Tausenderlei über die Freiheit
ISBN 978-3-7322-9721-4, 140 S.
Mehr als 1000 Zitate, Bonmots und Aphorismen über die Freiheit

Tausenderlei über das Glück
ISBN 978-3-7322-5525-2, 160 S.
Mehr als 1000 Zitate, Bonmots und Aphorismen über das Glück

Tausenderlei über die Liebe
ISBN 978-3-8423-7474-4, 140 S.
Mehr als 1000 Zitate, Bonmots und Aphorismen zum Thema Nr. Eins

Weihnachtsgedichte– Verse, Reime und Gedichte zum Fest
ISBN 978-3-7347-6393-9, 352 S.
290 Werke bekannter und unbekannter Dichter zum Weihnachtsfest

Weihnachtsgeschichten - Erzählungen und Märchen
ISBN 978-3-7347-6404-2, 392 S.
85 kurze und lange Texte zur Weihnachtszeit

Weihnachtsgeschichten 2
ISBN 978-3-7481-7533-9, 360 S.
35 kürzere und längere Geschichten zur Weihnacht

100 Weihnachtslieder
ISBN 978-3-7322-3375-5, 112 S.
100 Weihnachtslieder aus der Heimat und der ganzen Welt

Lob und Tadel an tessitore@web.de